REBELLENHERZ

Du bist nicht allein

Calideya Fox

REBELLEN HERZ

Du bist nicht allein

Roman

Impressum

2. Auflage © 2025 Calideya Fox - alle Rechte vorbehalten
c/o WirFinden.Es
Naß und Hellie GbR
Kirchgasse 19
65817 Eppstein
calideya@gmx.net
www.calideya-fox.de

Cover: Calideya Fox, verwendete Bilder: Adobe Stock
Cover Illustration: Calideya Fox
Korrektorat und Lektorat: Fidelitas Autorenservice
Buchsatz: Calideya Fox, verwendete Bilder: Adobe Stock

Erschienen unter dem Label des Chaos Books Syndicate
www.chaosbooks.de

Verlag: BoD · Books on Demand GmbH, In de Tarpen 42,
22848 Norderstedt, bod@bod.de
Druck: Libri Plureos GmbH, Friedensallee 273, 22763 Hamburg
ISBN: 978-3-7693-5426-3

Bibliografische Information der Deutschen Nationalbibliothek:
Die Deutsche Nationalbibliothek verzeichnet diese Publikation in der Deuten
Nationalbibliografie; detaillierte biografische Daten sind im Internet über
http://dnb.dnb.de abrufbar.

An alle, die trotz der Narben und Rückschläge den Glauben an sich nicht verlieren.

HINWEIS ZUM INHALT

Dieses Buch enthält sensible Themen. Wer sich genauer informieren möchte, findet eine Auflistung auf der letzten Seite (S. 332).

Alle Inhalte des Buches sind frei erfunden. Jegliche Ähnlichkeiten mit realen Personen, Unternehmen, Einrichtungen, etc. sind nicht beabsichtigt und rein zufällig.

Prolog
Jaden

5 Jahre zuvor

Es gibt Momente im Leben, in denen jede Farbe verblasst, jedes Lachen verstummt und jede Erinnerung an die Wärme vergangener Tage wie Asche in den Händen zerrinnt. Heute ist einer dieser Momente für mich.

Ich sitze auf der obersten Stufe der Treppe in unserem Haus, die hinab in den Flur führt. Das Geländer drückt sich in meinen Rücken, während meine Finger über die Holzkante trommeln. Ein Finger nach dem anderen. Immer wieder.

Unten, aus dem Wohnzimmer, ist alles zu hören. Die Stimmen meiner Eltern. Das Schreien meiner Mutter. Sie ist so laut, dass jede Silbe in meinem Herzen widerhallt.

»Ich kann das nicht mehr, Anderson. Ich werde nicht zusehen, wie du uns kaputtmachst.« Ihr Ton ist voller Zorn und schneidet durch die Luft wie eine scharfe Klinge.

Ich presse meine Handflächen gegen meine Ohren, denn ich will das nicht, will sie nicht mehr hören.

Mein Vater sagt etwas. Doch ich kann seine Worte nicht verstehen, es ist lediglich ein tiefes Brummen. Ich begreife nicht, was passiert. Warum schreit Mama so? Warum schreit sie Papa an?

Mama, hör auf, bitte! Doch die Worte kommen nicht über meine Lippen.

Seit Wochen lag etwas Unausgesprochenes zwischen meinen Eltern in der Luft, etwas, das ich nicht greifen konnte. Eine Spannung, die sich immer weiter aufbaute, bis sie nun kurz davor war, zu explodieren. Es war, als würde ein Luftballon unaufhaltsam auf seinen großen Knall zusteuern. Genau so fühlt es sich jetzt an.

Langsam lasse ich die Hände sinken. Das Dröhnen in meinem Kopf verebbt, zurück bleibt eine eisige Klarheit. Ich suche Halt und finde ihn am Geländer neben mir. Mit festem Griff umfassen meine Finger das raue Holz, klammern sich so fest an die Streben, dass meine Knöchel weiß hervortreten.

Alles in mir schreit danach, einzugreifen. Etwas zu sagen, etwas zu tun. Doch was könnte ich bewirken? Ich bin ein zwölfjähriger Junge, der gerade in einem Sog unausgesprochener Schmerzen ertrinkt. Ein Meer aus Wut, Enttäuschung und Verzweiflung, das mir jeden Atem nimmt. Da lastet eine Schwere auf meiner Brust, und nie zuvor fühlte sich mein Herz so zerbrechlich an, wie genau in diesem Augenblick.

Plötzlich ertönt ein lautes Klirren. Ein Teller? Ein Glas?

Dann Stille. Unerträgliche, bedrückende Stille.

Ich halte den Atem an. Dieser Moment der Ungewissheit, er ist wie eine Ewigkeit.

Dann wird die Wohnzimmertür mit einem Ruck aufgerissen. Mama stürmt in den Flur, Papa dicht hinter ihr. Flehend schaut er sie an, doch ihr Blick ist voller Zorn. Der Streit zwischen ihnen, die Wut meiner Eltern aufeinander, lastet schwer auf mir. Alles erdrückt mich und meine Sicht verschwimmt. Ich kämpfe dagegen an. Ich will nicht weinen.

»Verschwinde, Anderson! Geh und komm nie wieder zurück!« Mama zeigt mit ausgestrecktem Finger auf die Wohnungstür.

Ihre Stimme schneidend und endgültig. Diese Worte treffen mich wie ein Faustschlag ins Gesicht. Das Klopfen in meiner Brust, es schlägt so laut in meinen Ohren, dass es den Streit im Flur fast übertönt. Ich verstehe es nicht. Warum schmeißt Mama ihn raus? Ist das ... eine Trennung?

Papas Schultern sinken herab, und seine Augen treffen meine. Sie spiegeln eine Mischung aus Entschuldigung und Verzweiflung wider. Er öffnet den Mund, doch keine Worte kommen über seine Lippen. Sein Blick wandert umher, verloren wie ein Schiff ohne Kompass in einem tobenden Sturm. Schließlich seufzt er schwer und wendet sich ab.

Meine Gedanken rasen, zu schnell, zu viel, sodass ich kaum noch klar denken kann. Was soll ich nur tun? Ich muss ihn aufhalten, muss verhindern, dass unsere Familie auseinanderbricht. Doch ich bin wie erstarrt, gelähmt von meinen Gefühlen, machtlos.

Panik, Angst, Liebe – alles prallt auf mich ein wie eine Welle, die droht, mich zu überwältigen.

Mein Atem schnürt mir die Kehle zu, und die Tränen, die ich eben noch zurückgehalten habe, laufen mir über die Wangen.

»Papa«, flüstere ich, doch es ist zu spät. Mit großen Schritten verschwindet er durch die Tür. Sein Umriss ist das Letzte, was ich noch von ihm sehe, bevor die Nacht ihn verschluckt und die Tür ins Schloss fällt. In diesem Moment spüre ich, wie mein Herz zerbricht. Noch bevor das Echo der zufallenden Tür verklungen ist, stürzt es zu Boden und zersplittert in tausend Teile.

Es ist still.

Zu still.

Es ist eine Stille, die ich zuvor nie erlebt habe. Sie ist drückend und schwer.

Das eben war nicht nur ein weiterer Streit. Es war ein Ende. Das Ende des gemeinsamen Lachens und der Familienessen.

Papa ist weg. Verschwunden in einer Realität, in der er mir keine Ratschläge mehr gibt, mich nicht aufheitert, wenn ich schlecht drauf bin. Nie wieder stundenlang mit ihm auf dem Fußballplatz kicken. Nie wieder werde ich mein Gesicht in seinen Armen vergraben, wenn ich weine. Seinen Geruch in meiner Nase haben. Seine Wärme. Seine Geborgenheit. All das, meine ganze Welt, stürzt um mich herum ein.

Zurück bleibt nur ein dumpfer Schmerz in meiner Brust. Und das Gefühl der Einsamkeit.

Ich bin allein.

Mit diesem Gedanken wächst die Wut unter meinen Tränen. Wie konnte Mama das tun? Wie konnte sie unsere Familie auseinanderreißen, ohne darüber nachzudenken, was das für mich bedeutet?

Und dann ist da neben der Wut, die unter meiner Haut brodelt und mich zerfrisst, ein nagender Schmerz über den Verlust. Über die Trennung. Sie ist nun da. Und das für immer.

Ich klammere mich noch immer verzweifelt am Treppengeländer fest. Meine Finger haben sich darin verbissen, als wären diese kalten, hölzernen Streben mein einziger Anker in diesem Sturm aus Traurigkeit.

Die Erkenntnis trifft mich mit voller Wucht: Papa wird nicht zurückkommen. Das weiß ich jetzt mit erschütternder Klarheit. Er wird nicht mehr da sein, und nichts wird jemals wieder so sein wie früher.

Kapitel 1

Jaden

*D*as Auto rumpelt über den Highway. Mit jedem Kilometer nähern wir uns einem Ziel, das ich gar nicht erreichen will.

»Dedville wird dir gefallen«, sagt meine Mutter mal wieder in ihrem Versuch, mich zu überzeugen.

»Toll«, erwidere ich trocken. Sie kann es noch so oft versuchen, doch meine Meinung ändert sich nicht. Das hier ist kein Ausflug, keine kurze Reise. Es ist ein Umzug in eine völlig neue Stadt, fernab von allem, was bisher mein Zuhause ausgemacht hat. Zu einem Mann, den ich nicht leiden kann. Eine Entscheidung, bei der ich kein Mitspracherecht hatte. Der Umzug solle ein Neuanfang sein, sagt sie. Doch für mich ist es nur der Anfang eines weiteren Kapitels voller Zwietracht und Unverständnis.

Ich lehne mich auf dem Beifahrersitz zurück, die Arme vor der Brust verschränkt, und beobachte, wie die Welt an mir vorbeizieht. Jeder Baum, an dem wir vorbeirauschen, fühlt sich an, wie ein Teil meines bisherigen Lebens, das ich gegen meinen Willen zurücklassen muss. Mutters Stimme bildet ein konstantes Summen im Hintergrund. Immer wieder spricht sie von Veränderung.

Veränderung. Als hätte ich in den letzten fünf Jahren nicht genug davon gehabt.

Gedankenverloren kaue ich auf dem kleinen Ring an meiner Unterlippe, das Metall kratzt leicht an meinen Zähnen. Die Bewegung beruhigt mich, obwohl ich weiß, dass Mutter das nicht ausstehen kann. Ihre missbilligenden Blicke entgehen mir nicht.

»Jaden, hör doch auf, an dem Ding herumzuspielen. Zudem sieht das nicht gut aus, und du weißt, wie sehr es mich stört«, sagt sie mit einem Seufzen, das mehr resigniert als besorgt klingt.

Ich drehe mich nicht einmal zu ihr um. Es ist meine Entscheidung, und ich werde meine Piercings sicher nicht herausnehmen, nur um ihre perfekte Familienfassade aufrechtzuerhalten. Diese Illusion ist in dem Moment zerbrochen, als sie Papa aus der Wohnung geworfen hat. Und wenn sie wirklich denkt, ich passe mich ihrer Vorstellung von Normalität an, liegt sie aber völlig daneben.

»Mach kein Drama draus. Es ist mir egal, wie du es findest«, entgegne ich knapp, ohne den Blick auf die vorbeiziehende Landschaft abzuwenden. Meine Worte sind kalt und mein Ton unnachgiebig, denn ich habe keine Lust auf eine Diskussion mit ihr. Nicht jetzt. Nicht hier. Niemals.

Ich merke, wie sich Mutters Griff um das Lenkrad verstärkt, ihre perfekt manikürten, künstlichen Nägel krallen sich ins Leder. Am liebsten würde sie mir wieder Vorwürfe machen. Es geht nicht nur um meine Piercings - ständig kritisiert sie mich: *Geh zum Friseur, schmeiß den Pulli weg, zieh dir ordentliche Klamotten an.* Was sie wirklich meint, ist doch: *Jaden, du bist nicht gut genug, so wie du bist.*

Doch heute reißt sie sich zusammen, so wie immer, wenn sie etwas von mir will.

»Ich verstehe, dass du wütend bist. Aber bitte, gib dem Ganzen eine Chance. Ich möchte nur, dass wir wieder eine ganz normale Familie sind.«

Eine normale Familie? Ich lache innerlich. Diese Worte wirken wie ein schlechter Witz. Ich will diese neue Familie nicht. Was ich will, ist meinen Papa zurück, auch wenn ich weiß, dass dies niemals passieren wird.

Ich drücke meine Stirn gegen das kühle Seitenfenster. Mutter ist überzeugt, dass dieser Umzug die Wunden irgendwie heilen wird, aber sie versteht es nicht. Kein noch so großer Tapetenwechsel wird diesen Schaden wiedergutmachen, den sie angerichtet hat. Und ein neuer Mann an ihrer Seite würde das ganz sicher nicht ändern. Fünf Jahre sind vergangen, und doch fühlt es sich für mich an, als wäre es erst gestern gewesen, dass sie unsere Familie auseinandergerissen hat.

»Wir sind fast da«, sagt sie.

Ich nicke kurz und schaue wieder aus dem Fenster. Wozu so tun, als wäre alles in Ordnung, wenn es das offensichtlich nicht ist? Um meine Unruhe zu dämpfen, scrolle ich ziellos durch die Feeds auf meinem Handy. Die Vorstellung, bald mit ihrem neuen Freund und seiner Tochter unter einem Dach zu leben, zieht den Knoten in meinem Magen noch fester.

Schließlich parkt Mutter den Kleinwagen in einer Einfahrt und stellt den Motor ab. Ich greife nach meinem Rucksack im Fußraum und steige aus dem Auto. Der warme Asphalt unter meinen Schuhen strahlt die Resthitze des Tages ab - ein letzter Gruß des Sommers, der sich langsam verabschiedet.

Mein Blick wandert unweigerlich zu dem Haus vor mir. Imposant ragt es in den graublauen Himmel, eine Präsenz, die sich nicht ignorieren lässt. Die Fenster fangen das goldene Licht der untergehenden Sonne ein und funkeln lebhaft, fast so, als wollten sie mich auffordern, meine Abwehrhaltung aufzugeben.

Ein Kiesweg führt von der Auffahrt bis zur Haustür, eingerahmt von hohen Zypressen, die wie Wächter am Rand stehen. Mein Blick folgt dem Pfad und gleitet über den Rasen, der sich bis zu den äußeren Beeten des Gartens erstreckt. Dort ziehen sich Hecken in ordentlichen Reihen entlang. Erste Anzeichen des Herbstes schimmern in warmen Farben.

Rund um das Grundstück stehen weitere Häuser, jedes in respektvollem Abstand und mit ebenso perfekten Einfahrten – ein gehobenes Viertel, ruhig und abgeschieden.

Ein leichter Wind weht durch die Bäume, wirbelt Blätter auf, die sanft zu Boden sinken. Der Geruch von Gras und Erde liegt in der Luft, vermischt mit einem Hauch von Harz, der von den Zypressen stammt und mich an einen Wald erinnert.

Widerwillig muss ich zugeben, dass das Anwesen beeindruckend aussieht, auch wenn das nichts an meiner inneren Ablehnung ändert.

Mutter schließt die Fahrertür und tritt neben mich. »Bitte, benimm dich.«

Ich verschränke meine Arme vor der Brust und fixiere den Mann, der auf uns zukommt: Nolan Baker, Mutters neuer Partner. Er lächelt breit, offensichtlich erfreut, uns zu sehen. Mein Gesicht bleibt dagegen starr und ungerührt. Ich bin genervt, und das kann er ruhig merken.

»Hey Jaden, schön, dich wiederzusehen«, begrüßt er mich fast übertrieben fröhlich. Ich könnte kotzen.

»Das kann ich nicht zurückgeben«, entgegne ich trocken und zucke mit den Schultern. Vielleicht ein bisschen zu desinteressiert, aber ehrlich gesagt, kann er mir gestohlen bleiben. Ich möchte diese ganze Sache nur schnellstmöglich hinter mich bringen.

Nolan nimmt meine Antwort mit einem Lächeln hin und wendet sich dann meiner Mutter zu. »Ich hoffe, ihr hattet eine gute Fahrt.« Er schließt sie fest in die Arme und drückt ihr einen Kuss auf die Lippen.

Ich muss mich zusammenreißen, um nicht laut zu würgen.

Mutter strahlt, als hätte sie den Jackpot geknackt – als wäre dieses Anwesen samt Mann das Paradies selbst.

»Jaden, warte ab, bis du drinnen bist. Es ist so viel größer als unser altes Zuhause. Du wirst es lieben«, schwärmt sie. In meinen Ohren klingt das zu viel.

»Ja, klar. Großartig.« Mein Tonfall ist flach und ironisch, aber das merkt sie wie immer nicht.

Nolan führt uns durch die breiten Flure des Hauses, und es wird sofort klar, dass die Bakers nur so in Geld schwimmen. Jeder meiner Schritte hallt auf dem Marmorboden wider, und ich hasse es, wie protzig das alles wirkt. Das ist nichts für mich. Im Gegensatz zu Schnösel-Nolan. In seinem schwarzen Anzug, der roten, makellos gebundenen Krawatte und dem akkurat gekämmten Haar passt er perfekt hierher.

Dann beginnt er, von den *Annehmlichkeiten* des Hauses zu berichten, und ich rolle innerlich mit den Augen. Als ob mich der Innenpool oder die hochmoderne Küche interessieren würden. Mir ist egal, wie viele Bäder oder Schlafzimmer dieses Haus hat.

Schließlich deutet er auf eine Holztür im ersten Stock. »Das wird dein Zimmer sein, Jaden.«

Der Raum scheint der Höhepunkt seiner Führung zu sein. Er ist groß, und der Geruch frischer Farbe liegt in der Luft - ein sanftes Blau, das wohl beruhigend wirken soll, doch ich finde es nur kalt.

Ein Kingsize-Bett thront an der rechten Seite, perfekt aufgeschlagen, als wäre es direkt aus einem Wohnmagazin entsprungen. Ein paar Meter weiter steht ein Schreibtisch ordentlich an der Fensterfront. Gegenüber dem Bett hängt ein großer Flachbildfernseher an der Wand, und ich frage mich, was der wohl gekostet hat.

Neben der Tür steht ein Schrank, der so groß ist, dass ich locker darin verschwinden könnte. Vielleicht gibt es einen Zugang nach Narnia, damit ich all dem hier entfliehen kann. Doch der Schrank scheint nur darauf zu warten, dass ich ihn mit irgendwelchen Sachen fülle, die ich gar nicht habe. Meine wenigen Umzugskartons von mir stehen in einer Ecke und füllen noch nicht einmal den Raum aus. Ein Sessel vor dem Fenster bietet einen hervorragenden Ausblick auf den Garten, der selbstverständlich in einem tadellosen Zustand ist.

Ja, okay, das Zimmer ist gar nicht so schlecht, aber das werde ich auf keinen Fall zeigen, geschweige denn zugeben.

Nolan und meine Mutter schauen mich erwartungsvoll an, als würden sie eine Reaktion, eine Freude oder zumindest ein Funkeln in meinen Augen erwarten. Meine Finger fahren langsam über das Holz des Schreibtischs, während ich die Gefühle in meinem Inneren ordne und tief durchatme. Sie sollen nicht denken, dass sie mich mit so einem schicken Scheiß kaufen können.

»Das Zimmer ist ganz … nett«, murmele ich und zwinge mich zu einem Lächeln.

Nolan bleibt wie immer unbeeindruckt von meiner Stimmung. Nichts scheint ihn jemals aus der Fassung zu bringen. »Lass dir Zeit und lebe dich ein. In einer Stunde gibt es Abendessen.«

Sie verlassen das Zimmer, und ich stoße einen frustrierten Seufzer aus. Endlich!

Ich werfe mich auf das lächerlich große Bett und vergrabe mein Gesicht in den Kissen. Diese ganze Situation ist zum Kotzen. Fünf Stunden sind wir bis nach Dedville gefahren, nur um hier am Stadtrand in dieser Schöselgegend zu landen. Ich vermisse mein altes Zimmer, mein altes Leben und meinen Papa. Mutter will, dass ich mich ändere, mich anpasse. Aber das werde ich nicht. Niemals. Nicht für sie. Für niemanden.

Viel zu spät erscheine ich zum Abendessen. War das Absicht? Aber natürlich!

Mutter schenkt mir einen ihrer bösen Blicke, den ich kühl ignoriere. Sie sollte mittlerweile wissen, dass das nichts bringt.

»Konntest du dir nicht wenigstens etwas Anständiges anziehen?«, fragt sie, der Unmut in ihrer Stimme unüberhörbar.

Ich reagiere nicht darauf. Es ist schließlich meine Entscheidung, und dieser rosa Hoodie ist nun mal mein Lieblingsstück.

Wortlos setze ich mich an den Tisch. Neben mir stehen fein angerichtete Teller mit perfekt rosa gebratenem Rinderfilet, dessen würziges Aroma in der Luft hängt. Daneben liegt etwas Grünes, frisch und erdig, wie eben aus dem Garten gepflückt. Doch ich lasse alles liegen, widme mich nur der Suppe, die vor mir steht und inzwischen kalt ist. Die Kälte passt zu der Leere in meiner Brust.

»Wo bleibt eigentlich deine Tochter?« Meine Mutter starrt mit zusammengepressten Lippen auf den leeren Platz neben mir.

»Sie ist bestimmt noch mit ihrem Freund unterwegs«, antwortet Nolan und greift nach seiner Gabel. »Du weißt doch, wie die Jugend heute ist.«

»Na ja, es wäre schon schön gewesen, wenn sie sich wenigstens zum Abendessen blicken ließe.«

Das leise Kratzen von Nolans Messer auf dem Teller und das gelegentliche Schmatzen vermischen sich mit dem gleichmäßigen Ticken der Wanduhr. Mutter und Nolan unterhalten sich die meiste Zeit miteinander, was mir nur recht ist. Ihre Stimmen sind wie ein Hintergrundrauschen, das ich mühelos ausblenden kann. Es ist fast, als wäre ich unsichtbar – und das ist mir lieber als ihre aufgesetzte Fürsorglichkeit.

Niemand sagt etwas, als ich direkt nach dem Essen aufstehe und mich wieder in mein Zimmer zurückziehe. Ich lasse mich auf das weiche Bett fallen und starre an die Decke. Alles hier fühlt sich falsch an. Die Wände sind fremd, der Geruch ist anders, selbst die Geräusche des Hauses sind ungewohnt.

Ich drehe mich auf die Seite und nehme mein Skizzenbuch vom Nachttisch. Es ist mein persönlicher Rückzugsraum, in dem alles möglich ist. Eine Einladung in eine Welt, in der ich die Kontrolle habe. Ich nehme meinen Bleistift in die Hand, das kühle Holz ist vertraut in meinen Fingern, und beginne zu zeichnen. Das leise Kratzen des Bleistifts auf dem rauen Papier hat einen Rhythmus, der mich erdet. Mit jedem Strich fällt die Last von meinen Schultern, als würde sie durch den Bleistift fließen und sich auf das Papier übertragen lassen. Und genau dort kann ich sie festhalten.

Das Zeichnen ist mehr als nur ein Hobby. Es ist eine Zuflucht, ein sicherer Hafen in stürmischen Zeiten. Wenn ich kreativ sein kann, finde ich Frieden und irgendwie auch Klarheit. Dabei verliere ich mich in den feinen Linien, den sanften aufgetragenen Schatten und den Formen, die langsam unter meinen Fingern zum Leben erwachen. Die Außenwelt verblasst, und für eine Weile existiere ich nur in dieser schützenden Blase meiner eigenen Schöpfung. Während ich zeichne, formt sich ein Bild, das all die Gefühle einfängt, die ich sonst nicht ausdrücken kann. Die Frustration, die Traurigkeit, die Sehnsucht nach meinem alten Leben – all das fließt in mein Bild ein. Es ist eine stille Kommunikation, ein Weg, meinem inneren Chaos eine Stimme zu geben.

Ein leises Klopfen holt mich zurück in die Realität und lässt mich aufblicken. Die Zimmertür schwingt auf, bevor ich überhaupt die Chance habe, jemanden hereinzubitten. Wozu klopft jemand, wenn er sowieso nicht abwartet?

Ein Mädel in meinem Alter steht im Türrahmen, ein unsicheres Lächeln spielt auf ihren roten Lippen. Kastanienbraunes Haar fällt in sanften Wellen über ihre Schultern, und das blaue Kleid schmiegt sich an ihre schlanke Figur.

Schnösel-Tochter, schießt mir als Erstes durch den Kopf. Sie sieht Nolan verblüffend ähnlich.

»Was willst du?«, frage ich scharf und hoffe, dass sie den genervten Unterton hört.

Sie kommt näher. »Hi, Jaden. Ich bin Kendra. Ich dachte, vielleicht könnten wir reden? Uns ein wenig kennenlernen?«

Mein Kiefer verkrampft und mein Griff um den Stift wird fester. Ich will das nicht. Ich will sie nicht kennenlernen und auch sonst niemanden. Ich will nur in Ruhe gelassen werden. Versteht das keiner?

»Ich bin beschäftigt.«

Kendra zögert, ihr Enthusiasmus wird durch meine knappe Antwort gedämpft. »Oh, okay. Ich wollte nur kurz Hallo sagen. Falls du mal reden oder abhängen willst: Ich bin in der Nähe.« Sie mustert mein Gesicht, als erwarte sie eine Reaktion, vielleicht sogar ein Lächeln. Aber sicher nicht von mir.

Ich widme mich wieder meinem Skizzenbuch und ignoriere sie. Noch einen Moment bleibt sie stehen, bevor sie leise den Raum verlässt. Ich stoße den Atem aus, von dem ich gar nicht gemerkt habe, dass ich ihn angehalten hatte, und werfe einen Blick auf die geschlossene Tür.

›Falls du mal abhängen willst‹ spuken mir ihre Worte im Kopf umher. Was denkt sie sich eigentlich? Dass ich jetzt alles vergesse und die Vergangenheit ruhen lasse? Dass ich meinen Papa aus meinem Gedächtnis streiche, nur weil meine Mutter einen Neuen hat?

Mit einem Knurren klappe ich mein Skizzenbuch zu, lehne mich mit dem Rücken an die Wand und schließe die Augen. Wie soll ich das nur durchstehen?

Montagmorgen. Ich stehe mitten in den vollen Fluren der Dedville High, meiner neuen Schule. Alles wirkt hier eher wie die Lobby eines Luxushotels: strahlend weiße Wände, schicke Lampen und glänzende Fliesen, die das Licht reflektieren.

Zum Glück gibt es keine Uniformen, ich darf tragen, was ich will. Die anderen Schüler laufen in Stoffhosen und gebügelten Hemden an mir vorbei, als wären sie auf dem Weg ins nächste Meeting statt in den Unterricht.

Es ist 08:15 Uhr und die Frustration nagt bereits an mir wie ein hungriger Biber an einem Baumstamm. Fünf Minuten – so lange hat es gedauert, bis ich genervt war.

Den Blick auf das zerknitterte Stück Papier in meiner Hand geheftet, laufe ich weiter durch die Gänge. Nichts hier ist ausgeschildert, und diese gekritzelte Wegbeschreibung zum Sekretariat könnte genauso gut eine Karte in den Abgrund sein. Vielleicht hätte ich doch Kendras Angebot annehmen sollen, mir den Weg zu zeigen. Fast hätte ich sogar zugestimmt. Es ist nicht so, dass ich nicht mit ihr reden würde. Aber sie hat es eben vermasselt!

Ihre Worte klingen mir noch bitter in Gedanken nach. ›*Ich weiß, dass die Dinge kompliziert sind, aber ich dachte, wir könnten wenigstens versuchen, miteinander auszukommen?*‹ Miteinander auskommen? Hat ihr das meine Mutter eingeredet?

Mein übertriebenes Augenrollen war - denke ich - mehr als deutlich. Falls sie es doch nicht verstanden hat, haben meine Worte den Rest erledigt: ›*Hör zu, ich habe mir das alles hier nicht ausgesucht. Ich habe auch nicht darum gebeten. Also lass mich einfach in Ruhe.*‹ Ohne ein weiteres Wort lief sie davon und ließ mich auf dem Schulhof stehen. Aber egal. Ich brauche sie nicht.

Meine Schritte spiegeln meine schlechte Laune wider. Verdammt sei dieser Ort. Verdammt sei ihre Hilfe. Verdammt sei dieser Neuanfang. Ich komme gut allein zurecht. Ich muss nur ...

Ein plötzlicher Schmerz durchzuckt meinen Körper. Der Boden rauscht auf mich zu. Ehe ich begreife, was passiert, liege ich bereits ausgestreckt auf den Fliesen im Flur. Verdammt!

Mein Kopf pocht. Was zum Teufel war das? Schwarze Schuhe und eine Hand schieben sich in mein Sichtfeld.

»Komm, ich helfe dir auf«, sagt eine tiefe Stimme. Hat der Typ mich gerade umgerannt?

»Kannst du nicht aufpassen, wo du hinläufst?« Ich stütze mich auf. Mein Ellenbogen schmerzt wie Hölle. Verdammt nochmal!

Verärgert schnaufe ich und suche nach meinem Skizzenbuch. Wenn das beschädigt ist, hat jemand eine Menge Ärger am Hals.

»Du hast mich angerempelt, ich stand einfach nur hier.« Die Stimme klingt fröhlich. Lacht der Typ? Jetzt reicht es aber. Was genug ist, ist genug.

»Arsch!«, brülle ich ihn an und richte mich auf, um endlich dem Blick des Idioten zu begegnen.

Stechend blaue Augen starren mich an, ein Gesicht von engelhafter Symmetrie. Perfekt nach hinten gestyltem blondem Haar und gemeißelte Gesichtszüge lassen ihn fast wie eine Statue wirken, die Nase sanft geschwungen über wohlgeformten Lippen. Sein Lächeln enthüllt kleine Grübchen, die ihm einen unbekümmerten Charme verleihen. Ein Sunnyboy, ganz klar.

»Streich das R und das C aus dem Wort«, sagt er und sein Grinsen will nicht verschwinden. »Ash reicht. Funktioniert übrigens auch mit Asche. Streich einfach das C und das E.«

Der Typ verarscht mich doch. »Du hältst dich wohl für sehr witzig, hm?«, knurre ich. Meine Geduld ist am Ende.

»Nicht wirklich«, antwortet er mit einem lässigen Achselzucken.

Ich will etwas erwidern, aber die Worte bleiben mir im Hals stecken. Wie schafft er es, so ruhig zu bleiben? Und könnte er vielleicht aufhören, so selbstzufrieden zu grinsen?

Eine ganze Weile glotzt er mich an und durchdringt meinen Kokon, den ich um mich herum gesponnen habe. Ich stehe nur da, unfähig, mich diesem intensiven Blick zu entziehen. Seine Augen, so blau wie Gletschereis, fesseln mich. Ich kaue auf meinem Lippenpiercing herum. Wer ist hier eigentlich der Idiot? Ach ja, *ich*.

»Ash, kommst du?«, ruft einer der Jungs, die am anderen Ende des Gangs stehen.

»Hier, hast du verloren.« Mit einer schnellen Bewegung drückt mir der Sunnyboy mein Skizzenbuch an den Bauch, grinst und dreht sich um. Ein paar Sekunden schaue ich noch seinem blonden Schopf hinterher, bevor er endgültig in der Menge verschwindet.

Zum Glück ist an meinem Skizzenbuch noch alles heil. Wäre da auch nur eine Ecke geknickt oder ein Fleck darauf, hätte ich ihm die Hölle heiß gemacht.

»Nicht sehr clever, Ashton McCoy vor der halben Schule zu beleidigen.« Ein Kerl mit braunen Locken, die ihm in die Stirn fallen, stellt sich mir in den Weg. Mit dem Zeigefinger schiebt er seine Brille zurück, rümpft dabei die Nase und mustert mich. Kann man mich an meinem ersten Tag nicht einfach in Ruhe lassen?

Ich ignoriere ihn, drehe mich weg und halte Ausschau nach dem Büro des Schulleiters. Das muss doch hier irgendwo sein. Wieder fällt mein Blick auf den unleserlichen Zettel.

»Du bist neu hier, nicht wahr?« Okay, Löckchen hat anscheinend nichts Besseres zu tun, als mich zu nerven.

Ich seufze tief. »Verschwinde.«

Doch der Nerd denkt nicht daran. »Komm, ich zeige dir, wohin du gehen musst.« Seine Hartnäckigkeit geht mir jetzt schon tierisch auf die Nerven. Trotzdem folge ich ihm, da ich keine bessere Option sehe.

Kapitel 2
Ashton

*J*osh, groß und muskulös, begrüßt mich mit einem kräftigen Schlag auf die Schulter.

»Hey, Bro, wo warst du am Wochenende? Die Party war der Hammer!« Sein blonder Pferdeschwanz wippt bei jedem Schritt, als wir durch den Flur Richtung Klassenzimmer gehen. Die Menge teilt sich fast automatisch, als wären wir Magnete, die alle anziehen und doch auf Abstand halten. Ein paar Jungs aus dem Fußballteam heben grüßend die Hand, während Mädchen kichern und schnell wegsehen, sobald ich ihren Blick erwidere. Josh zieht die Schultern zurück und nickt einigen Leuten zu, sichtlich zufrieden mit der Aufmerksamkeit.

»Oh, du weißt schon, ich hatte viel zu tun.« Natürlich ist das nur eine faule Ausrede. Die Wahrheit ist, ich mag diese Art von Partys einfach nicht. Dieses oberflächliche Getue, jeder mit einem Becher randvoll mit Alkohol in der Hand, als wäre das die einzige Möglichkeit, Spaß zu haben. Und dann diese Flirtereien, bei denen es nur darum geht, am Ende der Nacht irgendein Mädchen zu erobern, an dessen Namen man sich am nächsten Morgen nicht mehr erinnern kann.

Josh schnaubt. »Viel zu tun, klar. Während du 'ne ruhige Kugel geschoben hast, ist mir fast der Schuss bei Katie durch die Lappen gegangen. Und das nur, weil ich mit Bier auf dich gewartet hatte.«

Super, genau das, was ich auf keinen Fall brauche: Ein Typ, der sein Wochenende mit Bier und *Schüssen* verbringt, und das auch noch feiert.

»Katie? Echt jetzt? Ist sie nicht mit Tom zusammen?«

»Wen juckt´s?« Josh winkt ab. »Die hängen doch eh nur noch wegen der Insta-Fotos miteinander ab. Jedenfalls, wir haben uns prächtig amüsiert.« Er stößt mich leicht mit dem Ellenbogen an und zwinkert mir zu.

Links und rechts schwingen Schließfachtüren auf und zu, Schüler stopfen hastig Bücher in ihre Rucksäcke. Ein paar Freshmen rennen lachend an uns vorbei und weichen gerade noch einem anderen Senior aus, der ihnen fassungslos hinterherschaut.

»Ja, klingt genau nach deiner Art von Spaß.« Ich schüttle leicht den Kopf.

»Oh Mann, du hast keine Ahnung, was du verpasst hast!« Josh spricht jetzt lauter, fast euphorisch. »Und du hättest Liam sehen sollen, der war komplett breit. Kein Wunder, er hatte mal wieder 'nen ganzen Kofferraum voll Bier und Zeug dabei, alles von diesem älteren Kerl, der ihm das regelmäßig besorgt. Keine Ahnung, wie der das organisiert, aber Liam sagt, der Typ fragt nie viel, kassiert gut ab und kümmert sich um den Rest.« Lachend klopft sich Josh auf die Brust, als wäre das die beste Geschichte, die er je erzählt hat.

Für mich klingt es eher wie der Anfang von einem Polizeibericht. Alkohol und Zeug im Kofferraum, alles von einem älteren Kerl? Das ist illegal! Aber offenbar interessiert das keinen, am wenigsten Josh. Für ihn ist das nur das Ticket für den nächsten legendären Abend.

»Und als Gabi und Thomas dann auf dem Tisch angefangen haben rumzumachen, hat Liam in die Ecke gekotzt.« Josh gluckst und boxt mir gegen den Arm. »Mit dir wäre der Abend echt perfekt gewesen, Bro! Ich meine, wann hast du zuletzt einfach losgelassen und Spaß gehabt?«

Ich zwinge mich zu einem Lächeln. »Vielleicht nächstes Mal.«

»Vielleicht?« Josh zieht eine Grimasse. »Alter, da gibt's kein Vielleicht. Das wird legendär. Keine Ausreden!« Er hebt die Augenbrauen, als wolle er ein Versprechen aus mir herauslocken.

Seufzend nicke ich halbherzig, nur um endlich Ruhe zu haben.

Es ist nicht so, dass ich Josh nicht mag - im Gegenteil. Aber manchmal leben wir einfach in verschiedenen Welten. Sein Alltag dreht sich um Partys, darum, Frauen abzuschleppen, und um Fußball. Letzteres ist eines der wenigen Interessen, die wir gemeinsam teilen. Das schweißt uns zusammen. Macht uns zu Freunden.

Im Klassenzimmer herrscht ein aufgeregtes Durcheinander, typisch für den ersten Tag nach den Ferien. Ein Gewirr aus Stimmen in den unterschiedlichsten Lautstärken, jeder will den neusten Klatsch und Tratsch loswerden.

Josh verschwindet in der Menge, und ich mache mich auf den Weg zu Kendra.

Meine Freundin ist bereits an ihrem Platz, doch bevor ich mich neben sie setzen kann, springt sie auf und fällt mir um den Hals.

»Endlich! Da bist du ja!« Ihre Stimme klingt fröhlich, aber ihre Augen erzählen eine ganz andere Geschichte. Etwas bedrückt sie, und das ist nicht das typische Drama über Mathehausaufgaben.

»Hey, alles okay?«, frage ich vorsichtig und küsse sie auf die Stirn. »Liegt es an deinem Stiefbruder?«

Kendra schnaubt leise, löst sich von mir und setzt sich wieder auf den Stuhl. »Ja, Jaden. Er ist die personifizierte Laune eines Regentages. Nur am Meckern, Schimpfen und unfreundlich sein. Das volle Paket. Es ist, als hätte er ein Abo für miese Laune.«

Ein Stiefbruder, der Kendras fröhliche Ausstrahlung dämpft. Das klingt nach einer unangenehmen Wendung.

Ich setze mich neben sie und streiche ihr beruhigend über den Arm. »Das wird schon. Gib ihm ein bisschen Zeit.«

Um sie aufzuheitern, erzähle ich ihr von meinem Vorfall auf dem Flur. »Ich stand da, und plötzlich rennt dieser Typ voll in mich rein. Er sah aus, als wäre er gerade von einem anderen Planeten gefallen - zerrissene Jeans und ein rosa Pullover, der ihm mindestens eine Nummer zu groß ist. Nicht der typische Schullook, oder?«

Kendra horcht auf, und runzelt die Stirn. »Schwarze Haare, wild und ungekämmt? Fieser Blick, als könnte er Blitze schießen? Mit einem Lippen- und einem Nasenpiercing, wie bei einem Stier?«

Überrascht blinzele ich einige Male. »Ja, genau der! Also ist mein mürrischer Flurgegner dein Stiefbruder?«

Kendra nickt. »Herzlichen Glückwunsch, das ist er. Mein Sturkopf von Stiefbruder.«

Keine Ahnung, ob ich ihn als Sturkopf oder eher als Hitzkopf bezeichnen würde, aber er hatte definitiv etwas Eigenes an sich. Seine unfreundliche Art amüsierte mich irgendwie. Als Captain der Fußballmannschaft begegnet mir sonst niemand mit diesem kühlen Desinteresse. Jaden war der Erste, der mir nicht sofort ein Lächeln schenkte oder mich beeindrucken wollte. Es war erfrischend, jemanden zu treffen, der nicht versucht, in das perfekte Bild zu passen. Während alle anderen in ihren Designer-Outfits und schick gestylt herumlaufen, sticht Jaden heraus wie ein bunter Papagei unter Tauben.

Die Schulglocke läutet, der Unterricht beginnt. Mathematik. Ms. Rodriguez steht vorne und schreibt die erste Gleichung an die Tafel. Ihr monotones Murmeln ermüdet mich schon jetzt. Ich hasse Mathe.

Mein Stift gleitet über mein aufgeschlagenes Heft, zeichnet Linien und Muster, die nichts mit der Rechnung zu tun haben, die gerade auf der Tafel steht.

Plötzlich wird die Klassenzimmertür aufgerissen, und Locken-kopf Freddy stolpert in den Raum, mit – Überraschung – unserem neuen Mitschüler Jaden im Schlepptau. Die Blicke der gesamten Klasse richten sich auf die beiden. Auch die von Ms. Rodriguez.

»Frederick Hamilton, Sie sind zu spät. Der Unterricht hat bereits begonnen«, sagt sie und schaut ihn mahnend an. Freddy ist nie zu spät. Er ist der Klassenstreber, stets pünktlich und immer mit gemachten Hausaufgaben.

»Entschuldigung«, stammelt Freddy und lenkt die Aufmerk-samkeit auf seinen Begleiter. »Das hier ist Jaden Pearson, unser neuer Mitschüler.«

Kendra ignoriert die Vorstellung demonstrativ. Mit gesenktem Kopf kritzelt sie kleine Kreise auf ihren Block, die wahrscheinlich fünf Seiten später noch sichtbar sein werden, weil sie den Stift so fest aufdrückt.

Ich schaue wieder zu Jaden. Sein Blick wandert durch den Raum, bis er schließlich auf mir landet. Es ist keine herzliche Begrüßung, die mir dort entgegenschlägt. Sein Gesicht verdun-kelt sich wie eine Gewitterwolke. Was hat dieser Typ gegen mich? Mit einem Seufzen fahre ich mir durch die Haare, als könnte ich damit die Spannung im Raum auflösen, doch es bringt nichts.

Ms. Rodriguez setzt Jaden neben Sofie, die am Tisch schräg vor mir und Kendra sitzt, und führt ihre Berechnungen an der Tafel fort. Ich sollte dem Unterricht folgen, aber meine Aufmerksamkeit bleibt bei Jaden hängen. Sofie redet ununterbrochen auf ihn ein und berührt ihn immer wieder wie zufällig am Arm. Genießt er das oder nervt es ihn? Ich tippe auf Letzteres, denn jedes Mal, wenn sie ihm nahe kommt, zieht er sich leicht zurück, als wolle er Distanz schaffen.

Als ob Jaden meinen Blick spüren würde, dreht er sich plötz-lich um und hebt provokant den Mittelfinger in meine Richtung.

Wirklich ... sehr charmant.

Seine Augen funkeln herausfordernd. Doch statt beleidigt zu sein oder mich darüber aufzuregen, bringt mich seine Geste eher zum Schmunzeln. Dieser Typ hat definitiv das Potenzial, die ohnehin schon chaotische Dynamik unserer Klasse auf eine neue Stufe zu heben. Ich frage mich nur, wie lange er das selbst aushält, bevor er wie ein Vulkan explodiert.

Die tickende Uhr an der Wand zählt die Sekunden meines Lebens herunter. Der Tag zieht sich endlos hin und ich bin erleichtert, als es zum Schulschluss klingelt. Meine Mitschüler stürmen regelrecht nach draußen und zerstreuen sich in alle Richtungen. Kendra hakt sich bei mir unter, und wir treten aus dem Klassenzimmer. Zusammen mit Josh warten wir davor auf Sofie, die sich heute besonders viel Zeit lässt. Als sie endlich auftaucht, ist sie ganz aus dem Häuschen und schwärmt von Jaden. »Seine blauen Augen sind einfach umwerfend.«

Ein innerlicher Seufzer entweicht mir. Seine Augen sind nicht blau. Sie sind grün. Ein tiefes Grün, wie das Moos nach einem Sommerregen. Das ist mir heute im Flur aufgefallen, als er mich angestarrt hat.

Kendra atmet scharf durch die Nase und lehnt sich zurück, ihre Finger trommeln auf ihrem Oberarm. »Sofie, das kann doch nicht dein Ernst sein. Der Typ ist ein Idiot.«

Wir kennen Sofie seit der ersten Klasse. Sie ist ein liebes, zierliches Mädchen, das sich leider zu schnell in Männer verliebt, die sie dann nach Strich und Faden ausnutzen. Sie ist hübsch. Mit ihren

Rehaugen und den schulterlangen dunklen Haaren steht sowieso fast jeder Kerl auf sie.

»Vielleicht ist er ja ganz anders, wenn man ihn näher kennenlernt.« Sofie dreht eine Haarsträhne um den Finger und schaut mich an, als suche sie Unterstützung von mir. Ich zucke mit den Schultern und sage nichts.

Josh lässt die Diskussion über den Neuen unbeeindruckt. Seine Aufmerksamkeit liegt auf einem anderen Mitschüler. Frederick Hamilton. Der kommt gerade aus dem Klassenzimmer und bleibt neben uns stehen.

»He, Frederick, leiht dir deine Mami ihre Lockenwickler für die Haare?« Josh nutzt jede Gelegenheit, um einen seiner dämlichen Sprüche über den Nerd abzulassen. Freddy ist nicht der beliebteste Kerl und wird deswegen ständig gehänselt.

Das Lachen einiger Mitschüler hallt durch den Flur, doch die kurze Erheiterung verpufft, als Jaden plötzlich im Türrahmen steht. Seine Präsenz zieht die Aufmerksamkeit auf sich, ohne dass er ein Wort sagen muss.

»Wenn du Hilfe bei den Hausaufgaben brauchst, sag Bescheid, Jaden«, säuselt Sofie in ihrer süßesten Stimme.

Jaden reagiert nicht darauf. Wortlos geht er an uns vorbei, Freddy folgt ihm.

»Ich sagte ja, er ist ein Idiot.« Kendra steckt ihre Hände in die Jackentaschen und sieht Jaden nach. Ihr Ausdruck wirkt nachdenklich. Normalerweise versteht sie sich mit jedem, aber bei ihm scheint es schwieriger zu sein. Trotzdem weiß ich, dass sie nicht so leicht aufgeben wird – dafür kenne ich sie zu gut.

Während Sofie und Josh einen kurzen Fußweg nach Hause haben, machen Kendra und ich uns auf den Weg zur Bushaltestelle.

»Ash, kommst du heute Abend? Wir könnten über das Schulprojekt sprechen«, fragt Kendra und tippt nebenbei auf ihrem

Smartphone herum. Sie sollte wirklich aufhören, ständig beim Laufen auf das Ding zu schauen. Eines Tages wird noch etwas passieren. Aber da ich ihr das schon oft genug gesagt habe, antworte ich nur auf ihre Frage.

»Ja klar, ich gehe nur schnell heim und komme dann vorbei.«

Überpünktlich stehe ich vor der imposanten Villa und drücke die Klingel. Kendras Zuhause kommt mir jedes Mal wie ein Ort der Ruhe vor. Alles wirkt hier so friedlich.

Die Haustür wird geöffnet und eine Frau begrüßt mich freundlich. »Hallo, du musst Ash sein. Ich bin Molly Pearson, Jadens Mutter.« Ihr Lächeln ist warm, ihre Augen braun und ihre blonden, glatten Haare enden knapp über ihren Schultern. Alles an ihr wirkt makellos - ganz anders als der düstere Jaden, den ich aus der Schule kenne.

»Hallo, freut mich, Sie kennenzulernen«, sage ich höflich und trete ein. Meine Schuhe stelle ich ordentlich an die Seite und gehe die Treppe hinauf. Im ersten Stock dröhnt der Bass dumpf durch die Wände, so laut, dass der Boden unter meinen Füßen vibriert. Kendra steht in der Tür, ihre Arme sind verschränkt, und ihr Blick spricht Bände. Ihre zusammengekniffenen Augen und die angespannte Haltung verraten deutlich, dass ihre Geduld am seidenen Faden hängt.

»Das ist Jaden«, sagt sie und deutet in Richtung der Musik. Natürlich, wer sonst.

»Hat er noch nie was von Kopfhörern gehört?«, frage ich und umarme Kendra.

»Ich glaube, dass er die Musik extra so laut aufdreht, nur um sicherzugehen, dass auch ja jeder im Haus weiß, wie sehr er gerade im ›Flow‹ ist.«

Kendra zieht mich in ihr Zimmer. Der süße Vanilleduft steigt mir sofort in die Nase, ausgehend von dem kleinen Gerät auf der Fensterbank.

Die Wände, in zartem Rosa gestrichen, sind über und über mit Postern von Bands und Fotos bedeckt. Dazwischen kleben handgeschriebene Zitate aus ihren Lieblingsliedern – alles sorgfältig angeordnet, als würde jedes Stück eine Geschichte erzählen. Auf ihrem Schreibtisch liegen Bücher, neben einem Laptop und einigen Schulsachen, die Kendra für den Unterricht benötigt. Gegenüber dem Fenster steht ihr Bett, überzogen mit einer Decke in kräftigem Lila und umgeben von einem Meer an Kissen in allen erdenklichen Formen und Größen. Darauf sitzt ein Plüschhase mit leicht ausgefransten Ohren, der ihr schon seit Kindertagen gehört. Eine Lichterkette windet sich um das Bettgestell, die eine warme Atmosphäre schafft, wenn sie leuchtet. Es ist ein typisches Mädchenzimmer, aber die vielen kleinen Details verleihen ihm eine unverkennbare, persönliche Note.

»Also, was denkst du?«, fragt Kendra und blättert in einem roten Schulbuch.

»Na ja, er ist ... gewöhnungsbedürftig.«

Meine Freundin schaut mich an und verdreht die Augen. »Nicht Jaden.« Sie schüttelt den Kopf. »Ich meine, können wir das Abschlussprojekt ‚Grüne Zukunft: Wege zur Nachhaltigkeit' zusammen machen?«

»Ich denke schon«, sage ich und lasse mich auf das Bett fallen.

»Stell dir vor, was wir alles bewirken könnten, Ash. Wir könnten Workshops organisieren. Vielleicht sogar den Schulgarten neu gestalten!« Ihre Stimme sprüht plötzlich vor Enthusiasmus.

Ehrlich gesagt ist das Thema Nachhaltigkeit nicht gerade mein Steckenpferd. Ich sehe mich eher als den pragmatischen Typ, der sich mit konkreten Problemen auseinandersetzt, statt mit globalen Herausforderungen. Aber Kendra zuliebe bin ich bereit, mich darauf einzulassen.

»Ja, hört sich gut an.« Meine Antwort klingt etwas halbherzig, deshalb füge ich schnell hinzu: »Vielleicht könnten wir auch eine Umfrage starten, um zu sehen, was andere Schüler darüber denken.«

Kendra klatscht begeistert in die Hände. »Genau! Das ist eine tolle Idee. Wir könnten auch einen Blog starten und regelmäßig Updates posten. Was hältst du davon?«

Bevor ich antworten kann, wird unser Gespräch durch ein Klopfen an der Tür unterbrochen. Nolan steckt seinen Kopf herein. »Das Essen ist fertig. Kommt ihr runter?«

»Wir müssen wohl eine Pause einlegen«, sagt Kendra.

Ich bin erleichtert. Nolan ist meine Rettung.

»Kein Problem. Wir haben genug Zeit, alles zu planen.« Und das stimmt. Die Gruppeneinteilung ist erst nächsten Donnerstag, und vielleicht gelingt es mir bis dahin, Kendra doch noch von einem anderen Thema für das Abschlussprojekt zu überzeugen.

Sie ist bereits aus dem Zimmer gegangen, und auch ich erhebe mich, um ihr zu folgen.

»Komm gleich nach. Ich muss mir nur schnell die Hände waschen!«, rufe ich ihr hinterher und mache mich auf den Weg zum Badezimmer.

Kaum habe ich die Schwelle überschritten, stehe ich plötzlich Jaden gegenüber – fast wie in einer dieser Filmszenen, die man nur zu gut kennt. Klischee? Absolut.

Jaden steht lässig am Waschbecken, seine Haltung wirkt entspannt, doch seine Mundwinkel heben sich, als würde ihn die Situation amüsieren. »Da ist ja Asche ohne C und E.«

Ich kann mir ein Lachen nicht verkneifen, auch wenn ich es gern möchte. Natürlich greift er diesen Witz auf, das war abzusehen. Mir ist in diesem Moment auf dem Schulflur einfach nichts Besseres eingefallen.

Mit einem leicht spöttischen Ton kontere ich: »Und wer hält sich jetzt für besonders witzig?«

»Ich passe mich nur den Gegebenheiten an.« Sein Grinsen ist provozierend und es stört mich auf eine Art, die ich nicht erklären kann. Doch gleichzeitig liegt eine gewisse Faszination in dieser Herausforderung, die er mir da bietet.

»Was ist eigentlich dein Problem?« Ich kann kaum glauben, dass ich diese Diskussion jetzt hier im Badezimmer beginne. Mein Blick ist fest auf ihn gerichtet, seine Augen funkeln lebendig. Sie sind moosgrün … mit kleinen Blitzen, die er gerade auf mich abfeuert.

»Du bist das verdammte Problem. Du hältst dich für was Besseres.« Seine Worte sind scharf, aber da ist noch etwas anderes, ein Hauch von Unsicherheit, vielleicht sogar Verletzlichkeit.

»Weil du mich auch so gut kennst, was?« Meine Stimme klingt kühler als beabsichtigt, doch ich bin neugierig, und würde gern wissen, was ihn wirklich stört.

Jaden schnaubt. »Oh, ich bin so beliebt und gutaussehend. Ich bin Ashton McCoy, schaut alle her.« Er streicht sich dabei demonstrativ durch die Haare. Soll das etwa ich sein? Diese übertriebene Geste passt so gar nicht zu mir. Aber immerhin hat er sich Mühe gegeben, mich nachzuäffen.

Ich lehne mich lässig mit der Schulter an die Wand und kann es nicht lassen, ihn ein wenig zu necken. »Du kennst meinen Namen. Hast dich wohl über mich erkundigt?«

Seine Miene verhärtet sich schlagartig, und ich merke, dass ich wohl einen wunden Punkt getroffen habe.

»Bild dir bloß nichts drauf ein! Dein Name wurde mir praktisch aufgedrängt, weil du dich so aufspielst.«

»Der Einzige, der sich gerade aufspielt, bist du. Niemand anderes, Jaden.«

Jaden kaut auf seinem Lippenpiercing herum, was ihn für einen Moment eine hilflose, fast niedliche Ausstrahlung verleiht.

Ich entscheide mich, das Spiel weiterzuspielen, seine eigenen Waffen gegen ihn zu verwenden.

»Du findest mich also gutaussehend?« Meine Stimme ist sanft, fast ein Flüstern, während ich mich von der Wand abstoße und einen Schritt auf ihn zugehe. Wir stehen uns jetzt direkt gegenüber.

Jaden ist ein paar Zentimeter kleiner als ich, aber seine Haltung bleibt trotzig.

Für einen Moment herrscht Stille zwischen uns, nur unterbrochen vom leisen Tropfen des Wasserhahns im Hintergrund.

Schließlich senkt Jaden seinen Blick, als ob er den Kontakt nicht länger ertragen könnte. »Was auch immer du dir da einbildest, Asche«, murmelt er, bevor er sich umdreht und das Badezimmer verlässt.

Ein seltsames Gefühl durchströmt mich, eine eigenartige Mischung aus Triumph und Unbehagen. Jaden Pearson ist schwer zu durchschauen, eher wie ein Rätsel, das kaum zu lösen ist. Genau das macht ihn so ... faszinierend.

Kapitel 3
Jaden

Das Esszimmer ist das perfekte Sinnbild für alles, was ich an dieser Villa hasse. Hochglanzpolierte Marmorböden, so makellos, dass man fast Angst hat, einen Fuß darauf zu setzen und einen Kratzer zu hinterlassen. Dazu die weißen Wände, an denen moderne Kunstwerke hängen, die wahrscheinlich mehr gekostet haben, als meine Mutter in ihrem ganzen Leben verdienen wird. Ein massiver Esstisch aus dunklem Holz dominiert den Raum und bietet mühelos zwanzig Personen Platz.

Alles ist so perfekt inszeniert, so durchgestylt, dass es mir beinahe körperliche Schmerzen bereitet, hier zu sitzen. Jeder Zentimeter dieses Hauses schreit nach Geld und Status, aber für mich fühlt es sich einfach nur übertrieben und kalt an. Es ist schwer, sich in einem Raum wohlzufühlen, der mehr wie eine Ausstellung als ein Zuhause wirkt.

Stumm sitze ich auf dem Stuhl und starre auf meinen Teller. Den Brokkoli arrangiere ich so, dass er wie ein Kunstwerk aussieht. Diese kleine Ablenkung hilft mir, den Kopf unten zu halten und nicht aufblicken zu müssen – nicht zu ihm. Ash sitzt direkt gegenüber, seine Präsenz ist kaum zu ignorieren. Ash, der Junge aus der Schule. Und ausgerechnet Kendras Freund.

Ob ich ihn gutaussehend finde? Pff, als ob!

Meine Mundwinkel zucken ironisch. Okay, vielleicht sieht er nicht ganz so schlecht aus. Aber das ändert rein gar nichts. Mein Blick wandert kurz zu ihm, dann wieder auf meinen Teller. Wie er schon da sitzt, mit seinem unerträglich selbstzufriedenen Lächeln. Ganz zu schweigen, wie er sich bei meiner Mutter einschleimt, mit dieser übertrieben förmlichen Art zu reden. Glatt wie ein Aal, der sich geschickt aus jeder Lage windet.

»Einige Lehrer sind wirklich herausfordernd, aber ich genieße die Kurse sehr«, sagt Ash.

Ich stochere weiter in meinem Essen herum.

»Das ist schön zu hören. Es ist wichtig, dass man sich in der Schule wohlfühlt und engagiert ist«, erwidert meine Mutter.

»Ja, und ich finde es großartig, wie die Schule uns auch außerschulische Aktivitäten bietet. Gerade Sport ist eine wunderbare Möglichkeit, sich auszupowern und gleichzeitig Teamgeist zu entwickeln«, fährt Ash fort, und mir wird schon ganz schlecht von seinem ständigen Gefasel über Disziplin und Engagement. Er klingt wie ein perfekter Musterschüler, der es sich zur Aufgabe gemacht hat, bei den Eltern anderer einen guten Eindruck zu hinterlassen. Diese Unterhaltung nervt mich zunehmend.

Ich drehe die Gabel in meiner Hand und betrachte das Ergebnis meiner Brokkoli-Kunst.

»Jaden, wie war dein erster Schultag?« Mutters Blick bohrt sich förmlich in mich hinein. Es fällt mir jedoch schwer, ihre Frage mit der nötigen Begeisterung zu beantworten. Wir beide wissen, dass mein Schulalltag das Letzte ist, worüber ich gerade reden möchte, und ihr Interesse ist auch nur Show.

Ich presse die Lippen zusammen, kaue auf meinem Piercing.

»Ganz toll«, antworte ich tonlos und starre weiterhin auf meinen Teller. »Asche hat mich umgerannt.« Ein Satz, der die

Spannung zwischen Ash und mir betonen sollte, aber er bricht in Gelächter aus.

Ich hebe den Kopf und hoffe, er erkennt, wie gern ich ihn erwürgen möchte.

»Das wirst du mir ewig vorwerfen, oder?« Sein Ton ist scherzhaft, und die freche Selbstsicherheit in seinem Gesicht hält mich für einen Moment gefangen. »Und du warst es, der in mich gelaufen ist.« Dann zwinkert er mir zu, als wäre das irgendein Insiderwitz zwischen uns, den nur wir beide verstehen würden.

Meine Hand schließt sich fester um die Gabel. Dieses Zwinkern. Dieses verdammte Zwinkern. Ein Teil von mir möchte aufspringen und ihm die Meinung sagen, ihn anschreien, wie arrogant er ist, aber ich beiße mir auf die Zunge und zwinge mich, ruhig zu bleiben. Ich will ihm nicht zeigen, wie sehr er mich auf die Palme bringt. Zudem wirft mir meine Mutter einen dieser Blicke zu, die mir unmissverständlich klarmachen sollen, dass ich mich zusammenreißen soll.

Nolan ergreift das Wort, mit einem Timing, als hätte er ein Gespür dafür, genau im richtigen Moment die Spannung aus der Situation zu nehmen. »Wie geht es deinen Eltern, Ash?«

Ashs Schultern senken sich leicht. Die Selbstsicherheit, die er sonst so mühelos ausstrahlt, schwindet, als ob sich ein unsichtbarer Schleier über ihn legt.

»Ihnen geht's gut, danke der Nachfrage.« Seine Antwort ist neutral, eine Floskel, um nicht weiter darauf eingehen zu müssen. Die kleinen Details verraten ihn: das Zittern seiner Finger, die die Serviette mehr kneten als glattstreichen, das kaum hörbare Ausatmen, als würde er sich innerlich sammeln. Und es funktioniert. Alle anderen am Tisch übersehen diese Feinheiten. Aber ich nicht. Ich kenne dieses Bedürfnis, abzulenken und die Fassade aufrechtzuerhalten.

»Bestell ihnen liebe Grüße, ich habe sie ja lange nicht gesehen«, sagt Nolan, in seiner gewohnt freundlichen Art.

»Ash, ich habe gehört, du spielst Fußball in der Schulmannschaft«, fängt nun meine Mutter an.

»Er ist richtig gut«, fügt Kendra eifrig hinzu, und Ash grinst verlegen. Kleine Grübchen zeichnen sich in seinen Wangen ab.

Und schon kehrt die Normalität zurück, als wäre nichts gewesen. Doch nicht für mich.

Das Gespräch über Fußball reißt eine alte Wunde auf und katapultiert mich in Erinnerungen an meinen Papa. An die Nachmittage im Park. Er fand immer Zeit für mich, um mit mir Fußball zu spielen.

Ein Kloß bildet sich in meinem Hals, und ich schiebe mein Essen weiter auf dem Teller hin und her. Ich könnte sowieso keinen Bissen herunterkriegen.

»Jaden hat früher auch viel Fußball gespielt«, sagt meine Mutter und übertreibt maßlos. Sie hat es immer gehasst, wenn ich mit Papa draußen war. Warum muss sie das jetzt erwähnen?

»Vielleicht, wenn er zum Training geht, dann ...«, redet sie weiter, als ob das die Lösung für sämtliche Probleme wäre. Doch das ist zu viel für mich. Ich kann nicht hier sitzen und so tun, als wäre es in Ordnung.

Mit einer ruckartigen Bewegung stehe ich auf, der Stuhl kippt mit einem lauten Krachen nach hinten und alle Augen richten sich auf mich.

»Nein«, sage ich laut und unmissverständlich. Ein bisschen Fußball und alles ist wieder super? Was denkt sie sich dabei?

Ohne noch einen Blick auf die überraschten Gesichter von Nolan und Kendra zu werfen oder das irritierte Stirnrunzeln von Ash zu beachten, drehe ich mich um, verlasse das Esszimmer und verschwinde ohne Umwege in mein Zimmer.

Sobald ich die Tür hinter mir schließe, lehne ich mich gegen das Holz und versuche, meinen rasenden Herzschlag zu beruhigen. Hier kann ich endlich wieder atmen.

Ich gehe ein paar Schritte durch den Raum, setze mich an den Schreibtisch und schlage mein Skizzenbuch auf, an der Stelle, an der ich zuletzt aufgehört hatte. Eine halbfertige Zeichnung wartet darauf, zum Leben erweckt zu werden. In meinem Kopf hat sie längst Gestalt angenommen: Eine Landschaft, aber keine gewöhnliche. Berge, die wie riesige Kristalle in den Himmel ragen, ihre schimmernden Spitzen fangen das Licht ein und brechen es in tausend funkelnde Farben. Der Himmel darüber, eine lebendige Symphonie, inspiriert von den Nordlichtern Islands, die ich immer schon einmal mit eigenen Augen sehen wollte.

Ich greife nach meinen Stiften, die in einer Dose neben dem Buch liegen. Langsam kehrt die Ruhe in mir zurück. Ich fahre die Linien nach, vertiefe die Schatten und setze Lichtpunkte. Jeder Strich auf dem Papier hilft mir, ein Stück weiter von der angespannten Atmosphäre beim Abendessen wegzukommen. Die Kunst hat diese wundersame Fähigkeit, mich alles um mich herum vergessen zu lassen.

Ich renne über den Flur und falle halb ins Klassenzimmer. Stolpernd und alles andere als elegant, weil ich mit dem Jackenärmel an der Türklinke hängenbleibe. Verdammt, schon wieder zu spät. Zum vierten Mal in den letzten zwei Wochen. Ganz großes Kino!

Es liegt nicht daran, dass ich zu spät aufstehe oder zu spät aus dem Haus gehe. Nein. Aber seitdem Löckchen alias Frederick

Hamilton mir an meinem zweiten Tag morgens auflauerte, verpasse ich täglich absichtlich den Bus und laufe extra langsam zur Schule, um ihm bloß nicht zu begegnen. Ich schwöre, der Typ hat es zu seiner Lebensmission gemacht, mir jede freie Minute auf die Nerven zu gehen.

Letzte Woche Montag klebte er mir bis zum Schulschluss am Bein und redete unaufhörlich auf mich ein.

»Mr. Pearson.« Mr. Roberts schaut mich mit zusammengezogenen Augenbrauen an. Die tiefen Falten auf seiner Stirn lassen ihn aussehen wie eine mies gelaunte Bulldogge. »Glauben Sie nicht, Sie hätten hier Sonderrechte, nur weil Sie neu sind.«

Innerlich rolle ich mit den Augen. Wirklich jetzt? Diese Nummer zieht er durch? Als ob ich morgens mit dem Vorsatz aufstehen würde, zu spät zu kommen, nur um meine ›Neuheit‹ auszuspielen.

Gerade will ich eine dieser Floskeln herunterrattern, da schwingt die Tür hinter mir erneut auf. Ein völlig außer Atem geratener Sunnyboy kommt hereingestolpert, seine blonden Haare heute alles andere als ordentlich frisiert.

»Mr. McCoy, Schulbeginn ist auch für Sie 8:00 Uhr, und keine 15 Minuten später.«

»Entschuldigen Sie Mr. Roberts, kommt nicht wieder vor.« Seine Stimme klingt so glatt und schmeichelnd, dass ich fast eine Gänsehaut bekomme. Was für ein Arschkriecher.

Ich stecke meine Hände in die Hosentaschen und drehe mich zu dem Schönling um. Unsere Blicke treffen sich und meine Lippen formen lautlos das Wort ›Schleimer‹.

Ashs Augenbrauen ziehen sich zusammen, seine Miene verdunkelt sich, und ich weiß, dass er es verstanden hat. Ein Grinsen zuckt an meinen Mundwinkeln, als ich mich auf meinen Platz neben Sofie setze.

Mr. Roberts fährt, unbeeindruckt von dem kleinen Schauspiel, fort. »Wir waren gerade dabei, die Zuteilung der Projektpartner für die Abschlussarbeit durchzugehen.«

»Ich kann das mit Kendra ...«, beginnt Ash und wird sogleich von Bulldogge unterbrochen.

»Nein, das werden Sie nicht.«

Hilfesuchend schaut Ash zu Kendra, die mit ihrem Armband spielt und sich auf die Lippe beißt. Sie neigt den Kopf und lässt die Schultern sinken, als wolle sie sagen, wie leid es ihr tut. Mein Grinsen wird noch breiter, als ich Ashs enttäuschte Miene betrachte. Idiot!

»Wir sind bereits fertig mit der Aufteilung. Es fehlen nur noch Sie und Mr. Pearson. Sie beide sind ein Team.«

Mir bleibt das Herz stehen. Was? Mein Magen verkrampft sich plötzlich, als würde er eine Runde in der Achterbahn drehen. Das kann Bulldogge nicht ernst meinen.

»Mr. Roberts, das kann man doch bestimmt nochmal tauschen«, werfe ich schnell ein. Das kann er nicht ausschlagen. Ein Tausch muss drin sein. Ich kann und will mir nicht vorstellen, mit Ashton McCoy zusammenarbeiten zu müssen.

Doch Mr. Roberts Entscheidung steht fest: »Die Zuteilung wird nicht mehr geändert. Kommen Sie einfach das nächste Mal pünktlich zum Unterricht.«

Verdammt! Mein Tag kann nicht schlimmer werden. Dabei war ich heute Morgen tatsächlich mal guter Stimmung. Aber mit Ash als Projektpartner in der Abschlussarbeit hängen zu müssen, ist so ziemlich das Letzte, was ich gerade gebrauchen kann.

Meine Banknachbarin Sofie beugt sich zu mir herüber. »Das ist echt fies von dem Roberts. Der hätte das locker noch tauschen können.« Ich schenke ihr keine Beachtung.

Ehrlich gesagt, redet sie manchmal so viel, dass selbst Löckchen dagegen schweigsam wirkt. »Aber wenigstens musst du nicht mit Frederick zusammenarbeiten. Arme Kendra.«

Bei der Erwähnung von Kendra und Löckchen drehe ich mich doch zu ihr hin. »Ich wusste nicht, dass Kendra mit Freddy arbeiten muss«, sage ich leise. »Das wird ... interessant.«

Plötzlich tut Kendra mir fast ein bisschen leid. Nicht, dass Löckchen der schlimmste Mensch auf Erden ist, aber seine Energie kann ziemlich intensiv sein. Und mit ›intensiv‹ meine ich wirklich anstrengend.

Sofie nickt eifrig. »Ja, stell dir vor. Frederick ist nett und so, aber ... na ja, du weißt schon.«

Ja, eine echte Geduldsprobe.

Nach der Schule gehe ich zu meinem neuen Lieblingsplatz - dem Sportplatz. Weiße Linien markieren die Spielfelder, und moderne Tribünen aus glänzendem Metall säumen die Seiten. Seit ein paar Tagen komme ich hierher, um zu zeichnen. Die Stille, die nur vom gelegentlichen Pfeifen des Windes durchbrochen wird, gibt mir das Gefühl von Freiheit und Ungestörtheit. Normalerweise. Doch heute ist alles anders. Die Fußballmannschaft hat Training, und obwohl ich zeichnen will, wandern meine Blicke zum Spielfeld. Dort entdecke ich Ash, leicht zu erkennen an dem blonden Schopf, der selbst aus der Entfernung leuchtet. Ob er mich bemerkt hat?

Das Spiel zieht mich in den Bann. Immer wieder schaue ich von meinem Skizzenbuch auf und beobachte das Geschehen. Der Trainer hat zwei Teams gebildet, die gegeneinander antreten.

Na los, lauf doch!, möchte ich schreien, aber ich halte mich zurück. Es ist frustrierend, zuzusehen, wie der Stürmer eine Chance nach der anderen versemmelt. Mein Puls beschleunigt sich, und mein Fuß wippt ungeduldig auf den hölzernen Planken der Tribüne. Kein Wunder, dass die Mannschaft so unterdurchschnittlich performt. Dabei liegt es nicht an Ash. Im Gegenteil, er zeigt vollen Einsatz in der Mitte des Feldes, läuft mit einer beeindruckenden Geschwindigkeit über den Rasen und seine Pässe kommen präzise und zum richtigen Zeitpunkt. Kendra hatte recht, Ash ist gut. Wirklich gut.

Der Kerl im Sturm hingegen scheint völlig fehl am Platz zu sein. Wie kann der Trainer das nicht sehen? Ich rege mich mehr auf, als ich eigentlich will. Es ist nicht mein Team, nicht mein Spiel, und doch fühle ich mich, als säße ich auf Reißzwecken. Plötzlich packt mich der Drang, hinunterzulaufen und ihnen zu zeigen, wie es richtig geht. Aber ich halte mich erneut zurück. Ich bin hier, um zu zeichnen, nicht um Fußball zu spielen.

»Na, glotzt du McCoy wieder auf den Arsch?«

Ich seufze innerlich, denn ich muss mich nicht umdrehen, um zu wissen, dass es Löckchen ist, der hinter mir steht.

Wie auf Kommando wandert mein Blick unfreiwillig zu Ash und auf dessen Hinterteil. Verdammt! Ich schlucke. Die Aussicht ist in der Tat ... ganz okay. Vielleicht auch besser als nur okay. Verdammt nochmal! Wen versuche ich hier eigentlich zu täuschen? Ash hat definitiv einen dieser Knackärsche, die selbst in einer Sporthose nicht zu übersehen sind. Ich ärgere mich über mich selbst, dass ich überhaupt hinschaue.

»Ich wusste es, du stehst auf ihn«, amüsiert sich Löckchen über seine eigene Feststellung.

»Tu ich nicht!«, sage ich und drehe mich zu ihm, nur um direkt in sein breites Grinsen zu starren. Was soll der Quatsch?

»Und wieso zeichnest du ihn dann?« Er deutet auf das Papier auf meinem Schoß, auf dem – natürlich – Ashs Gesicht deutlich zu erkennen ist. Schnell klappe ich mein Skizzenbuch zu. Verdammt.

»Ich stehe nicht auf den Idioten und ...« Warum zur Hölle rechtfertige ich mich?

Freddy Hamilton ist ein unausstehlicher Kerl. Er nervt. Und er hat es geschafft, mich die ganze Woche über zu verfolgen. »Du stehst nicht zufällig auf mich und bist deshalb so ein kranker Stalker?«, frage ich ihn geradeheraus.

Mein Mitschüler bricht in ein lautes, ausgelassenes Gelächter aus. »Nee, sorry, aber Schwänze sind nicht mein Ding.« Er gluckst wie eine Henne und bekommt sich nicht mehr ein. »Nichts ist besser als dicke Titten und enge Muschis.«

Ich ignoriere Löckchens vulgären Kommentare und seinen durchdringenden Blick, und richte meine Aufmerksamkeit wieder auf das Spiel. High School-Romanzen? Ganz bestimmt nicht mein Ding. Besonders nicht mit jemandem wie Ash.

Es ist erst ein paar Jahre her, als mir klar wurde, dass ich anders bin, dass mich Mädchen einfach nicht interessieren. Nachdem mein Papa mich verlassen hat, war ich einsam und verloren. Meine Mutter war zu sehr mit ihren eigenen Dingen beschäftigt. Nur mein bester Freund Riley war immer für mich da. Die Erinnerungen an ihn durchfluten mich erneut mit Wärme, aber auch mit Schmerz. Riley war da, als niemand sonst es war. Unsere Freundschaft war tief und echt, eine Verbindung, wie ich sie mit niemand anderem hatte. Mit ihm erlebte ich meinen ersten Kuss und mein erstes Mal. Letztendlich blieben keine Fragen offen, ich wusste, was ich tief in mir schon lange gefühlt hatte: Ich bin schwul, und das ist okay so.

Riley half mir, diese Wahrheit zu akzeptieren, nicht durch Worte, sondern durch sein bloßes Dasein, durch die Sicherheit, die er mir gab. Doch das ist nun Vergangenheit. Riley ist weg, und ich bin jetzt hier. Allein, verloren und missverstanden.

»Du weißt schon, dass er eine Freundin hat?« Löckchens Stimme reißt mich aus meinen Gedanken, und ich zucke zusammen. Ich hatte gehofft, er würde endlich das Thema wechseln oder verschwinden, aber das war wohl zu viel verlangt.

»Ja und? Was Ashton McCoy macht oder nicht macht, interessiert mich einen feuchten Dreck.« Warum sollte mich das kümmern? Es ist nicht so, als hätte ich eine Chance bei Ash oder generell Interesse an ihm.

»Wenn du meinst. Aber pass auf, das mit den Gefühlen kann manchmal ziemlich kompliziert werden.«

Welche Gefühle? »Keine Sorge, ich habe nicht vor, mich in irgendetwas zu stürzen.«

Löckchen beobachtet mich einen Moment. Dann zuckt er mit den Schultern und lässt schließlich das Thema fallen.

Es ist lächerlich, wirklich.

Ich richte meinen Blick wieder auf das Spielfeld, wo Ash energisch mit dem Ball am Fuß voranstürmt und einen scharfen Pass in Richtung Josh spielt. Doch Josh verpasst seine Chance und der Ball gleitet ins Leere.

Josh - einer dieser Typen, die glauben, der Schulhof sei ihr Königreich. Und genau dieser Josh kommt jetzt auf uns zu.

»Hey, Frederick, verwandelst du dich bei Vollmond in einen Werwolf? Die richtige Frisur hast du ja schon.« Josh lacht gehässig.

Und Löckchen? Der reagiert nicht, schaut nur nach unten und tut so, als hätte er nichts gehört. Ich kann nicht fassen, dass er sich das gefallen lässt. Er ist doch sonst so gesprächig und schlagfertig. Warum wehrt er sich nicht?

Kapitel 4

Ashton

*D*er Rasen bebt leicht unter meinen Füßen und meine Muskeln spannen sich an. Konzentration auf den Ball. Komm schon. Doch der entscheidende Pass zu mir bleibt aus. Es ist frustrierend.

Unsere Mannschaft war mal richtig gut. Ein eingeschworener Haufen, der jedes Spiel dominiert hat. Doch seitdem unser bester Stürmer die Schule gewechselt hat, ist die Luft raus. Niemand sagt es laut, aber ich weiß es: Kaum einer hat noch Bock.

Der Coach scheint das entweder nicht zu bemerken oder er will es einfach nicht wahrhaben. Mit einem zufriedenen Lächeln auf den Lippen beendet er das heutige Training. »Gute Arbeit, Jungs«, ruft er. Seine Worte gehen in dem Gemurmel meiner Teamkameraden unter, die sich bereits auf den Weg zu den Umkleidekabinen machen.

Ich bleibe stehen und atme tief durch. Fußball war meine Auszeit, der Moment, in dem ich alles andere vergessen konnte. Abschalten von der Schule und privaten Sorgen. Doch heute gelingt mir das nicht. Der Sturm in meinem Inneren tobt unaufhörlich, immer intensiver. Nicht, weil ich den Ball nicht erreicht habe, sondern weil meine Gedanken ständig abschweifen – schon die ganze Zeit.

Frustriert trete ich gegen einen imaginären Ball und schaue erneut zur Tribüne, wo Jaden sitzt. Freddy und Josh sind bei ihm. Josh, der eigentlich den Ball holen sollte, steht da, als würde ihm die ganze Welt gehören. Ich kenne diese Pose zu gut. Da ist diese Aura der Unantastbarkeit, die er um sich herum aufbaut, sobald Freddy in der Nähe ist. Freddys Blick ist gesenkt und ich frage mich, welche Worte Josh ihm dieses Mal an den Kopf wirft.

Meine Hände ballen sich zu Fäusten und lösen sich wieder. Was macht Freddy hier? Ist es wegen Jaden? Sind die beiden jetzt Freunde? Seit der letzten Stunde kreisen diese Fragen in meinem Kopf. Fragen, auf die ich keine Antworten habe. Fragen, die mir egal sein sollten – es aber nicht sind.

Jaden unterscheidet sich deutlich von Freddy. Sein Körper ist angespannt, die Augen unverwandt auf Josh gerichtet. Jaden ist nicht der Typ, der sich leicht unterkriegen lässt – das hat er schon mehr als einmal bewiesen. Er ist derjenige, der Konfrontationen nicht scheut, ein Rebell durch und durch. Und irgendwie fasziniert mich das.

Vielleicht sollte ich rübergehen, um sicherzustellen, dass Josh keinen Mist baut. Außerdem könnte ich Jaden gleich wegen unseres Projekts ansprechen. Das klingt nach einem soliden Plan.

Entschlossen bewege ich mich auf die drei zu. Doch gerade, als ich dazustoße, läuft Freddy davon und Josh stapft mit seiner triumphierenden Miene an mir vorbei. Jaden bleibt zurück. Unbeeindruckt sitzt er da und widmet sich seinem Buch, das er ständig bei sich hat. Okay, dann eben nur die Projektarbeit. Immer locker bleiben, Ash.

»Hi, Jaden«, begrüße ich ihn. »Schaust du schon lange zu?« Kaum sind die Worte raus, merke ich, wie dämlich sie klingen. Natürlich hat er zugeschaut. Er sitzt schließlich seit Beginn des Trainings auf dieser Tribüne, direkt vor meiner Nase.

»Was willst du?« Jaden klappt sein Buch mit einem Ruck zu. Seine Lippen pressen sich zu einer schmalen Linie, und ein Muskel zuckt leicht an seiner Kieferpartie, als ob meine Anwesenheit allein eine Last wäre. Doch zumindest habe ich jetzt seine volle Aufmerksamkeit.

»Hast du schon eine Idee für unser Abschlussprojekt?«

»Mir egal. Mach, was du willst.« Er steht auf, läuft zwei Schritte und hält dann inne. Ein Zögern.

Ich nutze die Gelegenheit. »Hör zu, Jaden«, beginne ich erneut, diesmal mit mehr Entschlossenheit in meiner Stimme. »Ich weiß, das ist nicht ideal, aber wir stecken da zusammen drin. Lass uns das Beste daraus machen und ein Projekt finden, das uns beiden wirklich am Herzen liegt.« *Solange es nichts mit Nachhaltigkeit zu tun hat*, würde ich am liebsten hinzufügen. Aber ehrlich gesagt, wäre ich schon zufrieden, wenn wir irgendein gemeinsames Thema finden könnten, egal wie blöd es ist.

Jaden kaut auf seinem Lippenpiercing. Mein Blick wandert zu seinem Mund, ich fixiere den Ring. Das Metall glänzt im Licht. Es passt zu ihm, wie alles an ihm – die Piercings, sein Aussehen, seine ganze Haltung. Er trägt wieder diesen viel zu großen rosa Pullover, und trotzdem fügt sich alles perfekt zusammen.

Doch ohne ein weiteres Wort dreht er sich plötzlich von mir weg. Regungslos stehe ich da und ringe mit mir selbst. Habe ich etwas Falsches gesagt? Etwas Falsches getan? Diese Fragen wirbeln durch meinen Kopf, während ich ihm nachschaue und sehe, wie er sich immer weiter entfernt.

Es wäre leicht, zu denken, dass Jaden einfach desinteressiert ist, aber irgendwie glaube ich das nicht. Da steckt mehr dahinter, das spüre ich.

Das heiße Wasser rinnt über meinen Rücken, und ich koste die Wärme aus, die meinen Körper durchströmt. Nach dem Sport ist die Dusche mein Heiligtum. Hier kann ich alles abwaschen – den Schweiß, die Anstrengung, den ganzen Druck, der sich in mir aufgestaut hat. Für eine Weile gibt es nichts außer dem Gefühl der Hitze auf meiner Haut. Ich schließe die Augen, lehne meinen Kopf gegen die kühlen Fliesen der Dusche und atme tief ein. Die Wärme umhüllt mich, lässt die Kälte, die sich irgendwo tief in mir versteckt hält, vergessen.

Ich drehe den Wasserhahn weiter auf, lasse das Wasser noch heißer werden, bis es fast unerträglich ist. Genau das brauche ich – eine körperliche Empfindung, die so intensiv ist, dass sie für einen Augenblick alles andere überdeckt. Ich konzentriere mich nur auf das Hier und Jetzt, auf die brennende Hitze, die meinen Körper durchströmt und die flüchtige Ruhe, die sich langsam in mir ausbreitet.

Doch die Ruhe ist nur von kurzer Dauer. Meine Gedanken kehren schnell zurück zu Jaden und unserem Gespräch am Spielfeldrand. Sein genervter Gesichtsausdruck, seine knappe Antwort – all das lässt mich nicht los. Was habe ich bloß falsch gemacht? Und wie bringe ich ihn endlich dazu, mit mir über die Projektarbeit zu reden?

Ich seufze und drehe das Wasser schließlich ab. Mit einem Handtuch um die Hüfte verlasse ich den Duschraum. Die Umkleidekabine ist fast leer, nur Corbin, unser Stürmer, steht noch an der Tür und winkt mir kurz zu, bevor er verschwindet. Ich bin allein.

Während ich mir über die Stirn wische, spüre ich den dumpfen Druck, der hinter meinen Schläfen pocht. Der Gedanke, dass ich eine Lösung finden muss, nagt an mir und bereitet mir Kopfschmerzen. Wir müssen dieses Projekt gemeinsam durchziehen, egal wie schwierig es wird.

Als ich mich anziehe und meine Tasche über die Schulter werfe, vibriert mein Handy.

Kendra
Hey, wie war das Training?
[5:17 PM]

Ich tippe ihr schnell eine Antwort.

Ich
Ganz okay. Jaden war hier, und ich wollte mit ihm über die Abschlussarbeit sprechen, aber er hat abgeblockt.
[5:18 PM]

Ich stecke das Handy weg und mache mich auf den Heimweg. Die kalte Herbstluft beißt in meine Wangen, aber das Zittern, das meinen Körper erfasst, hat nichts mit der Temperatur zu tun. Es ist eine innere Kälte, ein unnachgiebiges Stechen, das immer stärker wird. Meter für Meter.

Die Haustür quietscht leise, als ich sie öffne, und mein Atem beschleunigt sich. Hier, in diesem Haus, sollte ich mich geborgen fühlen, aber stattdessen verstärkt sich das beklemmende Gefühl, das mich seit dem Training verfolgt, noch mehr. Es ist still im Haus.

Ich lasse meine Tasche von meiner Schulter rutschen. Sie landet mit einem dumpfen Geräusch auf dem Boden. Langsam bewege ich mich in Richtung Wohnzimmer. Mein Herz schlägt mir bis zum Hals, schneller und kräftiger mit jedem Schritt.

Leise öffne ich die Tür und verharre einen Moment auf der Schwelle. Der Raum sieht friedlich aus, fast so, als wäre alles in Ordnung. Durch die bodentiefen Fenster dringt das letzte Licht des Tages, goldene Schatten gleiten über den dunklen Holzboden und tanzen dort, warm und flimmernd.

Mit einem Klicken betätige ich den Lichtschalter und trete ein. Ein stechender Alkoholgeruch hängt schwer in der Luft, der sich mit der sonst so stilvollen Atmosphäre beißt. An den Wänden hängen Kunstwerke, die jedem Sammler die Sprache verschlagen würden - Originale, die Geschichten aus einer anderen Zeit erzählen. Ein großer, antiker Spiegel reflektiert das diffuse Licht des Kristall-Kronleuchters und verleiht dem Ganzen eine trügerische Gemütlichkeit. Die maßgeschneiderte Ledercouch in Cremetönen, flankiert von passenden Sesseln und einem Marmortisch in der Mitte, strahlt eine Perfektion aus, als wäre sie mehr für Ausstellungen als für das Leben gedacht. Nur die leeren Weinflaschen, die achtlos auf dem Tisch abgestellt wurden, verraten, was hier vor sich geht. Einige sind umgestürzt, andere stehen noch aufrecht, aber alle leer.

Meine Mom liegt regungslos auf dem Sofa. Die blonden Haare fallen ihr in Strähnen ins Gesicht und dunkle Schatten, die der Alkohol hinterlassen hat, zeichnen sich unter ihren Augen ab. Ihr Anblick trifft mich jedes Mal aufs Neue, obwohl ich doch eigentlich darauf vorbereitet sein sollte. Ich schlucke schwer, unterdrücke das Zittern, das sich in meinen Händen ausbreiten will. Es ist ein täglicher Kampf - stark zu bleiben, obwohl alles in mir danach schreit, loszulassen.

Für einen Moment halte ich inne und beobachte ihren Brustkorb. Ein langsames Heben und Senken. Sie atmet. Sie lebt.

Mit einem leisen Seufzer wende ich mich ab, sammle die leeren Flaschen ein und trage sie in die Küche. Das Klirren des Glases durchbricht die Stille wie die traurige Melodie eines Liedes, das nur ich kenne. Ich atme tief durch.

Dann mache ich mich ans Putzen. Während ich die Oberflächen abwische und den Boden fege, laufen meine Gedanken auf Hochtouren. Die Erinnerung an die Zeiten, bevor der Alkohol kam, flackert auf wie verblassende Bilder. Damals waren wir glücklich. Meine Mom war stark und voller Lebensfreude. Jetzt ist sie nur noch ein Schatten ihrer selbst, gefangen in einer Welt, aus der ich sie nicht retten kann. Der Schmerz kriecht in mir hoch, ein brennendes Gefühl, das mich von innen heraus verzehrt. Aber ich werde nicht weinen. Ich erlaube es mir nicht. Tränen sind ein Luxus, den ich mir nicht leisten kann. Sie würden nichts ändern, nur die Maske zum Bröckeln bringen, die ich draußen in der Welt trage.

Wenn ich nach Hause komme, fällt diese Fassade. Hier bin ich nicht der Starke, nicht der Selbstsichere. Hier fühle ich mich klein und machtlos. Mit jedem Wischen, jedem Aufräumen gewinne ich ein Stück von meinem Leben zurück. Ein Leben, das sich so oft meiner Kontrolle entzieht.

Schuldgefühle keimen in mir auf, nagen an meinem Verstand, wie sie es immer tun. Hätte ich mehr tun können? Hätte ich längst einen Ausweg finden müssen? Doch tief in mir weiß ich, dass es keine einfachen Antworten gibt. Keine schnellen Lösungen für ein Problem, das so groß ist.

Dann ist da noch die Scham. Eine Scham, die wie ein Schatten über meinem Leben liegt, dunkel und kalt. Ich erzähle niemandem von meiner Situation zu Hause. Wie könnte ich auch? Wie erklärt man, dass die Person, die dich aufgezogen hat, die dich lieben und für dich sorgen sollte, sich selbst in einen Abgrund stürzt und dich dabei mitzieht? Die Scham hält mich gefangen, trennt mich von meinen Freunden, von jedem, der mir nahe sein könnte. Nicht einmal Kendra weiß davon. Sie würde Mitleid haben und das ist das Letzte, was ich will.

Und doch, trotz all der Schmerzen, der Angst und der Verzweiflung, liebe ich meine Mom.

Erschöpft lasse ich mich auf einen Stuhl in der Küche fallen und starre auf meine Hände, die noch immer leicht zittern. Ich frage mich, wie viel Kraft ich noch habe, bis meine Maske nicht mehr ausreicht, um die Risse darunter zu verbergen. Aber ich muss durchhalten, denn ich tue das nicht nur für mich. Ich tue das für jemand ganz Besonderen.

Mit behutsamen Schritten gehe ich den Flur entlang und halte vor dem Kinderzimmer an. Als ich die Tür öffne, erhellt sich meine Welt für einen kurzen Augenblick. Myra, meine neunjährige Schwester, sitzt am Schreibtisch, vertieft in ihre Zeichnungen. Die leuchtenden Farben auf dem Papier stehen im scharfen Kontrast zu dem Grau, das so oft unsere Tage überschattet.

»Hey Maus«, sage ich leise und trete zu ihr. Sanft streiche ich ihr über den Kopf, ihre blonden Haare schmiegen sich weich um meine Finger.

Sie schaut auf, und ihr Lächeln füllt den Raum mit Licht.

»Alles gut bei dir?«, frage ich, während ich mich neben sie knie. Ihr Nicken lässt mein Herz leichter schlagen.

»Ja, Mama schläft«, flüstert sie.

»Ich weiß«, antworte ich ebenso leise und lasse meine Hand in ihrem Haar ruhen.

Ich bin erleichtert, dass Myra mittlerweile allein zur Schule gehen kann. Am Nachmittag spielt sie oft bei ihrer Freundin, was mir die Gewissheit gibt, dass sie gut aufgehoben ist. So kann ich mich um den Rest kümmern - den Haushalt, die Einkäufe, die Schule, der Sport und Mom.

Was mit unserer Mutter passiert, ist unser gemeinsames Geheimnis. Myra und meins.

In Myras blauen Augen sehe ich das unerschütterliche Vertrauen, das sie in mich setzt. Eine Verantwortung, so groß, dass Worte sie kaum beschreiben können. Ihre Unbeschwertheit, ihre Fähigkeit, trotz allem zu träumen und zu lachen – das ist es, was mich antreibt, was mir die Kraft gibt, weiterzumachen. Für sie.

»Willst du mir zeigen, was du malst?«, frage ich sie.

Myra nickt eifrig und erklärt mir, was jede Linie, jede Farbe bedeutet. Ihre Begeisterung ist ansteckend, sie ist der Anker, der mich im Hier und Jetzt hält.

»Das sieht wunderschön aus«, sage ich und drücke ihr einen sanften Kuss auf die Stirn.

»Willst du mir helfen?«, fragt sie.

Natürlich will ich. Ich ziehe mir den Hocker heran und setze mich neben sie. Hier, an ihrer Seite, fühle ich mich stark, unbesiegbar und bereit, gegen alle Schatten zu kämpfen, die in ihre Welt eindringen könnten. Sie drückt mir einen Stift in die Hand, und gemeinsam beginnen wir zu malen.

»Wann kommt Papa nach Hause?« Myra stellt diese Frage immer wieder, obwohl sie die Antwort längst kennt.

»Das weiß ich leider nicht.«

Dad ist arbeiten, ständig auf Geschäftsreise. Als ich sieben war, habe ich noch die Tage gezählt, mir vorgestellt, wie er jeden Abend zur Tür hereinkommt, die Arme weit ausbreitet, und alles gut ist. Ein dummer Traum. Eine Hoffnung, die ich mit zehn Jahren aufgegeben habe. Seither zähle ich nicht mehr, warte nicht.

»Ash, es ist schön, dass du da bist«, sagt Myra leise und lehnt sich gegen mich.

»Ich bin immer für dich da, Maus«, antworte ich. Und in diesem Moment ist das die einzige Wahrheit, die wirklich zählt.

Zwei Wochen sind vergangen, seit Jaden und ich als Team für die Projektarbeit eingeteilt wurden. Zwei Wochen, in denen wir kaum ein Wort gewechselt haben.

Jetzt sitze ich hier im Unterricht, fühle mich völlig unvorbereitet und rutsche auf meinem Stuhl hin und her. Meine Finger trommeln nervös auf die Tischplatte. Ich weiß genau, was Mr. Roberts gleich fragen wird, und noch mehr weiß ich, dass ich darauf keine zufriedenstellende Antwort parat habe.

»Mr. Pearson, Mr. McCoy? Wie lautet Ihr Thema für die Projektarbeit?« Mr. Roberts sieht uns mit leicht hochgezogenen Augenbrauen an. Ein Schauer läuft mir den Rücken herunter. Und jetzt?

Seit Tagen renne ich Jaden hinterher, um endlich über unser Projekt zu sprechen, doch jedes Mal blockt er ab und kommt mit einer neuen Ausrede. Gestern meinte er, seine Katze müsse zum Tierarzt. Er hat doch gar keine Katze! Was mache ich denn jetzt?

Ich schaue zu Jaden, der seit der Einteilung neben mir sitzt. Er ist scheinbar völlig unberührt von der Situation. Mit einem Kuli malt er Vierecke auf seinem karierten Blatt aus. Ernsthaft?

Ich wünsche mir, er würde nur ein kleines Zeichen geben, irgendeine Regung, die zeigt, dass es ihn auch nur ein bisschen interessiert. Mir ist es wichtig! Ich darf nicht durchfallen. Meine Noten sind sowieso schon nicht die besten.

»Ähm, ...« Meine Stimme zittert. Komm schon, Ash, reiß dich zusammen, lass dir etwas einfallen. »Wir ... sind uns da noch nicht ... ganz einig«, stammle ich schließlich. Großartig. Das war jetzt keine Glanzleistung.

Mr. Roberts schaut uns beide an. Auf seinem Gesicht liegt ein Ausdruck der Enttäuschung. »Das ist sehr bedauerlich. Ich hatte erwartet, dass Sie diese Zeit nutzen würden.« Er beginnt mit einer seiner Predigten darüber, wie wichtig Organisation und Teamarbeit sind.

Meine Wangen brennen vor Scham. Das Letzte, was ich jetzt gebrauchen kann, ist, dass Mr. Roberts uns ein Thema zuteilt. Aber genau das passiert.

»Gut, dann werde ich Ihnen ein Thema vorgeben.«

Mein Herz rutscht in die Hose. Bitte nicht. Alles, nur das nicht!

»Multimediale Porträts: Ein Fenster zur Seele«, verkündet Mr. Roberts mit einer theatralischen Geste, als hätte er gerade die Lösung aller Probleme präsentiert.

Äh, bitte was?

Mein Gesicht muss eine Mischung aus Verwirrung und Entsetzen zeigen, denn er nimmt das offensichtlich als Aufforderung, weiter auszuholen. Und ich brauche dringend eine Erklärung, ich verstehe nur Bahnhof.

»Das bedeutet, dass Sie nicht nur Ihre äußere Erscheinung festhalten, sondern auch Ihre Geschichte, Ihre Überzeugungen und die tieferen Schichten Ihrer Persönlichkeit erforschen. Nutzen Sie alle Ihnen zur Verfügung stehenden Medien – Fotografien, Aufnahmen, Tonmaterial und schriftliche Texte. Ich erwarte, dass Sie tief graben und uns offenbaren, wer Mr. Pearson und Mr. McCoy wirklich sind.«

Im Klassenzimmer ist es plötzlich still. Ich wage kaum zu atmen. Bilder und Videos? Über Jaden? Und er soll das auch über mich machen?

Jaden sieht mindestens genauso überrascht aus, wie ich mich fühle. Vielleicht sogar ein bisschen interessiert? Es ist schwer zu sagen, aber die angespannten Schultern und das Beißen auf seine Unterlippe verraten, dass ihn etwas beschäftigt.

Sofie, die direkt vor uns sitzt, dreht sich um und lehnt sich zu Jaden. »Oh, das klingt so spannend. Schade, dass wir keine Partner sind.« Sie stützt das Kinn auf ihren Handrücken und schenkt ihm ein Lächeln. Steht sie etwa auf ihn?

Ich beobachte Jaden, aber er scheint von ihrer Aufmerksamkeit unbeeindruckt und murmelt nur ein mürrisches »Hm«, bevor er sich wieder seinem Block zuwendet und weiterkritzelt.

Doch Sofie ist keine, die man so leicht abschütteln kann. »Du bist doch bestimmt auch auf der Party bei Kendra, oder?«

Jaden, dessen Stift bisher unermüdlich über das Papier geflogen ist, hält inne und schaut auf. »Welche Party?« Seine Frage klingt überrascht, fast ein wenig irritiert.

»Na, die Party am Wochenende bei euch. Weißt du das nicht?«

In Jadens Gesicht sehe ich die Bestätigung: Er hat wirklich keine Ahnung von dieser Party.

»Hab schon was vor«, entgegnet er knapp, ohne weiter darauf einzugehen. Dabei kaut er wieder auf seinem Lippenring.

Sofie mustert ihn noch einen Moment, bevor sie sich mit einem letzten, enttäuschten Ausdruck abwendet und zur Tafel blickt.

Sie nervt mich.

Kapitel 5

Jaden

*D*er Klassenraum ist stickig, trotz der kühlen Herbstluft, die durch das gekippte Fenster hereinzieht und in meinem Nacken kitzelt.

Einen Film über Ash? Verdammt nochmal! Das Letzte, was ich wollte, war, in diesem Projekt mehr mit ihm zu tun zu haben als nötig. Ich hatte gehofft, wir könnten jeder für sich arbeiten und am Ende irgendwas zusammenflicken, das gerade so durchgeht. Aber nein, Mr. Bulldogge musste ja auf die grandiose Idee kommen, dass wir uns gegenseitig porträtieren sollen. Ganz großes Kino.

Und als ob das nicht genug wäre, erfahre ich von Sofie, dass bei uns zu Hause eine Party steigen soll. Super. Genau das, was ich brauche – Leute, die durch unser Haus trampeln und die ganze Nacht Lärm machen. Als ob es nicht schon reicht, dass ich mit meiner Mutter und dem ganzen anderen Mist klarkommen muss. Jetzt auch noch das.

Ein Vogel zwitschert draußen vor dem Fenster, als ob er sich über meine missliche Lage lustig machen würde. Natürlich, der hat gut lachen. Er ist frei und sorglos.

Die Anspannung sitzt mir tief in den Schultern, hart und unnachgiebig. Am liebsten würde ich verschwinden. Irgendwohin, wo mich niemand kennt, wo mich keiner mit diesen dämlichen Projekten oder Partys nervt. Aber es geht nicht. Ich kann nicht einfach alles stehen und liegen lassen, auch wenn jeder Teil von mir danach schreit, genau das zu tun.

Plötzlich hält mich Ash am Arm fest, seine Hand umschließt den Stoff meines Hoodies. Wärme breitet sich in meiner Brust aus, als hätte jemand einen Funken entfacht.

»Hey, können wir mal reden? Über das Projekt?«

»Was gibt's denn da noch zu besprechen?« Smalltalk oder Planungssessions sind das Letzte, was ich jetzt will.

»Jaden, ich brauche eine gute Note. Ich rassle sonst durch«, sagt Ash mit einer Ernsthaftigkeit in seiner Stimme, die mir ungewöhnlich vorkommt.

Ash und durchrasseln? Dachte, er ist der super Typ mit den guten Noten. Anscheinend nicht. Trotzdem, sein Problem, nicht meins.

Ich ziehe meinen Arm aus seinem Griff, als hätte ich mich verbrannt. Das ungewohnte Gefühl in meinem Inneren verblasst.

Ash seufzt leise, seine Hand rutscht langsam vom Tisch. Während um uns herum Papier raschelt und unsere Klassenkameraden leise flüstern, wirkt er angespannt. Er scheint mit sich zu ringen. Das erinnert mich an den Abend vor ein paar Wochen, als er denselben verlorenen Gesichtsausdruck zeigte. Der Ash, den alle für den Coolen halten, den Typen, den jeder mag, zeigt gerade eine andere, verletzliche Seite.

Lächerlich! Er hat doch Beliebtheit, Aussehen, Charisma – was könnte ihm fehlen? Er führt das perfekte Leben, ohne echte Probleme. Ein Leben, in dem ihm alles in den Schoß fällt. Sein alter Herr erfüllt ihm bestimmt jeden Wunsch.

Ich starre auf meine Finger, die unruhig am Papier meines Blockes zupfen, reiße kleine Papierstücke ab und forme sie zu Kugeln. Verdammt! Ich wollte doch einfach nur meine Ruhe haben, mich nicht mit ihm oder seinem Leben beschäftigen. Aber jetzt, wo ich ihn so verloren dasitzen sehe, kann ich nicht anders.

Meine Hände zittern. Ich verstecke sie unterm Tisch auf meinem Schoß. Ich werde noch wahnsinnig. Was verbirgst du Ashton McCoy? Wer bist du wirklich?

»Gut, dann fotografierst du dich und ich mich und dann ... schauen wir, was davon zu gebrauchen ist.« Jetzt ist es raus. Ash soll bloß kein Drama machen. Was habe ich mir nur dabei gedacht?

»Einverstanden.« Mehr sagt er nicht zu mir. Weder in dieser Unterrichtsstunde noch an diesem Tag.

Es ist Samstag und ich liege faul in meinem Bett. Ein leises Knurren aus meinem Magen erinnert mich daran, dass ich heute noch nichts gegessen habe. Lustlos nehme ich die Kopfhörer ab, setze mich auf und blicke zur Tür. Ich kann es vielleicht noch hinausschieben, bis der Lieferservice mit den Buffetplatten für diese dämliche Party kommt ... oder ich muss mich meinem Schicksal stellen und in die Küche gehen, bevor Kendras Freunde eintreffen, denn auf die habe ich eigentlich keine Lust.

Widerwillig schwinge ich meine Beine aus dem Bett und schlurfe in die Küche. Alles glänzt hier, wie überall im Haus. Die Arbeitsflächen strahlen im reinsten Weiß und der Kühlschrank ist so riesig, dass er eher an einen Tresor erinnert. Doch als ich die Tür öffne, schlägt mir nur gähnende Leere entgegen. Super, kein Wunder, dass niemand hier kocht, wenn nie etwas Brauchbares im Kühlschrank ist.

Mein Blick fällt auf eine Packung Nudeln im Schrank. Nudeln... das sollte selbst ich hinbekommen. Entschlossen stelle ich den Topf mit Wasser auf den Herd und drücke die Knöpfe, um den

Herd anzuschalten. Nichts passiert. Ich drücke erneut, drehe die Regler hin und her, doch der Herd bleibt kalt.

Frustriert starre ich auf das schwarze Glas. Wie schwer kann es sein, einen verdammten Herd einzuschalten? Touchscreen, unzählige Symbole, aber nichts, das eindeutig ›Power on‹ bedeutet. Ich tippe auf ein paar Knöpfe, drehe erneut an einem Regler. Wieder nichts.

»Verdammter Scheiß ...«, murmele ich und versuche es noch einmal, als Kendra die Küche betritt.

»Was machst du da?«

»Nudeln kochen ... oder zumindest versuchen.« Ich schaffe es nicht, den genervten Unterton aus meiner Stimme zu verbannen. »Aber dieser verdammte Herd ...« Verzweifelt tippe ich auf das Bedienfeld, aber nichts passiert.

Ein Lächeln huscht über Kendras Lippen und sie kommt näher. »Lass mich dir helfen.«

Normalerweise würde ich sie jetzt wegschicken, ihr sagen, dass ich es allein schaffe, aber mein Hunger ist zu groß, um meinen Stolz überwiegen zu lassen. Also trete ich widerwillig zur Seite. Sie soll ja nur den Herd anschalten.

Kendra streckt die Hand aus, tippt zweimal auf das Display, und wie durch Zauberei ertönt ein ›Piep‹. Die Herdplatte leuchtet rot auf und das Wasser im Topf wird endlich erhitzt.

Ich könnte mich jetzt über mich selbst ärgern, aber stattdessen atme ich einfach nur erleichtert aus. Ich habe Hunger!

»Du solltest wirklich öfter in die Küche kommen«, sagt Kendra, setzt sich auf einen der Barhocker an der Theke und streicht sich dabei eine Haarsträhne hinters Ohr.

Was will sie denn jetzt hier? Kann sie nicht jemanden anderen auf die Nerven gehen?

»Hm«, gebe ich knapp zurück. Ich habe einfach keinen Nerv für Smalltalk.

Die Nudeln kommen ins kochende Wasser und ich beobachte, wie die Bläschen im Topf nach oben sprudeln. Es ist beruhigend, diesem Prozess zuzusehen, fast schon meditativ.

Kendra lehnt auf dem Tresen und ich spüre ihre Blicke auf mir. »Wenn du willst, können wir zusammen essen. Wir haben noch etwas Soße im Kühlschrank.«

Ich hebe eine Augenbraue und drehe mich zu ihr um. »Nee, lass mal.«

Kurz sieht sie enttäuscht aus, ihre Schultern sacken leicht nach unten, bevor sie sich wieder aufrichtet. »Ash hat mir erzählt, dass er sich Sorgen wegen des Projekts macht. Er könnte deine Unterstützung gut gebrauchen, weißt du?«

Meine Kiefermuskeln spannen sich an. Warum muss sie ausgerechnet jetzt von Ash anfangen?

»Ich weiß, dass ihr beide nicht gerade ... die besten Freunde seid«, fährt sie fort, »aber er braucht wirklich Hilfe. Und ich dachte, vielleicht ...«

»Kendra«, unterbreche ich sie, »ich habe wirklich keinen Bock, über Ash zu reden. Oder irgendjemand anderen. Ich will einfach nur essen.«

Entschlossenen nehme ich den Topf vom Herd, gieße die Nudeln in ein Sieb und lasse das Wasser ablaufen. Anschließend fülle ich eine Schüssel bis zum Rand und greife nach einer Gabel.

»Ohne Soße?«, fragt Kendra skeptisch.

»Ja, ohne Soße.«

Bevor sie weiterreden kann, schiebe ich mich an ihr vorbei und verlasse die Küche. Mit schnellen Schritten gehe ich zurück in mein Zimmer und schließe die Tür hinter mir.

Ich lasse mich auf mein Bett fallen, die Schüssel mit den trockenen Nudeln auf meinem Schoß. Kein perfektes Essen, aber besser, als weiterhin Smalltalk zu führen oder über Ash nachzudenken, der viel zu oft meinen Kopf einnimmt.

Seit dem Mittag verkrieche ich mich nun schon in meinem Zimmer und habe nicht vor, es heute noch einmal zu verlassen. Mit geschlossenen Augen liege ich auf dem Bett und lasse mich von den lauten Bässen der Musik in eine andere Welt tragen. Keine störenden Geräusche, keine Verpflichtungen, die an mir zerren. Nur ich und die schnellen Breakbeats, die meinen Kopf erfüllen. Ich koste den Moment in vollen Zügen aus, denn er wird nicht von Dauer sein. Die bevorstehende Party wird zweifellos nervig. Allein die Vorstellung, wie das Haus später von fremden Stimmen und lauten Gesprächen erfüllt sein wird, lässt mich innerlich zusammenzucken. Ich habe keine Lust darauf. Lieber möchte ich mich einfach entspannen, ganz für mich allein sein und … von jemandem am Arm berührt werden. Warte, was?

Mit einem Ruck öffne ich die Augen und springe hoch, als wäre ich eine Katze, die plötzlich aufgeschreckt wurde und nun mit ihren vier Pfoten an der Decke hängt. Verdammt nochmal!

Neben meinem Bett steht Löckchen, grinsend, und er hebt die Hand zum Gruß, mit der er mich eben angefasst hat.

Ich reiße mir die Kopfhörer von den Ohren und starre ihn an. Mein Herz rast noch von dem Schock meines Lebens.

»Schon mal, was von Anklopfen gehört?«, frage ich, weit entfernt von jeglicher Freundlichkeit. Ich verstehe nicht, warum hier ständig jeder in mein Zimmer platzt, als gäbe es keine Regeln. Ich könnte schreien.

»Ich habe angeklopft, aber du hast nicht aufgemacht«, sagt er leise und setzt seine entschuldigende Miene auf, indem er mich mit großen Augen durch seine Brille ansieht. Kann er vergessen, das zieht bei mir nicht.

»Ach, und das erlaubt dir, einfach hier hereinzuspazieren?« Mein Puls hämmert in den Schläfen, und meine Hände ballen sich zu Fäusten.

Löckchen schaut betreten zu Boden und meidet meinen Blick – eine Geste, die ich von ihm kenne, wenn er sich angegriffen fühlt. »Ich … ich wusste nicht, wo ich sonst hingehen sollte«, murmelt er und tritt von einem Fuß auf den anderen.

Warum nicht einfach nach Hause? Skeptisch ziehe ich eine Augenbraue hoch.

»Ich war bei Kendra und wir haben gemeinsam am Projekt ›Grüne Zukunft: Wege zur Nachhaltigkeit‹ gearbeitet. Wusstest du, dass derzeit die durchschnittlichen globalen Temperaturen aufgrund der erhöhten Konzentration von Treibhausgasen in der Atmosphäre steigen? Hauptsächlich verursacht durch menschliche Aktivitäten wie die Verbrennung fossiler Brennstoffe, Entwaldung, industrielle Prozesse und …«

»Freddy, verdammt!«, platzt es aus mir heraus, lauter als beabsichtigt. »Was willst du?« In meinem Kopf dreht sich alles. Mein Thema mag nervig sein, aber ›Grüne Zukunft‹? Bei allem Respekt, ich würde nicht tauschen wollen.

Löckchen atmet hörbar ein und aus. »Josh ist da. Also unten, bei den anderen. Und … ich will ihm nicht begegnen.«

Plötzlich verstehe ich. Seine Angst, seine Unsicherheit. Noch immer genervt, aber nicht mehr so wütend, lasse ich mich zurück aufs Bett fallen.

»Okay, bleib hier. Aber nur für jetzt«, gebe ich zögerlich nach. Wann bin ich so weich geworden?

Löckchen bewegt sich unruhig in meinem Zimmer hin und her. Er starrt die Wände an, geht zum Fenster, schaut hinaus in die

Ferne, als könnte er dort Antworten finden, und lässt sich dann wieder auf den Stuhl plumpsen. Es ist zum Verrücktwerden.

Ich ignoriere ihn, so gut es geht und richte meinen Fokus auf mein Skizzenbuch, obwohl es mir schwerfällt.

Der Typ, den ich zeichne, nimmt langsam Form an, seine Umrisse werden klarer und lebendiger mit jedem Strich. Er ist mir fremd, rein aus meiner Fantasie entstanden, und doch hat er gewisse Ähnlichkeiten mit einem meiner Mitschüler, einem blonden Kerl mit strahlend blauen Augen. Verdammt.

Plötzlich fällt ein Schatten auf das Papier. Genervt blicke ich auf und sehe Löckchen mit seinem Handy in der Hand direkt über mich gebeugt.

»Was tust du da?«

»Ich mache Fotos«, antwortet er, als wäre es das Selbstverständlichste der Welt.

»Von mir?« Ich bin fassungslos. Er meint das nicht ernst, oder?

»Nein, von der heißen Braut neben dir«, erwidert er trocken. Einen Moment lang blicke ich irritiert um mich, bevor ich realisiere, dass er scherzt. »Natürlich von dir, du Trottel.«

Trottel?

»Verdammte Kacke! Wieso tust du das? Hör sofort auf damit.« Ich kann nicht glauben, dass er hier einfach Fotos von mir macht, ohne zu fragen.

Löckchen senkt das Handy. »Ash meinte ... ihr habt noch kein Material für die Projektarbeit. Und du warst gerade so vertieft, und ich dachte ...«

»Und du dachtest ...?« Meine Stimme wird schrill.

»Ich helfe ihm.«

»Du hilfst ... ihm?«, wiederhole ich seine Worte mehr herausgepresst als gesprochen. »Mach das noch einmal und ich schmeiß dich hier hochkant raus!«

Für einen Moment herrscht Stille zwischen uns, eine angespannte Pause. Löckchen sieht betroffen aus, fast so, als hätte er nicht mit einer so heftigen Reaktion gerechnet.

»Tut mir leid, ich ... ich wollte nur helfen«, stammelt er.

»Verdammt! Nun gib schon das Teil her, ich will sehen, was du aufgenommen hast.«

Zögerlich reicht mir Löckchen sein Handy und ich werfe einen Blick auf die Bilder. Ich muss zugeben, sie sind ... okay. Nicht perfekt, aber für die ersten Bilder dieser lästigen Projektarbeit gar nicht mal so schlecht. Es ist seltsam, mich selbst so vertieft in mein Zeichnen zu sehen, fast als würde ich einen Fremden beobachten. Doch irgendwie ist es auch faszinierend. Meine Mundwinkel zucken nach oben. Trotz meiner anfänglichen Abneigung fühle ich einen Funken Stolz in mir aufkeimen. Ich tippe auf ›Bilder versenden‹ und gebe meine Handynummer ein. Mein erster Beitrag zu dieser blöden Projektarbeit.

»Willst du auch was trinken?«, frage ich, um die peinliche Stille zu durchbrechen.

»Äh, habt ihr Coke?« Er sieht mich fragend an und ist sichtlich überrascht von meiner plötzlichen Gastfreundschaft.

Ja, ich kann auch anders. Wenn ich will.

»Ich schaue mal.« Irgendwas Trinkbares wird es bei der Party bestimmt geben.

Wie ein Agent auf geheimer Mission schleiche ich mich die Treppe nach unten, halte kurz inne und werfe links und rechts einen Blick den Flur entlang. Die Bahn ist frei. Perfekt! Ich schlage den Weg zur Küche ein und setze zum Sprint an, um bloß niemandem zu begegnen. Die Getränke schnappen und dann sofort zurück ins Zimmer – das ist der Plan.

Doch als ich an der offenen Wohnzimmertür vorbeikomme, halte ich inne und erstarre. Da drinnen geht es ab wie im Zirkus.

Zwei Typen stehen vor dem Fenster und versuchen eine Choreografie zu irgendeinem alten 90er-Jahre-Song hinzulegen - mit mäßigem Erfolg. Ein dritter filmt sie mit seinem Handy, der sich vor Lachen kaum noch auf den Beinen halten kann. Auf dem Sessel thront jemand, den ich noch nie zuvor gesehen habe, mit einer Sonnenbrille und einem schrillen Hawaiihemd, als wäre das hier sein persönlicher Strandurlaub. Ein anderer Partygast jongliert halbherzig mit Zitronen, und das Mädchen in der Ecke baut aus Pappbechern eine Art Pyramide. Aber die Krönung ist das Grüppchen in der Mitte des Raumes. Was zur Hölle machen die da?

Sofie, Josh, Ash und Kendra sitzen im Kreis auf dem Boden. An Kendras Mund klebt eine Spielkarte. Neben ihr sitzt Ash, der seine Lippen spitzt und sich langsam zu ihr hinüberbeugt. Nur noch wenige Zentimeter trennen ihre Gesichter. Ich halte unwillkürlich die Luft an. Kendra kichert, die Karte fällt zu Boden und im nächsten Moment berühren sich ihre Münder. Ein kurzer Kuss, mehr nicht, und doch ... genug. Mein Magen zieht sich schmerzhaft zusammen, ein fieses Stechen, das ich nicht einordnen kann.

»Hey, Jaden«, quietscht Sofie, als sie mich bemerkt.

Meine Beine fühlen sich schwer an, bin noch gefangen in der Szene, die ich gerade beobachtet habe. Es ist einfach seltsam, die beiden zu sehen. Mehr nicht. Wieso sollte mich der Kuss zwischen Kendra und Ash auch stören? Sie sind schließlich ein Paar. Interessiert mich nicht im Geringsten.

Doch dann dreht sich Ash zu mir um, und plötzlich wird mir warm, viel zu heiß. Mein Atem geht flacher, schneller, als hätte er die gesamte Luft im Raum auf sich gezogen. Etwas an seiner Haltung, an der Art, wie er mich ansieht, lässt meine Gedanken ins Stolpern geraten.

Wie üblich lässt sich Sofie nicht davon abschrecken, dass ich sie ignoriere. »Willst du mitspielen?«

Ohne ein Wort wende ich mich ab und gehe in die Küche. Ich brauche einen Moment für mich, um meine Gedanken zu ordnen. Die Szene, Kendra und Ash so zu sehen, hinterlässt einen bitteren Nachgeschmack und ich verstehe nicht, warum. Warum fühlte sich das so ... falsch an?

Die Art, wie Ash mich ansah, lässt mich nicht los. War er überrascht, mich zu sehen? Blödsinn, warum sollte er? Ich wohne schließlich auch hier.

Ich greife nach einer Coke, doch meine Gedanken sind woanders. Warum geht mir dieser Kuss nicht mehr aus dem Kopf?

»Da bist du ja. Wollte schon eine Vermisstenanzeige aufgeben.« Löckchens Stimme lässt mich innerlich zusammenzucken. Er sollte wirklich aufhören, sich so heranzuschleichen, sonst könnte er eines Tages ungewollt Bekanntschaft mit meiner Faust machen.

»Ich hole Getränke, hab ich doch gesagt.«

»Du bist schon zehn Minuten weg.«

Zehn Minuten? Verdammt, wie lange stand ich im Wohnzimmer? Die Zeit muss völlig an mir vorbeigerauscht sein.

Ich reiche Löckchen die Coke, ohne weiter darauf einzugehen und schnappe mir selbst eine Wasserflasche.

Als wir die Küche verlassen wollen, kommt Josh herein. Großartig, der fehlte mir gerade noch. Sein Auftreten füllt den ganzen Raum und er lässt keine Gelegenheit aus, seine Dominanz zu demonstrieren.

»Hey Frederick, versteckst du dich immer noch vor mir, wie ein kleines ängstliches Kätzchen?« Sein selbstgefälliges Grinsen ist unerträglich.

Löckchen steht da, starrt auf den Boden und klammert sich an seine Flasche. Joshs Worte treffen ihn, und es ist offensichtlich, dass er sich am liebsten in Luft auflösen würde. Doch er ist hier, er ist sichtbar. Also sag etwas!

»Freddy?« Ich sehe ihn an und verstehe es nicht. Wie kann er sich sowas nur gefallen lassen?

Josh lacht. »Hey, Jaden, lass den Loser hier und komm lieber mit den coolen Jungs abhängen.« Er zwinkert mir zu und vermutlich sollte das charmant wirken, doch es sah eher so aus, als hätte er etwas im Auge.

Sofort kommt mir die Erinnerung an Ashs Zwinkern beim Abendessen in den Sinn. Zumindest hatte es bei ihm diesen gewissen Charme. Aber bei Josh? Er braucht dringend jemanden, der ihn in seine Schranken weist.

»Oh, wow, Josh, das Angebot klingt ja so verlockend, dass ich fast vergesse, wie sehr ich es genieße, nicht Teil dieser selbsternannten, coolen Jungs-Clique zu sein. Ich meine, wer würde nicht gerne den ganzen Tag damit verbringen, so originelle Sprüche zu klopfen, dass selbst ein fünfjähriges Kind sie langweilig finden würde?« Meine Stimme trieft nur so vor Sarkasmus.

Joshs Gesichtsausdruck wechselt schneller als die Ampeln in der Innenstadt. »Was soll das denn heißen?«

»Nur, dass ich lieber mit Leuten abhänge, die nicht so aufgeblasen sind wie du. Und ganz ehrlich, wenn ›cool sein‹ bedeutet, dass ich so ein arroganter Idiot wie du sein muss, dann verzichte ich lieber.« Manchmal erstaune ich mich selbst.

Josh steht sprachlos vor uns. Sein Mund öffnet und schließt sich wie der eines Fisches an Land. Endlich hält er mal die Klappe.

Ich lasse ihn stehen und laufe die Treppe in den ersten Stock hinauf, als wäre nie etwas passiert.

Löckchen folgt mir wie ein Schatten. »Danke«, murmelt er so leise, dass ich fast glaube, es mir eingebildet zu haben.

Ich zucke mit den Schultern. »Kein Ding. Jemand muss diesem Idioten schließlich die Stirn bieten.«

Kapitel 6

Ashton

*D*ie Welt draußen verliert langsam ihre Farben. Die Bäume, die vor wenigen Wochen noch in Rot- und Goldtönen strahlten, ragen nun fast kahl gegen den grauen Himmel. Es ist November, die Dunkelheit kommt schneller, und die Kälte breitet sich aus – in der Luft, und tief in mir.

Meine Stimmung ist genauso trostlos wie das Wetter. Mit gesenktem Kopf sitze ich im Mathematikunterricht und starre auf das rote F, das groß und unübersehbar auf meiner Klausur prangt. Das Papier in meinen Händen fühlt sich plötzlich tonnenschwer an. Ich weiß nicht weiter. Die Situation zu Hause, die endlosen Nächte, in denen ich für meine Mom da sein muss, zehren an mir. Sie rauben mir die Kraft, die ich für die Schule bräuchte. Mein Körper ist erschöpft, meine Gedanken schwer. Ich fühle mich ausgebrannt, leer, als hätte das Leben mir jede letzte Energie geraubt. Wenn es so weitergeht, werde ich mein Abschlussjahr nicht schaffen.

Jadens Blicke bohren sich in meine Seite. Spürt er meine Schwäche? Sieht er, wie nah ich am Abgrund stehe? Seine stumme Aufmerksamkeit macht die Situation noch unerträglicher für mich. Ich kann ihn nicht ansehen.

Meine Finger zittern, während ich den Test hastig in meinen Rucksack stopfe, als könnte ich damit die Wahrheit verstecken.

73

Doch das rot markierte F brennt sich in mein Gedächtnis, und es ist, als könnte ich seinen Anblick nicht abschütteln. Ein heißes Brennen steigt in mir auf, überwältigend und schleichend kriecht es wie Gift durch meinen Körper. Es lähmt mich, lässt meine Hände kalt werden und mein Herz schneller schlagen. Die Scham über mein Versagen, über das, was ich nicht geschafft habe, erdrückt mich fast.

»Es gibt also doch Dinge, in denen du nicht perfekt bist, Asche«, spottet Jaden und jedes Wort trifft mich wie ein scharfer Hieb.

Ich möchte etwas erwidern, mich verteidigen, aber die Kraft fehlt mir. Stattdessen ignoriere ich ihn und starre auf das Blatt vor mir.

Mein Herz rast, aber nicht vor Wut, sondern aus Angst um meine Zukunft. Wie soll ich all das bewältigen? Die Schule, die Sorge um meine Mom, dieses ständige Gefühl, nicht genug zu sein?

Jaden ahnt nichts davon. Niemand tut das. Sie sehen nur den Ash, der immer lächelt, der beliebt ist und scheinbar die Kontrolle über sein Leben hat. Aber hinter dieser Fassade bröckelt es und bald wird alles in tausend Einzelteile zerfallen.

Die Buchstaben und Zahlen auf dem Schulblock verschwimmen vor meinen Augen. Im Vergleich zu dem, was mich zu Hause erwartet, verliert die Schule jeden Sinn. Ich fühle mich gefangen in einem Strudel aus Verzweiflung, aus dem es keinen Ausweg gibt. Egal, wie sehr ich kämpfe, ich trete auf der Stelle.

Für den Moment bleibt mir nichts anderes übrig, als weiterzumachen, jeden Tag aufs Neue, in der stillen Hoffnung, dass irgendwann, irgendwie alles besser wird.

Nach der Schule gehe ich ohne Umwege nach Hause. Vielleicht kann mir das Wochenende zumindest eine kurze Flucht vor dem Schulstress ermöglichen. Doch tief in mir weiß ich, dass diese Ruhe mir vorerst nicht gegönnt sein wird. Schon der Gedanke daran lässt meine Schultern schwerer und meine Schritte langsamer werden.

Als ich die Haustür öffne, lasse ich meine Tasche direkt im Flur fallen und atme tief ein, um mich auf das vorzubereiten, was mich drinnen erwartet. Geräusche dringen aus dem Wohnzimmer, leise und doch unverkennbar. Mom ist wach. Ein Zittern überkommt mich, eine körperliche Reaktion auf die bevorstehende Konfrontation. Seit Mom dem Alkohol verfallen ist, ist nichts mehr, wie es war.

Langsam nähere ich mich dem Wohnzimmer. Jeder Schritt verstärkt das drückende Gefühl von Sorgen und Verzweiflung. Ich weiß, was mich erwartet, und doch hoffe ich jedes Mal aufs Neue, dass es diesmal anders sein wird. Dass ich Mom lachend vorfinde, nüchtern, die Frau, die sie einmal war, bevor der Alkohol begann, unser Leben zu zerstören.

Als ich das Wohnzimmer betrete, werden meine schlimmsten Befürchtungen erneut bestätigt. Mom sitzt auf dem Sofa, eine leere Flasche in der Hand, ihr Blick ist abwesend. Das Fernsehgerät läuft, doch ich bezweifle, dass sie wirklich zusieht.

Ich sollte stark sein, für uns beide, doch in Augenblicken wie diesen fühle ich mich hilflos. So vieles habe ich schon versucht, um ihr zu helfen – auf sie eingeredet, geweint, gebettelt. Aber Mom hat alles abgeblockt, jede Brücke abgerissen, die ich zu ihr bauen wollte.

Einmal habe ich sogar überlegt, den Krankenwagen zu rufen. Vielleicht hätten sie ihr helfen können, sie irgendwohin gebracht, wo sie gesund wird. Doch die Angst, was dann mit Myra und mir passiert, hat mich zurückgehalten, mich gelähmt. Sie würden uns ins Heim oder in verschiedene Pflegefamilien stecken und uns trennen. Und das will ich nicht. Myra ist alles, was mir noch bleibt.

Und Mom ... sie ist trotz allem immer noch meine Mutter. Ich liebe sie. So kaputt sie auch ist, ich hoffe, dass sie eines Tages wieder zu sich findet – einen Weg ohne den Alkohol. Deshalb kämpfe ich weiter, so gut ich kann.

»Ich bin zu Hause, Mom«, sage ich leise.

Wie erwartet reagiert sie nicht. So lasse ich sie in ihrer eigenen Welt zurück, wende mich ab und gehe in mein Zimmer, das mir wenigstens ein bisschen Ruhe und Normalität verspricht.

Ich schließe die Tür hinter mir und sinke auf das Bett. Die Gedanken an die Matheklausur, an Jaden und seine spöttischen Bemerkungen, an die verzweifelte Situation zu Hause, stürmen auf mich ein. In diesen Momenten bin ich so verloren, so allein. Keine Tränen! Sie würden nichts ändern, mir nicht helfen, diese Situation zu überstehen.

Nach einem tiefen Atemzug stehe ich auf, strecke mich und gehe nach Myra sehen. Ich muss weitermachen, auch wenn es schwerfällt – was bleibt mir anderes übrig?

Meine kleine Schwester sitzt auf dem Boden, umgeben von ihren Spielsachen, und hält ihren Teddy fest in den Armen. Es ist erstaunlich, wie sie es schafft, die Realität auszublenden und in ihrer eigenen kleinen Welt zu leben. Doch ich weiß, dass sie das belastet, auch wenn sie es nicht zeigt. Myra ist viel zu tapfer für ihr Alter. Sie trägt eine Stärke in sich, die kein Kind haben sollte. Vielleicht, weil sie es mit Mom nicht anders kennt.

Als Myra mich bemerkt, zieht sie ihre Knie etwas dichter an sich und rückt ein Stück zur Seite, um Platz zu machen.

Ich setze mich neben sie und lege meine Hand auf ihre Schulter. »Alles gut bei dir, Maus?«

Sie nickt. »Was gibt's heute zu Essen, Ash?«

»Auf was hast du denn Lust?«

»Pizza!« Ihre Antwort kommt prompt, als hätte sie bereits darauf gewartet, gefragt zu werden.

Ich laufe in die Küche und schalte den Ofen an, bereit, ihr diese kleine Freude zu bereiten. Mom brauche ich nicht zu fragen, ob sie mit uns essen möchte – das habe ich längst aufgegeben.

Zwanzig Minuten später sitzen Myra und ich am Küchentisch. Der Duft von geschmolzenem Käse und würziger Tomatensoße steigt mir in die Nase. Meine Schwester beißt glücklich in ihr Stück Pizza, und für einen kurzen Moment kehrt so etwas wie Frieden ein. Fast vergesse ich, wie chaotisch unser Leben wirklich ist.

Dann betritt Mom die Küche. »Wo ist der Wein?« Ihre Stimme klingt rau, fordernd.

»Wir haben keinen«, antworte ich.

»Wozu habe ich dir dann diese Karte gegeben?« Sie stemmt ihre Hände in die Hüften.

Mit dreizehn hat sie mir eine Debitkarte beantragt, verknüpft mit ihrem und Dads Konto. Es sollte praktisch sein, falls etwas für uns besorgt werden musste. Und das ist es auch. Damit kaufe ich, was wir brauchen – Lebensmittel, Schulsachen, Alltagsdinge. Aber Alkohol? Niemals. Ich bin siebzehn, und selbst wenn es legal wäre, würde ich es nicht tun.

»Die Karte ist dafür da, dass ich Essen kaufe, Mom. Nicht Wein.«

»Mir geht es doch schon schlecht genug, warum willst du mich noch mehr leiden lassen, Ashton?«

»Weil wir dich lieben.«

Sie wendet sich ab, öffnet Schranktüren, durchsucht jedes Regal. Verzweifelt greift sie in jede Ecke, in der Hoffnung, doch noch eine vergessene Flasche zu finden. »Wenn du mich wirklich liebst, dann hilf mir, mich besser zu fühlen.«

»Mom ...«

»Du verstehst das nicht! Du machst es mir nur noch schwerer!« Mit einem lauten Knall schlägt sie die Schranktür zu.

Myra sitzt still am Tisch, ihre kleine Hand ruht auf dem Rand ihres Tellers. Der Appetit auf Pizza ist längst verflogen. Ich hasse es, dass sie das mitansehen muss, dass unser Leben so ist.

Aber ich bleibe standhaft, auch wenn jede Faser meines Seins unter dem Druck zu zerreißen droht. Für Myra, für mich.

Schließlich gibt Mom auf und verlässt die Küche.

Ich blicke zu meiner Schwester und schenke ihr ein aufmunterndes Lächeln. »Lass uns die Pizza essen, okay?«

Sie nickt.

Trotz allem müssen wir zusammenhalten. Wir zwei gegen den Rest der Welt, so schwer der Kampf auch sein mag. Bald werde ich achtzehn. Vielleicht kann ich dann mit ihr weg von hier, raus aus diesem Strudel, der uns immer wieder in die Dunkelheit zieht. Dad verdient mehr als genug – das Konto beweist es jedes Mal, wenn ich mit der Karte einkaufe. Wenn er uns nur einen Bruchteil davon überlassen würde, könnten wir es schaffen. Eine kleine Wohnung, ein Neustart.

Plötzlich dringen Geräusche aus dem Wohnzimmer zu uns, das Klirren umgeworfener Gegenstände lässt mich zusammenzucken.

»Warte kurz, bin gleich wieder da«, sage ich zu Myra.

Vorsichtig betrete ich das Wohnzimmer. Mein Herz schlägt mir bis zum Hals.

Mom wühlt durch das Zimmer. Sie ist aufgebracht und ihre Augen funkeln vor Zorn. »Wo hast du den Alkohol versteckt? Ich weiß, dass hier irgendwo welcher ist!« Ihre Worte schallen laut, begleitet von einem Zittern, das ihren Ärger unterstreicht.

»Ich habe keinen Alkohol gekauft.« Meine Stimme bleibt fest, auch wenn alles in mir bebt.

Es kostet mich eine enorme Überwindung, ihr in diesem Zustand entgegenzutreten. Ich weiß, wie diese Auseinandersetzung ablaufen wird, und trotzdem hoffe ich jedes Mal verzweifelt auf ein anderes Ende.

Moms Aggression nimmt zu. Ihre Worte sind wie Peitschenhiebe, jeder Satz ist ein weiterer Schlag auf meine ohnehin schon geschundene Seele.

»Durch euch fühle ich mich so elend, dass ich trinken muss! Du bist schuld!« Sie greift nach einem Stuhl und schleudert ihn mit solcher Kraft zu Boden, dass das laute Krachen durch das ganze Haus hallt. Der plötzliche Lärm jagt mir einen Schauder über den Rücken. Es ist dieser Moment, der mich in eine Schockstarre versetzt. Eine Welle von Hitze steigt in mir auf, breitet sich von meiner Brust bis in meinen Kopf aus und macht es schwer zu atmen. Ich kralle meine Fingernägel in den Türrahmen, um Halt zu finden, doch der Druck in meiner Brust lässt nicht nach. Die Angst, die mich durchströmt, ist vertraut. Sie ist ein ständiger Begleiter, der immer wiederkehrt, wenn ich mit dieser Seite meiner Mutter konfrontiert werde. In diesem Zustand ist Mom nicht mehr zu helfen, das habe ich auf die harte Tour gelernt. Jeder Versuch, sie zu beruhigen oder auf sie einzureden, wäre, als würde man Öl ins lodernde Feuer gießen.

Zitternd wende ich mich ab und eile zurück in die Küche, wo Myra auf mich wartet. Tränen kullern über ihre Wangen, und sie presst ihren Teddy fest an ihre Brust. Schnell nehme ich ihre Hand, die sich in meiner so klein und zerbrechlich anfühlt.

»Komm, was hältst du von einem Ausflug?« Meine Stimme ist sanft, aber die Dringlichkeit darin kann ich kaum verbergen. Ich muss sie aus dieser Situation herausbringen, weg von all dem.

Myra nickt und wischt sich mit dem Ärmel über das Gesicht.

»Aber denk daran, es ist unser Geheimnis«, füge ich hinzu.

Sie weiß, wie wichtig es ist, dass niemand außerhalb dieser Wände erfährt, was bei uns zuhause wirklich vor sich geht. Für Myra tue ich alles, damit sie ein Stück ihrer Kindheit und Unbeschwertheit bewahren kann, auch wenn das bedeutet, dass wir unsere Probleme vor der Außenwelt verbergen.

Die Angst, dass man uns auseinanderreißen könnte, dass man mir nicht nur Mom, sondern auch Myra nehmen könnte, ist wie ein ständiger Schatten, der mich verfolgt. Diese Angst lähmt mich, treibt mich aber gleichzeitig an, alles zu tun, was nötig ist, um unsere Familie zu retten.

Wir schnappen uns ein paar Sachen, stopfen diese in unsere Rucksäcke und verlassen das Haus, ohne Zeit zu verlieren. Jede weitere Minute, die wir hier verbringen, ist eine zu viel.

Es ist nicht das erste Mal, dass Myra und ich vor der bedrückenden Realität in unserem Haus fliehen. Moms Ausbrüche sind in letzter Zeit häufiger geworden, und in diesen Momenten suchen wir Zuflucht bei den Bakers. Dort finden wir die Sicherheit und Normalität, die uns in unserem eigenen Zuhause oft verwehrt bleibt. Schon immer waren wir bei ihnen willkommene Gäste, und ihre Tür steht uns jederzeit offen, ohne Fragen, ohne Vorwürfe.

Auch jetzt mache ich mir keine Sorgen, als ich mit Myra unangemeldet bei ihnen auftauche. Niemand wird fragen, warum wir an einem Freitagnachmittag einfach vor der Tür stehen.

Als Nolan uns empfängt, ist seine Reaktion kein Schock, sondern ein freudiges Lächeln. »Kommt rein, ihr zwei«, sagt er, während er zur Seite tritt, um uns hereinzulassen.

Myra hält meine Hand noch immer fest, doch der eiserne Griff hat sich gelockert. Die Anspannung in ihrem Körper, die ich selbst über unsere ineinander verschränkten Finger spüren konnte, lässt nach. Es ist subtil, kaum merklich, aber ich kenne sie gut genug, um zu wissen, dass sie sich langsam beruhigt.

Molly führt uns ins gemütliche Wohnzimmer, wo wir auf der Couch platznehmen. »Ich mach euch etwas Warmes zu trinken«, sagt sie und verschwindet aus dem Raum.

Nolan ist bereits die Treppe hinauf, um Kendra Bescheid zu geben, dass wir da sind.

Ich beobachte Myra, wie sie sich im Raum umschaut, ihre Blicke die vertrauten Gegenstände streifen, und langsam ein zaghaftes Lächeln auf ihren Lippen entsteht. Es zeigt mir, dass es trotz all des Chaos und der Dunkelheit in unserem Leben noch immer Orte gibt, an denen wir Frieden finden. Hier, in diesem Haus, haben wir einen sicheren Hafen, der uns Schutz bietet vor dem Sturm, der draußen tobt.

Kapitel 7
Jaden

Meine Zimmertür öffnet sich einen Spalt, und ich schaue misstrauisch von meinem Skizzenbuch auf. Wer kommt hier schon wieder einfach so herein, ohne anzuklopfen? Ich will gerade losbrüllen, als ich innehalte. Ein Mädchen? Was macht ein Mädchen in meinem Zimmer? Sie kann höchstens neun oder zehn Jahre alt sein.

Das rote Baumwollkleidchen, das sie trägt, ist mit einer kleinen Schleife an der Taille verziert, und die weiße Strumpfhose darunter wirkt tadellos, ohne einen einzigen Fleck. Auf Zehenspitzen schleicht sie durch mein Zimmer, einen Teddy fest an die Brust gedrückt, in der anderen Hand ein Buch.

»Ähm, was machst du da?« Meine Stimme durchbricht die Stille.

Sie bleibt stehen, ist wie angewurzelt. Ganz langsam dreht sie sich zu mir um, ihre Augen werden groß, fast so, als hätte sie mich eben erst bemerkt.

»Du weißt schon, dass man vorher anklopft, bevor man fremde Zimmer betritt?«

Keine Antwort. Stattdessen sehe ich, wie ihre Augen glasig werden, als würde sie gleich in Tränen ausbrechen. Oh nein, bloß nicht heulen.

Ich seufze, lege mein Skizzenbuch zur Seite und setze mich auf. »Wie heißt du?«

»M... Myra ... Myra McCoy«, antwortet sie leise und zitternd, während sie ihren Teddy noch fester umklammert.

Natürlich, sie ist die kleine Schwester von Ash.

»Bit... Bitte sag meinem Bruder nichts. Er wird böse sein, wenn er mich hier findet.«

Ich runzle die Stirn. Warum sollte Ash böse werden? Wenn hier jemand Grund hätte, verärgert zu sein, dann doch eher ich. Schließlich ist sie einfach so in mein Zimmer geplatzt und stört meine Ruhe.

»Und wo ist dein Bruder jetzt?«

»Der schaut mit Kendra einen blöden Film im Wohnzimmer«, antwortet sie trotzig, verschränkt ihre kleinen Arme fest vor der Brust und zieht eine Schnute. Der Teddy baumelt steif an ihrer Seite. Seine Knopfaugen scheinen mich direkt anzusehen, als würden sie mich anflehen, freundlich zu ihr zu sein.

»Keine Sorge, ich verrate nichts. Aber was machst du hier?«

Sie deutet auf den großen roten Sessel mit der warmen Kuscheldecke. »Ash hat mir verboten, in das Zimmer zu gehen, aber ich habe doch immer hier geschlafen.«

Myra bleibt unsicher im Raum stehen, als warte sie auf meine Erlaubnis. Eigentlich wollte ich allein sein und zeichnen. Aber ... was soll's.

»Gut, dann bleib halt hier«, sage ich schließlich und kann selbst kaum fassen, dass diese Worte erneut aus meinem Mund kommen. Was zum Teufel ist nur in mich gefahren?

Ein Lächeln huscht über ihr Gesicht. Dabei fällt mir auf, wie sehr sie Ash ähnelt – dieselben Augen, dieselbe Schönheit, dieselbe Art – nur eben in jung und mit langen Haaren.

Bevor ich weiter darüber nachdenken kann, steht Myra plötzlich direkt vor mir und hält mir ein Buch hin.

»Liest du mir was vor?«

»Äh ... klar«, antworte ich zögernd, obwohl in meinem Kopf alle Alarmglocken schrillen. Warum habe ich sie nicht einfach weggeschickt?

Myra lässt sich neben mir auf das Bett sinken, kuschelt sich an die Kissen und zieht die Decke über ihre Beine.

Widerwillig schlage ich das Buch auf und beginne laut zu lesen. »Der verhexte Garten.«

Eine Stimme durchbricht die Stille. »Was machst du hier?«

»Pssst, du weckst ihn noch auf«, flüstert eine zweite Person, leiser und vorsichtiger.

»Ich habe dich gesucht!«

Die Worte verwirren mich, sie hallen durch den Nebel in meinem Kopf. Wo kommen sie her? Ich blinzle irritiert in das schummrige Licht meines Zimmers.

»Verdammte Scheiße«, entfährt es mir, als ich plötzlich hochschrecke und Myra, Ashs kleine Schwester neben mir sehe. Langsam kehren die Erinnerungen an das Vorlesen und die plötzliche Müdigkeit zurück.

Myra kichert und hält sich die Hand vor den Mund. »Das darf man nicht sagen«, ermahnt sie mich mit der unschuldigen Strenge eines Kindes, was mich kurz aus der Fassung bringt.

»War der verhexte Garten so langweilig?« Ash steht mitten im Zimmer und grinst mich spöttisch an. Der Idiot!

Mein Kopf ist noch schwer vom Schlaf, und ich kann nur ein Knurren hervorbringen, von dem ich hoffe, er hört, wie genervt ich bin.

»Ash, geh weg, du störst uns«, sagt seine Schwester entschieden »Jaden und ich wollen unsere Ruhe haben.«

Trotz meiner Verwirrung muss ich unwillkürlich grinsen.

Ashs Gesichtsausdruck dagegen wechselt schlagartig von amüsiert zu entsetzt. Es ist köstlich zu sehen, wie die Kleine versucht, ihren Bruder aus dem Zimmer zu vertreiben.

»Maus, wir sollten uns dringend unterhalten«, sagt Ash jetzt mit einem deutlich ernsteren Ton.

Myra stöhnt auf, offensichtlich genervt, und wirft ein Buch auf das Bett.

Moment mal, ist das mein Skizzenbuch? Mein Herz setzt kurz aus. Panik steigt in mir auf. Sie hat doch nicht etwa die Zeichnungen von Ash gesehen?

»Da ist sie ja«, ertönt Kendras Stimme, als sie zusammen mit Nolan und meiner Mutter in der Tür erscheint. Zu viele Menschen in meinem Zimmer, das war definitiv nicht der Plan.

»Wir sollten jetzt besser gehen«, sagt Ash hastig.

Ja, bitte! Am besten gleich alle!

»Ich will aber hierbleiben.« Myra verschränkt die Ärmchen vor der Brust und hebt ihr Kinn. Diese Kleine fängt an, mir wirklich zu gefallen. Ihre rebellische Art, die sie so mutig und entschlossen macht, hat etwas, das mich zum Schmunzeln bringt.

»Maus, das geht nicht. Wir müssen ...«, beginnt Ash, doch Kendra fällt ihm ins Wort: »Ihr könnt doch trotzdem hier übernachten. Bei mir.«

»Junge Dame«, sagt Nolan streng.

»Dad, ich bin fast 18.«

»Solange du unter meinem Dach wohnst, schläft kein Junge bei dir, Kendra«, kontert Nolan in einem für ihn untypischen Tonfall. »Aber du hast recht.« Er dreht sich zu Ash. »Bleibt hier. Es ist schon spät und dunkel draußen.«

»Jippieeee!« Myra quietscht so laut vor Freude, dass es in den Ohren schmerzt.

Müssen sie diese Diskussion ausgerechnet in meinem Zimmer führen? Ich will meine Ruhe!

»Und wo sollen die beiden übernachten?«, fragt meine Mutter und ist offensichtlich nicht begeistert von der Idee.

Das Gästezimmer, das inzwischen mein Reich ist, war ursprünglich für solche Situationen gedacht. Nolan wollte längst die Abstellkammer oder den Raum, in dem seine alte Modelleisenbahn steht, umfunktionieren und daraus eine neue Übernachtungsmöglichkeit schaffen. Aber wie so vieles ist das bisher liegen geblieben.

»Myra schläft bei Kendra, und Ash kann hierbleiben«, sagt Nolan, als wäre es, das Selbstverständlichste auf der Welt.

»Schatz, ich glaube nicht, dass das eine gute Idee ist.«

»Wieso denn nicht, Molly?« Nolan klingt verwirrt. Er versteht den Aufstand anscheinend nicht.

»Ja, wieso denn nicht?«, hake ich mit gespielter Unschuld nach und ernte einen scharfen Blick von meiner Mutter.

Ich kenne die Antwort, aber soll sie es doch erklären.

Sie wird es nicht tun, denn sie verdrängt es. Seit ich ihr vor zwei Jahren erzählt habe, dass ich auf Jungs stehe, tut sie so, als gäbe es dieses Thema nicht. Die Beziehung zwischen meiner Mutter und mir war nie besonders warm, aber mit meinem Outing ist sie nur noch kälter geworden.

»Natürlich kann Ash hier schlafen«, sage ich, als sie nicht auf die Frage reagiert.

Mutter schaut mich an, wissend, dass ich das nur tue, um sie zu ärgern. Und so wenig ich Ash ausstehen kann, macht es mir umso mehr Spaß, meine Mutter damit zu provozieren. Es stört sie, das weiß ich, und das gibt mir eine seltsame Genugtuung.

Es war eine blöde Idee. Wahrscheinlich die dümmste, die ich je hatte. Wie konnte ich nur zulassen, dass ausgerechnet *er* neben mir schläft? Es ist wieder die Art von Entscheidungen, die man trifft, nur um sich im nächsten Moment zu fragen: Was zum Teufel habe ich mir dabei gedacht?

Ash steht vor dem Bett und zieht sich das Shirt über den Kopf. Das sanfte Licht der Nachttischlampe wirft Schatten auf seine Haut und betont jede Linie seines durchtrainierten Körpers. Die flache Brust, der muskulöse Bauch, und dieser schmale, dunkelblonde Haarstreifen, der wie ein Pfeil nach unten zeigt und unter dem Rand seiner Shorts verschwindet.

Meine Gedanken rasen, mein Puls beschleunigt sich. Ein Kribbeln breitet sich in meinem Unterleib aus, und ich fühle mich wie ein zwölfjähriger Junge, der gerade dabei ist, etwas Verbotenes zu tun. Hitze durchfährt meinen Körper und lässt meine Kehle trocken werden. Was mache ich hier? Das Letzte, was ich jetzt gebrauchen kann, ist eine Latte. Verdammte Scheißidee!

Hastig richte ich meinen Blick auf meine Hände, die zitternd auf der Bettdecke liegen. Meine Haut prickelt, mein Gesicht brennt, und wahrscheinlich sehe ich aus wie eine Tomate. Hoffentlich hat Ash von meiner Glotz-Aktion nichts mitbekommen.

»Schau mal, ich habe ein paar Fotos für die Projektarbeit gemacht«, sagt er plötzlich, setzt sich auf die Bettkante und tippt auf seinem Handy herum. Oberkörperfrei. Natürlich. Muss das sein?

Ich zögere, aber meine Neugier gewinnt. Also rutsche ich näher an ihn heran und starre auf das Display. Wäre mir nicht schon heiß, dann spätestens jetzt. Die Bilder sind verdammt gut.

Ash im Hemd vor einer Backsteinwand, Ash im Sportanzug in der Sporthalle und Ash in Lederjacke im Park mit dem Sonnenuntergang im Hintergrund. Jedes Foto sieht perfekt aus - seine Kinnlinie, der Schatten seiner Wimpern, diese lässige Eleganz. Wie fotogen kann ein Mensch bitte sein?

»Was sagst du?« Seine Stimme klingt neugierig.

»Ganz okay«, murmele ich und hoffe, dass es cool und gleichgültig klingt. Er soll sich bloß nichts darauf einbilden. »Fehlt ja nur noch ein Duschbild.«

Ash lacht leise, dieses warme, selbstsichere Lachen, das mich jedes Mal aus dem Konzept bringt. »Echt? Willst du eins sehen?«

»Du hast ...«, setze ich an, doch die Worte bleiben mir im Hals stecken. Ich schlucke, allein bei dem Gedanken daran, wie Ash unter der Dusche ...

»Nee«, sagt er grinsend, »aber ich könnte noch welche machen, wenn du möchtest.«

»Nein!« Meine Antwort kommt hastig und viel zu laut.

Ich beiße mir auf die Lippe, um nicht noch mehr Blödsinn von mir zu geben.

Ash grinst breiter, sichtlich amüsiert über meine Reaktion. »Entspann dich, ich mach nur Spaß.« Er legt das Handy auf den Nachttisch, als wäre nichts gewesen. »Aber schön zu wissen, dass dir die Fotos gefallen.«

»Das habe ich nie gesagt«, knurre ich und balle die Hände zu Fäusten. Verdammt.

»Natürlich nicht.« Mit einer ruhigen Selbstverständlichkeit steht er auf, zieht sich ein neues Shirt über und steigt dann ins Bett. Die Matratze gibt unter seinem Gewicht leicht nach.

Ich riskiere einen Blick. Da liegt er, völlig entspannt, und ja, er sieht gut aus, aber das bedeutet nichts. Er ist nichts Besonderes. Nur ein aufgeblasener Sunnyboy.

Seine Stimme durchbricht die Stille, und ich zucke zusammen. »Schlaf gut.«

Ich sollte wirklich aufhören, ihn anzustarren.

»Na endlich«, brumme ich und drehe mich auf die Seite, um das Licht auszuknipsen. Es ist nur diese eine Nacht. Morgen verschwindet er wieder – aus meinem Zimmer und aus meinem Kopf. Nur eine Nacht. Eine verdammt lange Nacht.

Da liege ich nun, wach und starre in die Dunkelheit. Seit einer Stunde bekomme ich kein Auge zu. Ich drehe mich hin und her, während meine chaotischen Gedanken mich wachhalten. Ash ist hier. Direkt neben mir. Und das ist alles, woran ich denken kann.

Ash. Ash. Ash.

Sein Duft hängt in der Luft, warm und süß, wie Karamell. Er schleicht sich in jede Ecke meines Bewusstseins, haftet an meinen Sinnen. Es ist, als könnte ich ihn auf meiner Zunge schmecken, so präsent und betörend, dass es mich wahnsinnig macht.

Warum kann dieser Idiot nicht einfach aufhören, sich zu wälzen? Jede seiner Bewegungen, das leise Rascheln der Bettdecke, erinnert mich daran, dass er da ist. Wenn er wenigstens still liegen bleiben würde, statt mich mit seiner bloßen Anwesenheit in den Wahnsinn zu treiben. Erneutes Wälzen. Die Matratze bewegt sich wieder. Wie zum Teufel soll ich diese Nacht überstehen?

Die Zeit scheint stillzustehen, jeder Moment dehnt sich zu einer Ewigkeit. Doch irgendwann muss die Erschöpfung überhandgenommen haben, denn meine Augenlider werden schwer und schließlich zieht mich der Schlaf in seine Arme.

»Nein, bitte.« Die Worte durchschneiden die Stille wie ein Messer. Erschrocken fahre ich hoch. Dunkelheit umgibt mich, draußen herrscht noch tiefe Nacht. Wo bin ich?

Ach ja, in meinem Bett. Aber nicht allein.

Wieder höre ich die Stimme, diesmal deutlicher. »Nein.« Ash.

»Asche, bist du wach? Hör auf zu nerven!«

Keine Antwort, nur das unruhige Wälzen und leises Murmeln, das den Raum erfüllt.

»Bitte ...« Die Matratze bebt leicht unter seinen Bewegungen.

»Wie soll man so schlafen?« Mir reichts, meine Geduld ist am Ende. Ich bin müde und will einfach meine Ruhe. Irgendwie hatte ich mir das hier alles anders vorgestellt.

Genervt schalte ich das indirekte Licht am Bett an, das den Raum in ein warmes, gedämpftes Leuchten hüllt. Manche würden es romantisch nennen, für mich ist es nur praktisch.

Ash liegt auf der anderen Seite des Bettes, wirft den Kopf hin und her und murmelt fast unverständliche Worte.

»Nein, nein.«

Was zum Teufel macht er da?

»Asche?«, sage ich und lege meine Hand auf seine Schulter. Keine Reaktion. »Asche!« Diesmal ist meine Stimme energischer, lauter. Ich beuge mich über ihn, rüttele ihn sanft. »Komm schon, wach auf.«

»Nein, nein.« Seine Bewegungen werden heftiger, und plötzlich drückt er mit seinen Händen gegen meinen Brustkorb. Die Hitze seiner Haut ist ein scharfer Kontrast zur kühlen Luft im Raum.

»Asche, wach auf!« Ich greife nach seinem Kopf, meine Hände legen sich fest an seine Wangen, um ihn zu beruhigen und den Sturm in ihm zu stoppen. »Verdammt, Ash, wach auf!«, schreie ich ihm inzwischen ins Gesicht.

Plötzlich blinzelt er und reißt seine Augen weit auf. Darin spiegeln sich Entsetzen und eine so rohe Verletzlichkeit, dass ich das Gefühl habe, sie selbst zu spüren. Dieses fahle Blau, durchsetzt mit Angst – es zieht mich in eine Tiefe, die mich erschüttert. Er schaut mich direkt an, doch sein Blick scheint mich nicht ganz zu erreichen. Glasig. Leer. Sein Atem kommt stoßweise, sein Körper zittert.

»Alles ist gut«, sage ich und streiche mit meinen Fingern über seine Stirn, berühre seine erhitzte, verschwitzte Haut.

Ash. Oh, Ash.

Mein Herz schlägt wie verrückt, fast schmerzhaft, als ich realisiere, wie nah wir uns sind. Mein Gesicht ist so dicht an seinem, dass sein Atem meine Wange streift.

Ich sollte mich zurückziehen. Mein Verstand schreit danach, aber mein Körper hört nicht auf ihn. Ich bin wie gefesselt. Gefangen von der Wärme, die er ausstrahlt, selbst in diesem Moment völliger Zerrissenheit.

Was mache ich hier mit ihm? Oder ist er es, der etwas mit mir macht? Keine Ahnung. Alles, was ich weiß, ist, dass ich nicht mehr wegsehen kann.

Kapitel 8

Ashton

*D*ie Dunkelheit ist erdrückend. Sie kriecht in jede Pore meines Körpers, umklammert meinen Verstand wie ein eisiger Nebel, der alles erstickt.

Mein Atem geht unregelmäßig, stockt, als würde ich in einem endlosen Ozean ertrinken. Ich kämpfe darum, an die Oberfläche zu gelangen. Doch die Ketten an meinen Fußgelenken ziehen mich nach unten, hinab in eine endlose Finsternis. Schatten flüstern um mich herum, kalt und gnadenlos, gefüllt mit Ängsten, die wie scharfe Klingen in meinen Verstand schneiden. Es gibt keinen festen Boden, nur einen Abgrund, der mich verschlingt.

Wieder bin ich an diesem Ort, der zugleich vertraut und doch so fremd erscheint. Ich will schreien, doch kein Laut verlässt meine Lippen. Verzweifelt greife ich ins Leere, suche nach etwas Echtem, etwas Festem, einem Anker in dieser endlosen Leere. Doch alles, was ich berühre, zerfällt zu Staub und löst sich auf wie Asche im Wind.

Mein Herz rast, pocht gegen meine Brust in einem wilden, unkontrollierbaren Rhythmus, der den Takt meiner aufkeimenden Panik bestimmt. Die Angst umklammert mich, zieht sich immer fester zusammen, als würde sie mich in ihrem kalten Griff erdrücken.

Ich muss auftauchen, muss an die Oberfläche, doch da ist nichts außer Dunkelheit.

Dunkelheit ... und diese Augen. Seine Augen. So dunkel, als könnten sie jede meiner Gedanken durchdringen und mich bis ins Innerste entblößen. Jaden.

Er ist so nah, dass jeder seiner Atemzüge meine Haut streift, warme Luft, die meine Wangen sanft kitzelt. Seine Stimme und seine Berührung sind der Anker, der mich zurück in die Realität reißt. Die Rückkehr in die Wirklichkeit ist schmerzhaft, als würde mein Körper sich gegen diese unerwartete Nähe wehren. Instinktiv drängt mich etwas, ihn von mir wegzustoßen, diese Verbindung zu lösen. Doch gleichzeitig ist da dieser andere Teil in mir, der sich verzweifelt an ihn klammert, an die Sicherheit, die er ausstrahlt. Meine Hände liegen an seiner Brust, verkrampft in den Stoff seines Shirts. Er ist echt. Der Moment ist real. Jaden ist da. Und das gibt mir Halt, mehr, als ich je zugeben würde.

Mein Körper zittert unter seinem Gewicht und der Schweiß klebt auf meiner Haut. Ich hatte wieder einen Albtraum. Einen jener Träume, die mich in die dunkelsten Ecken meiner Seele ziehen und mir den Atem rauben. Nacht für Nacht suchen sie mich heim und sind inzwischen ein Teil von mir geworden. Es ist normal und mir geht es ... gut.

Doch da ist Jaden, der einfach nicht von meiner Seite weicht. Er liegt still über mir, sieht mich an mit einem Blick voller Fragen, die er nicht ausspricht, voller Worte, die er nicht sagt. Seine Finger ruhen regungslos auf meiner Wange und senden eine Wärme aus, die mich beruhigt.

»Jaden«, flüstere ich. Meine Stimme klingt kratzig. Diese Nähe zu ihm ist ungewohnt. Einerseits ist da dieses Feuer, das sich wie eine Decke um mich legt. Eine Geborgenheit, die ich so lange nicht mehr gespürt habe.

Doch gleichzeitig zieht sich mein Magen zusammen, ein leises, nagendes Unbehagen kriecht in mir hoch. Die Intensität seines

Blicks, so direkt, lässt keine Ausflüchte zu. Es fühlt sich an, als könnte er bis auf den Grund meiner Seele schauen und all die Ängste wahrnehmen, die ich so mühsam verstecke.

»Mir geht es gut.« Mehr bringe ich nicht über die Lippen.

Langsam zieht sich Jaden zurück. Er setzt sich auf und rutscht zur Bettkante. Die plötzliche Leere, die er hinterlässt, ist schwer zu ertragen. Ich will nicht, dass er geht. Nicht jetzt. Doch er steht auf und läuft zur Tür.

Mir bleiben die Worte im Hals stecken. So lasse ich ihn schweigend ziehen.

Am Morgen strecke ich meine Arme aus, nur um die kühle Weite neben mir zu ertasten. Die andere Bettseite ist leer. Jaden ist nicht zurückgekommen.

Meine Gedanken wirbeln durcheinander, kreisen um all das, was ich nicht gesagt habe, was ich nicht zu sagen wage. Vielleicht hätten wir das Angebot, hierzubleiben, doch ablehnen und nach Hause fahren sollen. Aber als ich Myra sah, wie glücklich sie war, konnte ich einfach nicht *Nein* sagen. Sie lachte, ihre Sorgen schienen für einen Moment verschwunden, und das war alles, was zählte. Doch jetzt, wo die Nacht vorbei ist, kehren die Zweifel zurück. War es richtig, hier zu übernachten und damit etwas zu verraten, was ich eigentlich geheim halten wollte?

Und dann ausgerechnet Jaden. Der Kerl ist ein einziges Rätsel. Wie er gestern neben Myra lag, so friedlich und entspannt. Seine Gesichtszüge waren weich – ganz anders als die harte, abweisende Fassade, die er sonst aufsetzt. Was soll ich nur von ihm halten?

Ich stehe auf und schlendere zum Fenster, lasse meinen Blick über den Garten gleiten. Die Sonne taucht alles in ein warmes, goldenes Licht und vertreibt die letzten Schatten der Nacht. Ein neuer Tag, ein neuer Anfang. So ist es immer. Die Albträume mögen mich quälen, aber ich bleibe stark, für Myra.

Während ich gedankenverloren über die vergangene Nacht nachsinne, drehe ich mich vom Fenster weg – und stoße prompt gegen die Kante des Schreibtisches. Ein schmerzhafter Stich durchfährt mein Bein, und ich stöhne. Nicht so sehr wegen des Schmerzes, sondern weil die Ordner, die auf dem Tisch gestapelt waren, allesamt zu Boden stürzen. Mist!

Das passiert mir nicht zum ersten Mal. Jedes Mal, wenn ich hier übernachte, hole ich mir einen neuen blauen Fleck, immer genau an derselben Stelle.

Leicht verärgert, aber auch ein wenig amüsiert über meine eigene Tollpatschigkeit, knie ich mich hin, um die heruntergefallenen Sachen aufzusammeln. Meine Finger gleiten über die Oberflächen der Ordner und schieben die Papiere zusammen. Eines nach dem anderen lege ich sie wieder auf den Tisch. Doch dann fällt mir ein Zettel ins Auge, der sich zwischen den Blättern verfangen hat. Ich halte inne und lese die Überschrift: ›*Soziales Projekt – Familie in Not sucht Unterstützung*‹.

Neugierig hebe ich das Blatt auf, meine Augen fliegen über die Worte, die Details des Projekts und die Beschreibung der Familie, die Hilfe benötigt. Ich kenne sie – die Carsons. Ihr Leben wurde vor sechs Monaten auf den Kopf gestellt, als ein Großteil ihres Hauses abbrannte. Seitdem kämpfen sie sich irgendwie durch.

Doch was mich wirklich irritiert, ist die Frage, warum Jaden sich dafür interessiert.

Wenig später gehe ich die Treppe hinunter, als ich Myras aufgeregte Stimme aus Nolans Arbeitszimmer höre. Die Tür steht einen

Spalt offen, und ich werfe einen Blick hinein. Voller Begeisterung erzählt Myra von einem Abenteuer, das sie und ihr Teddy gemeinsam erlebt haben.

»Und dann«, sagt sie mit leuchtenden Augen, »haben wir den dunklen Nebel durchquert und sind auf einem Planeten gelandet, der ganz aus Schokolade bestand.« Ihre Hände fuchteln durch die Luft, als würde sie die Konturen dieses süßen Planeten direkt vor sich nachzeichnen.

Jaden sitzt neben ihr auf der Couch, den Kopf leicht geneigt und kritzelt etwas in sein Buch. Zwischendurch wirft er Myra kurze Blicke zu, nickt gelegentlich, ohne jedoch seinen Fokus vollständig von seinen Notizen zu verlieren. Auf seinen Lippen liegt ein sanftes Lächeln, wenn Myra besonders enthusiastisch wird. Es ist ein Anblick, der so ruhig und friedlich wirkt, dass ich kurz den Atem anhalte. Diese Geduld und Sanftheit hätte ich ihm nie zugetraut.

»Was machst du da?«

Mein Herz setzt einen Schlag aus, als ich zurückspringe. Kendra steht plötzlich neben mir. Ich schwöre, sie hat Ninja-Skills! Wie sonst kann sie sich ständig so lautlos heranschleichen?

Mit hochgezogener Augenbraue wirft sie einen kurzen Blick durch den Türspalt, bevor sie sich wieder mir zuwendet. »Hast du gelauscht?«, fragt sie leise mit einer gewissen Belustigung.

»Nein«, antworte ich viel zu schnell und meine Stimme rutscht dabei in eine ungewollt hohe Tonlage. Ich räuspere mich sofort, als könnte ich es damit ungeschehen machen. Aber es ist zu spät. Die Hitze steigt mir in die Wangen und ich weiß, dass das meine Glaubwürdigkeit kaum verbessert.

»Sah aber ganz danach aus.« Kendra legt den Kopf schief und fixiert mich mit diesem Blick, den nur sie draufhat. Das ›*Lüg-mich-nicht-an,-ich-weiß-es-doch*‹ - Gesicht. Mist.

»Das ist … für die Projektarbeit. Recherche, weißt du.« Die Worte purzeln etwas zu holprig aus meinem Mund, und ich merke selbst, wie fadenscheinig diese Ausrede klingt.

»So, so.«

Es ist offensichtlich, dass sie mir kein Wort glaubt.

»Ja, genau. Du weißt ja, wie wichtig gründliche Recherche ist. Sehr wichtiges Material da drinnen«, füge ich hinzu und wage es, ihr direkt in die Augen zu schauen. Das ist nicht einmal gelogen. Es zeigt, dass Jaden mehr ist als der mürrische Typ, als den er sich nach außen hin gibt – etwas, das ich gut in mein Projekt einbauen könnte.

Kendra schüttelt amüsiert den Kopf. »Keine Sorge, dein Geheimnis ist bei mir sicher«, verspricht sie, bevor sie sich umdreht, um zu gehen.

»Warte, welches Geheimnis denn?«, frage ich. Ich habe nur recherchiert. Wirklich.

Sie wirft mir über die Schulter ein verschwörerisches Lächeln zu. »Das, dass du der schlechteste Lauscher der Welt bist.« Mit diesen Worten verschwindet sie um die Ecke.

»Ash.«

Ich zucke zusammen, wie ein ertappter Dieb.

Myra steht in der nun weit geöffneten Tür zum Arbeitszimmer. »Schau mal, was Jaden gezeichnet hat.«

Bevor ich überhaupt reagieren kann, packt sie mich an der Hand und zieht mich in den Raum.

Das Arbeitszimmer ist das Paradebeispiel für modernen Minimalismus: helle Wände, ein großer Schreibtisch aus Glas, auf dem sich kein einziges überflüssiges Objekt befindet. In den Regalen stehen Bücher, sorgfältig nach Größe und Farbe sortiert. Jaden sitzt noch immer auf der Couch, deren weicher dunkelgrauer Stoff perfekt mit dem Raum harmoniert.

Mit einer langsamen, bedächtigen Bewegung trennt Jaden ein Blatt Papier aus seinem Skizzenbuch und reicht es Myra, die es sofort stolz in die Höhe hält.

»Das ist Sir Bruno«, verkündet sie und hüpft auf mich zu.

Der Teddy, den Jaden gezeichnet hat, sieht Myras Kuscheltier zum Verwechseln ähnlich. Jedes Detail, jede Naht, jede kleine Unvollkommenheit ist so präzise festgehalten, dass es wirkt, als könnte der Teddy jeden Augenblick zum Leben erwachen. Wow. Ich hatte keine Ahnung, dass Jaden so gut zeichnen kann.

»Das muss ich gleich Kendra zeigen.« Und schon flitzt Myra mit Sir Bruno und dem Bild unter dem Arm aus dem Raum.

Mein Fokus richtet sich wieder auf Jaden, der inzwischen aufgestanden ist. Diesen Moment kann ich nicht ungenutzt verstreichen lassen.

»Danke«, sage ich und suche seine Aufmerksamkeit. Doch Jaden weicht aus, senkt den Blick und kaut auf seinem Lippenpiercing, als wäre Anerkennung das Letzte, was er will. »Und wegen heute Nacht ...«

»Mach kein Drama draus«, unterbricht er mich. »Da war nichts.« Seine Worte sind kühl und abweisend.

Als er an mir vorbeigehen will, halte ich ihm am Arm zurück. Er bleibt stehen, ist wie erstarrt und seine Muskeln spannen sich unter meinem Griff an. Die Hitze, die von ihm ausgeht, brennt sich wie Feuer in meine Handflächen.

Jaden hebt den Kopf und sieht mich an. Etwas Unausgesprochenes liegt in der Luft, ein Funke, der zwischen uns aufflackert. Mein Puls beschleunigt sich. Ich kann kaum atmen.

Dann reißt sich Jaden mit einer ruckartigen Bewegung los, und lässt mich mit einem merkwürdigen Kribbeln im Bauch zurück.

Kapitel 9
Jaden

»Na, war's denn schön?«, fragt Löckchen mit einem breiten Grinsen, das mich fast dazu bringt, ihm eine reinzuhauen. So ein Idiot!

»Spinnst du? Der Typ nervt nur.«

»Und er ist der Freund deiner Schwester.«

»Stiefschwester!«, korrigiere ich ihn scharf, als würde das irgendeinen Unterschied machen. Diese Diskussion ist völlig absurd. »Schießt du jetzt den Ball her oder nicht?«

Dass ich jemals im eigenen Garten Fußball spielen würde, hätte ich nie gedacht. Aber das Grundstück der Bakers ist riesig, und wenn schon ein Fußballtor da ist, warum es nicht nutzen? Was mich allerdings dazu gebracht hat, ausgerechnet mit Löckchen zu kicken, ist mir schleierhaft.

Heute Morgen stand er plötzlich vor der Tür. Seit dem Vorfall mit Josh in der Küche vor zwei Wochen, taucht Löckchen immer öfter bei uns auf. Nicht nur wegen der Projektarbeit mit Kendra, sondern auch, um mich zu besuchen. Wir sind keine Freunde oder so. Ich brauche keine. Ich brauche niemanden.

Am Ende gehen sie alle und lassen einen allein zurück. So wie Riley. Ich habe ihn nicht geliebt – nicht so, wie man vielleicht denkt. Auch wenn wir Spaß im Bett hatten, war er nur ein Freund. Mein bester Freund – oder zumindest dachte ich das, bis er eines Tages verschwand. ›*Ich werde zu meinem Opa nach Kenson ziehen. Dort gibt es eine super Privatschule, die schon große Sportler hervorgebracht hat*‹ waren seine letzten Worte, bevor er ging. Am Anfang haben wir fast täglich geschrieben, aber dann wurde es weniger. Riley hat neue Freunde, ein neues Leben, und ich war plötzlich nichts mehr wert. Der Kontakt war komplett verstummt. Nein, ich brauche keine Freunde.

Während meine Mutter sich mit ihrem neuen Typen, Nolan, vergnügte, hatte ich niemanden mehr. Und es war gut so. Das ist es noch immer. Am Ende wird man doch nur zurückgelassen.

Zumindest kam mir die Gelegenheit heute Morgen ganz recht, um Ash aus dem Weg zu gehen. Ich habe keine Lust, über letzte Nacht zu sprechen. Nicht mit ihm. Mit keinem. Blöd nur, dass Löckchen bereits wusste, dass Ash bei mir war. Verdammt!

»Außerdem habe ich auf dem Sofa gepennt«, sage ich und das ist nicht einmal gelogen.

»Wieso denn das? Das Bett in deinem Zimmer ist doch groß genug.« Löckchen gibt nicht nach und bohrt weiter.

Hat dieser Junge keinen Aus-Knopf? Muss er immer alles tausendmal hinterfragen?

»Weil ... er schnarcht.« Ich greife nach der erstbesten Ausrede, die mir in den Sinn kommt. »Laut schnarcht«, füge ich hinzu, als müsste ich meine Aussage untermauern.

Die Art, wie Ash mich ansah, wie er meine Nähe suchte, war seltsam. Für einen Moment fühlte ich mich nicht allein. Doch das ist Blödsinn. Jemand wie Ash könnte niemals Interesse an mir haben. Wieso auch? Er ist freundlich, beliebt – jemand, der einfach ... zu viel Licht in sich trägt. Das passt nicht zu mir. Zu meinem Chaos. Außerdem hat er Kendra.

Löckchen sieht mich skeptisch an, seine braunen Haare kleben an seiner Stirn. Er glaubt mir kein Wort.

Aber wie so oft in unseren Gesprächen lässt er das Thema schließlich fallen. Er weiß, dass es einen Punkt gibt, an dem er bei mir nicht weiterkommt.

»Bereit, geschlagen zu werden, Jaden?« Er schiebt den Ball vor mir hin und her und ist sichtlich amüsiert über das bevorstehende Duell. Es wird Zeit, ihm zu zeigen, wo sein Platz ist.

»In deinen Träumen.«

Mit einem plötzlichen Antritt stürmt Löckchen nach vorn, aber ich bin vorbereitet. Bereit, ihn dieses Mal nicht gewinnen zu lassen. Ich habe seine Tricks heute so oft gesehen, dass ich sie fast alle auswendig kenne. Mit einer flinken Bewegung stehle ich ihm den Ball direkt von den Füßen.

»Oh, sieh mal einer an!«, rufe ich und führe den Ball mit einer Drehung um Löckchen herum. »Jemand hat seine Verteidigung zu Hause vergessen.«

Mit einem Dribbling täusche ich nach links an, wechsle blitzschnell nach rechts und lasse Löckchen ins Leere laufen. Der Rasen knirscht unter meinen Füßen.

Es ist fast wie damals mit Papa und trotzdem ganz anders. Aber es fühlt sich gut an. Leicht und unbeschwert.

Mit voller Wucht trete ich den Ball, und das Geräusch, als er das Netz trifft, ist reine Musik in meinen Ohren. Ein lautes, befreites Lachen platzt aus mir heraus.

»Vielleicht bringst du das nächste Mal einen Freund mit, der dir hilft!«, rufe ich und wische mir den Schweiß von der Stirn.

»Nächstes Mal erwische ich dich.« Löckchen bleibt schwer atmend vor mir stehen und boxt mir spielerisch in die Seite.

Obwohl es schon fast Dezember ist, brennt die Sonne heute auf meiner Haut.

Ich schließe die Augen und genieße die Wärme, die Leichtigkeit, die Freiheit. Genau das habe ich gebraucht.

Dann höre ich ein Klatschen. Etwas in mir verkrampft. Das unbeschwerte Gefühl, das mich bis eben durchströmte, verschwindet auf einmal. Löckchen joggt an mir vorbei, aber ich weiß genau, wer dort steht und Beifall spendet. Ich spüre seine Blicke in meinem Rücken – ein Ziehen, das sich ausbreitet und nicht nachlässt. Warum ist er noch hier?

»Jaden, komm her, Ash meint, wir haben eine gute Technik«, ruft Löckchen mir zu.

»Ich muss los«, sage ich knapp, drehe mich um und gehe an ihnen vorbei, ohne Ash eines Blickes zu würdigen.

Auf dem Weg zurück zum Haus wird mein Schritt schneller. Ich will nur weg – weg von Ash, weg von allem. Doch kaum trete ich durch die Hintertür, sehe ich sie. Meine Mutter steht im Flur. Ihr Blick trifft mich, und sofort zieht sich mein Magen zusammen.

»Wo warst du?« Sie stemmt ihre Hände in ihre Seiten, als wollte sie mich allein mit ihrer Haltung zurechtweisen.

»Draußen«, murmele ich und will mich an ihr vorbeischieben, doch sie bleibt unbeweglich stehen und blockiert den Weg.

»Draußen? Ist das alles, was du dazu zu sagen hast?«

Ich weiß nicht, welche Laus ihr über die Leber gelaufen ist. Aber ich weiß, was jetzt kommt. Ein weiterer Vorwurf, ein weiterer Versuch, mich in die Ecke zu drängen, in der ich schon so oft gestanden habe.

»Ich habe nichts gemacht«, verteidige ich mich.

»Ich war gerade in deinem Zimmer, und rate mal, was ich dort gefunden habe.«

»Was suchst du in meinem Zimmer?«

»Wie oft habe ich dir gesagt, dass du das Geschirr nicht mit hoch nehmen sollst?«

Ich beiße die Zähne zusammen. Ist das ihr scheiß Ernst? Die macht Stress wegen eines verdammten Tellers?

»Mach kein Drama draus, das nervt voll!« Der Zorn in meiner Stimme überrascht sogar mich selbst, aber ich kann nicht anders. Die angestaute Wut muss raus. Wie kann sie es wagen, mich wegen so etwas Lächerlichem anzugehen?

Kendra steht plötzlich hinter ihr und sieht mich mit weit aufgerissenen Augen an.

Meine Mutter scheint das völlig zu ignorieren. »Jaden, rede nicht so mit mir!« Ihr Tonfall ist schrill, fast ein Kreischen. Die Kontrolle über ihre Emotionen entgleitet ihr sichtbar.

Doch meine Wut hat die Oberhand gewonnen.

»Vielleicht würde ich anders reden, wenn du mir nicht ständig Vorwürfe machen würdest!« Ein Kloß bildet sich in meinem Hals, aber ich kämpfe ihn nieder. »Ich bin nicht das Problem hier, und das weißt du genau!«

Meine Mutter starrt mich an, als hätte ich sie geschlagen, dann wandert ihr Blick zu Kendra, die schweigend dasteht, und schließlich wieder zurück zu mir.

»Du ...« Sie bricht ab und verschwindet ohne ein weiteres Wort im Wohnzimmer.

Das Adrenalin pulsiert noch immer in meinen Adern, während Kendra mich weiterhin anschaut.

»Jaden ...«, sagt sie leise, doch ich schüttle den Kopf.

»Lass es, Kendra. Ich will nicht darüber reden.«

Ohne ihr die Gelegenheit zu geben, weiter auf mich einzureden, gehe ich an ihr vorbei. Ihr Blick brennt förmlich in meinem Rücken, doch ich ignoriere ihn und laufe geradewegs in mein Zimmer.

Die Tür knallt hinter mir zu. Das Echo des Schlags hallt in meinen Ohren nach. Soll ruhig jeder hören, dass ich nicht gestört werden will. Ich atme tief durch und sinke auf den Stuhl vor meinem Schreibtisch. Meine Hände zittern. Die Wut, die jedes Mal in mir hochkocht, wenn ich meine Mutter sehe, ist einfach zu viel.

Warum muss alles so kompliziert sein? Ich lasse meine Ellenbogen auf den Tisch sinken und stütze meinen Kopf in die Hände.

Da fällt mir ein Zettel auf. Genau wie letzte Woche, als ich ihn am Schwarzen Brett in der Schule entdeckt habe, springen mir auch jetzt die Buchstaben förmlich ins Auge: ›Soziales Projekt – Familie in Not sucht Unterstützung‹. Ich nehme das Blatt in die Hand und lasse meinen Blick erneut über die Zeilen gleiten. Vielleicht ist das hier meine Chance, endlich etwas richtig zu machen.

›Samstag, 08:00 Uhr, Fairfield Avenue‹ so steht es auf dem Zettel. Die kühle Morgenluft vermag nicht, das flatternde Gefühl in meiner Brust zu beruhigen, als ich vor der angegebenen Adresse stehe. Ich blicke auf das Namensschild am Briefkasten – Carson. Hier muss es sein.

Langsam trete ich durch das Tor auf das Grundstück. Der graue Himmel hängt schwer über dem Haus, das sich vor mir erhebt. Die Mauern wurden erst kürzlich frisch verputzt, doch sie können nicht verbergen, was hier geschehen ist. Mein Herz schlägt schneller, und für einen kurzen Moment überkommt mich der Drang, umzukehren und einfach wegzulaufen. Doch ich bleibe. Ich bin hier, um zu helfen.

Die dunklen Spuren des Feuers sind noch immer deutlich sichtbar. Verkohltes Holz und Rußflecken zeichnen sich auf den einst weißen Wänden ab. Die Fensterrahmen sind teils neu, teils von der Hitze verzogen. Auf dem Dach leuchten einige neue Schindeln in scharfem Kontrast zu den schwarzen Holzbalken, die sie umgeben. Es wirkt alles düster und verloren – genau wie ich mich oft fühle.

Ich schlucke den Kloß in meinem Hals herunter und atme tief durch. Mit schweren Schritten nähere ich mich dem Haus. Werkzeuge, Farbeimer und Leitern sind auf dem Boden im Vorgarten verstreut. Es ist offensichtlich, dass hier schon eine Menge Arbeit geleistet wurde, doch ebenso klar ist, dass noch viel zu tun bleibt.

Durch die offene Haustür sehe ich Menschen geschäftig hin und her gehen. Ein Mann in den Vierzigern, dessen Gesicht von der Sonne gegerbt ist und dessen Hände von harter Arbeit zeugen, bemerkt mich und winkt mich herüber.

»Du musst Jaden sein, oder? Ich bin Mark Carson, der Vater der Familie. Danke, dass du gekommen bist.« Seine freundlichen Worte lassen einen Teil meiner Nervosität in Luft aufgehen.

»Ja, ich bin Jaden. Kein Thema. Ich wollte helfen, wo ich kann.«

Vor zwei Wochen hatte ich ihn angerufen, und er war überglücklich über jede Unterstützung.

»Wir sind gerade dabei, die Wände neu zu streichen und einige beschädigte Möbel zu ersetzen«, erklärt er und zeigt auf eine Gruppe von Menschen, die bereits fleißig arbeiten. »Du hast gesagt, dass du gut zeichnen kannst?«

»Ja, das kann ich.«

»Dann habe ich eine besondere Aufgabe für dich.«

Mark führt mich ins Haus und wir gehen in einen kleinen, lichtdurchfluteten Raum, der fast fertig aussieht. Die Wände sind in strahlendem weiß gestrichen, und der Geruch von frischer Farbe und neuem Holz erfüllt die Luft. Ich mag diesen Duft.

»Das ist das Zimmer meines Sohnes. Er ist neun«, sagt Mark und steckt seine schmutzigen Hände in die Hosentaschen, während er mich anblickt. »Also, denkst du, du kannst hier was Cooles machen?«

Er hatte mir am Telefon bereits erzählt, dass sein Sohn Tim eine schwierige Zeit durchlebt. Dieses Zimmer soll ein Zufluchtsort für ihn werden - ein Ort, an dem er sich sicher und geborgen fühlen kann. Ich kenne dieses Bedürfnis nur zu gut, vielleicht ist das auch der Grund, warum ich jetzt hier stehe.

»Ich dachte an ein Weltraumthema. Sterne, Planeten, eine Rakete? Was hältst du davon?« Während ich diese Worte ausspreche, sehe ich vor meinem inneren Auge, wie die Wände zum Leben erwachen. Ein endloser Nachthimmel, funkelnde Sterne und ferne Galaxien – ein Ort, an dem Träume wahr werden können.

Mark atmet erleichtert aus. »Das klingt fantastisch. Tim liebt alles, was mit dem Weltraum zu tun hat.«

»Gut, dann bekommt er eine ganze Galaxie.«

Während Mark einige Farbeimer holt, nehme ich mein Skizzenbuch heraus und zeichne grobe Umrisse meiner Idee. Meine Gedanken schweifen dabei zurück in meine eigene Kindheit, an mein Zimmer. Mein Papa hatte mir einmal diese kleinen, leuchtenden Sterne geschenkt, die man an die Decke kleben konnte. Jede Nacht sah ich zu diesen Sternen hinauf und fühlte mich geborgen, selbst als Papa nicht mehr da war.

Ich möchte, dass Tim hier Frieden findet, einen Ort, der ganz ihm gehört.

Die ersten Linien sind auf der Wand, und ein wohliges Gefühl breitet sich in meiner Brust aus. Das hier ist mehr als nur Malerei, es ist, als würde ich einem kleinen Jungen die Bausteine für eine bessere Zukunft geben. Mit sorgfältigen Pinselstrichen ziehe ich die Umrisse einer Rakete. Das kräftige Rot und das schimmernde Silber lassen das Bild lebendig werden, als könnte die Rakete jeden Moment in den Kosmos abheben.

»Wow, das ist ja mega cool!« Eine Stimme reißt mich aus meiner Konzentration. Mit großen Augen und offenem Mund steht ein kleiner Junge hinter mir. Es muss Tim sein.

Ich lächle und lege den Pinsel zur Seite. »Du bist nun praktisch der Besitzer einer eigenen Rakete.«

»Jetzt bin ich ein richtiger Astronaut und kann Aliens treffen«, sagt er glücklich und betrachtet die Malerei aus nächster Nähe. Seine Begeisterung ist ansteckend, und für einen Moment vergesse ich alles um mich herum.

»Deine Mama muss sehr stolz sein, einen solchen Abenteurer als Sohn zu haben.« Es ist eine dieser beiläufigen Bemerkungen, die Erwachsene sagen, um ein Gespräch in Gang zu halten.

Doch die Veränderung in Tims Gesicht entgeht mir nicht. Ein Schatten legt sich über seine Augen, und er zögert, bevor er antwortet. »Meine Mama ist weg. Sie ... wollte Papa und mich nicht mehr haben.«

Seine Worte treffen mich wie ein Schlag in die Magengrube, und sofort bereue ich meinen unüberlegten Satz. Ich bin ein Idiot. Wie konnte ich nur so gedankenlos sein?

»Tim, das tut mir so leid. Ich wollte nicht ...«

Er zuckt mit den Schultern. »Ist schon okay. Papa sagt, es geht uns jetzt besser so.«

Meine Hände zittern. Wie erklärt man einem neunjährigen Jungen, dass man weiß, wie es sich anfühlt, verlassen zu werden?

»Papa hat eine neue Freundin und die ist echt nett.« Tim nickt. »Sie hilft mir, meine Hausaufgaben zu machen, und gestern haben wir zusammen Plätzchen gebacken. Außerdem lacht Papa wieder.«

»Das klingt wirklich ... toll.« Ich sollte mich für ihn freuen, stattdessen muss ich an meine eigenen Eltern denken. Aber das ist was ganz anderes gewesen. Mutter hat meinen Papa rausgeworfen. Er ist nicht freiwillig gegangen. Das hätte er mir nicht angetan.

»Papa sagt, ich bin sein großer Held.«

Ich schlucke schwer. »Dein Papa hat recht. Und weißt du was? Diese Rakete hier ...«, ich deute auf die Wand, »die ist für dich.

Jedes Mal, wenn du sie ansiehst, erinnere dich daran, wie stark du bist. Wie ein Astronaut, der mutig ins Unbekannte fliegt.«

Tim lächelt. »Kann ich dir helfen, sie zu malen?«

»Natürlich, komm her.« Ich reiche ihm einen der kleineren Pinsel und führe seine Hand. Schritt für Schritt löst sich die Schwere in meinem Inneren. Es ist ein Anfang. Ein kleiner, aber bedeutender Anfang.

Kapitel 10

Ashton

Feiner Staub tanzt in den Sonnenstrahlen, die durch das Fenster ins Haus der Carsons dringen. Der Duft von frisch geschnittenem Holz mischt sich mit der leichten Zitrusnote des Reinigers und erfüllt den Raum.

Nachdem ich das letzte Brett für den neuen Schrank auf die Werkbank gelegt habe, klopfe ich mir den Dreck von dem weißen Stoff. Das Hemd war vielleicht keine kluge Wahl, aber ich hatte auch nicht vor, selbst mit anzupacken.

Ich war hier, um Mark bei organisatorischen Dingen zu helfen. Formulare ausfüllen, Zeitpläne erstellen, all das Zeug, bei dem er dringend Unterstützung braucht. Doch dann fiel Jerry wegen eines Hexenschusses aus, und plötzlich stand ich mit Schleifpapier in der Hand da.

Ich wische mir den Schweiß von der Stirn und strecke mich, als ich hinter mir Schritte höre.

»Könntest du die hier bitte noch in Tims Zimmer anbringen?« Mark reicht mir einen Karton, den ich entgegennehme.

»Klar.« Das ist zwar nicht gerade meine Stärke, aber wie schwer kann es schon sein, ein paar Lampen aufzuhängen?

»Danke, dass du uns hilfst, Ash. Das bedeutet mir viel.«

»Das ist doch selbstverständlich«, antworte ich und erwidere sein Lächeln.

Mark war der Fußballtrainer meines ersten Teams, bei dem ich mit fünf Jahren anfing zu spielen. Mit der Pfeife um den Hals und der Kappe tief ins Gesicht gezogen, gab er uns allen das Gefühl, ein Teil von etwas Größerem zu sein. Egal ob wir trafen oder daneben schossen, er ließ uns glauben, dass wir dazugehörten.

Mit der Werkzeugkiste in der einen Hand und dem Karton unterm anderen Arm betrete ich Tims Zimmer. Doch als ich die Schwelle überschreite, bleibe ich wie angewurzelt stehen. Der Anblick vor mir überrascht mich. Die Wände, gestern noch kahl und weiß, erstrahlen in einem tiefen, nachtblauen Ton, besprenkelt mit leuchtenden Sternen und fernen Galaxien.

In der linken Ecke des Zimmers, auf einer kleinen Leiter, steht Jaden. Konzentriert zieht er mit einem Pinsel eine silberne Spur über einen planetenähnlichen Kreis. Das Quietschen der Tür lässt ihn innehalten. Er dreht sich um, und unsere Blicke treffen sich. Mit mir hat er wohl nicht gerechnet. Zumindest zeigen mir das seine weit aufgerissenen Augen.

»Äh, hi«, sage ich und trete ein, während ich den Karton etwas ungeschickt in einer Hand balanciere. »Mark hat mich gebeten, die hier anzubringen.«

Ich stelle die Werkzeugkiste ab und hole die Lampen aus dem Karton. Sie sehen aus wie kleine Satelliten, perfekt passend zum Thema des Zimmers. Jaden beobachtet mich dabei aufmerksam, sein Blick wandert zwischen den Lampen und mir hin und her, als würde er jede meiner Bewegungen genau analysieren. Was geht wohl in seinem Kopf vor?

Seit jener Nacht bei ihm hat sich etwas verändert. Er geht mir zwar immer noch aus dem Weg, aber seine spitzen Bemerkungen sind fast völlig verstummt.

Ehrlich gesagt hatte ich gehofft, ihn heute hier zu treffen, nachdem ich den Zettel bei ihm gesehen hatte. Und jetzt steht er da und kaut auf seinem Piercing herum. Auf diesem kleinen, schwarzen Ring an seiner Unterlippe.

»Sie werden Tim sicher gefallen«, sagt er tonlos.

»Das hoffe ich«, antworte ich und öffne die Werkzeugkiste, um nach einem passenden Schraubendreher zu suchen. »Der Kleine musste die letzten Jahre wirklich viel durchmachen. Erst das mit seiner Mutter und dann das Feuer.« Ich halte kurz inne, hebe den Blick und schaue Jaden in die Augen. Das Grün darin flackert, als ich weiterspreche. »Es muss schwer sein, wenn ein Elternteil nicht mehr da ist.«

»Pff, was verstehst du schon davon? Du hast doch deine Eltern noch«, blafft er mich an.

»Wenn du wüsstest«, murmle ich leise. So leise, dass Jaden es nicht hören kann.

Die perfekte Familie McCoy – das ist das Bild, das alle sehen. Aber die Wahrheit sieht ganz anders aus. Mein Dad ist ständig auf Geschäftsreisen, quer durch die Welt. Als Kind fand ich das aufregend; er brachte Geschenke mit und erzählte abenteuerliche Geschichten. Doch seit meine Mom mehr trinkt, als gut für sie ist, taucht er immer seltener zu Hause auf. Manchmal frage ich mich, ob er überhaupt je zurückkommt.

Meine Gedanken wirbeln wie ein Boot auf stürmischer See. Die Ungewissheit nagt an mir und frisst kleine Löcher in mein Innerstes. Nachts liege ich oft wach und warte auf das vertraute Geräusch seines Autos in der Einfahrt. Es ist absurd, das weiß ich, aber die Hoffnung ist trotzdem da.

Ich reibe mir die Stirn. Die Sorgenfalten, die sich tiefer in mein Gesicht graben, zeugen von den schlaflosen Nächten und den endlosen Grübeleien, die mich unaufhörlich plagen.

»Ist alles in Ordnung mit dir?« Jadens Stimme reißt mich aus meiner Trance. Sein Blick ist durchdringend, aber sanfter als sonst.

»Äh, ja alles gut. Ich war nur gerade in Gedanken ... bei ... äh ... Integralrechnungen.«

Jaden hebt eine Augenbraue und sein Blick verrät, was er nicht ausspricht: Lüge.

Um die Situation zu unterbrechen, greife ich nach der Leiter, die an der Wand lehnt. Ich stelle sie unter den Deckenanschluss, nehme die erste Lampe und den Schraubendreher, bevor ich die Sprossen hinaufklettere.

»Was machst du da?« Jaden steht unten, die Stirn gerunzelt, seine Lippen schmal. Was soll die blöde Frage?

»Ich bringe das Teil an. Was sonst?«, antworte ich etwas gereizt.

»Hast du den Strom abgestellt?« Die Worte treffen mich wie ein kalter Schauer.

Mist. Natürlich habe ich nicht daran gedacht, und Jaden wird das auch gerade klar.

»Willst du dich umbringen, Asche? Komm sofort da runter!«

Punkt für ihn. Also wieder nach unten.

Jaden verschwindet aus dem Raum und kommt kurz danach zurück. »Gib her.«

Bevor ich reagieren kann, nimmt er mir den kleinen Satelliten und das Werkzeug aus der Hand und klettert selbst die Leiter hoch. Das leise »Idiot«, dass er dabei murmelt, entgeht mir nicht.

Ganz locker, als hätte er nie etwas anderes getan, bringt er die Lampe an der Decke an. Er überrascht mich. Schon wieder. Erst vor zwei Wochen habe ich ihn und Freddy beim Fußballspielen zugesehen - Jaden hatte eine unglaubliche Kontrolle über den Ball und seine Bewegungen waren flüssig, fast mühelos. Ob ich ihn dazu bekomme, bei uns im Fußballteam mitzumachen?

Gedankenverloren lehne ich mich an die Wand und merke sofort, dass es ein Fehler war. »Mist«, sage ich und betrachte die blaue Farbe, die jetzt an meinen Fingerspitzen haftet.

Jaden dreht sich von der Leiter aus zu mir um und seine Augen verengen sich. »Ernsthaft, Asche? Du bist so ein Idiot!« Er klingt genervt, und ich kann es ihm nicht übel nehmen. Es steckt viel Arbeit in dieser Wandmalerei, und ich habe gerade einen Teil davon ruiniert. Er steigt die Sprossen herunter und betrachtet dann mein Werk – den blauen Handabdruck, den ich unbeabsichtigt auf der Wand hinterlassen habe.

»Ups«, sage ich und bevor er ausweichen kann, tupfe ich ihm mit meinem farbbedeckten Finger einen blauen Streifen quer über die Wange.

Jaden starrt mich einen Moment lang sprachlos an. Dann verziehen sich seine Mundwinkel nach oben. »Das wirst du bereuen, Ashton McCoy!«

»Oh, wirklich?«, erwidere ich und grinse herausfordernd.

Jaden schnappt sich einen Pinsel, tunkt ihn in den Farbeimer und zielt auf mein Gesicht.

Ich lache und weiche aus, aber er ist schneller, als ich dachte.

»Bleib stehen, du Idiot!«, ruft er, während er mir nachjagt. Mit einem Schwung trifft er mich am Arm, ein blauer Streifen zieht sich über meine Schulter.

»Hey! Das ist ein weißes Hemd, das geht nie wieder raus!«

»Es war mal weiß, Asche. Was ziehst du dich hier auch an wie ein feiner Schnösel?«

Jetzt reichts! Ich schnappe mir auch einen Pinsel und gehe zum Gegenangriff über. Wir rennen durch das Zimmer, bepinseln uns gegenseitig mit blauer Farbe.

Jadens Lachen, das ich bisher nie so gehört habe, hallt durch den Raum. Es ist ein warmes, tiefes Lachen, das mich seltsam glücklich macht.

»Ich gebe auf, ich gebe auf«, rufe ich schließlich und stütze mich keuchend auf meine Knie.

»Du siehst aus wie ein Schlumpf«, sagt Jaden und mustert mich mit einem schelmischen Grinsen.

»Du siehst nicht viel besser aus, Pearson.« Mein Hemd ist ruiniert, meine Haare kleben von der Farbe, und doch fühle ich mich ... lebendig.

Jaden schaut zur Wand und verzieht plötzlich das Gesicht.

Ich folge seinem Blick und entdecke das Chaos, das ich angerichtet habe.

»Das war ein Planet. Nun sieht er eher aus wie ein explodierender Ballon«, sagt er und zeigt mit dem Finger auf einen kleinen Kreis direkt unter meinem Handabdruck.

»Ähm ...« Ich hebe die Hände beschwichtigend hoch. »Es tut mir echt leid. Vielleicht ist das eine Supernova?«

»Supernova?« Jaden verdreht die Augen, aber das Lächeln, das sich auf seine Lippen stiehlt, verrät, dass er mir nicht wirklich böse ist. »Du bist für die Zerstörung vom Saturn verantwortlich, Asche.«

Mit vorsichtigen Bewegungen fährt er mit einem feinen Pinsel über den verwischten Kreis und versucht, ihn zu retten. Ich beobachte ihn dabei – die Art, wie seine Stirn sich leicht kräuselt, wie sein Mundwinkel zuckt, wenn er sich konzentriert. Es ist faszinierend zu sehen, wie er arbeitet und vollkommen in seiner eigenen Welt verschwindet.

»Du bist echt gut darin«, sage ich. »Wer hat dir das beigebracht? Dein Vater?«

Seine Hand hält inne, der Pinsel schwebt über der Wand. Für einen Augenblick scheint die Luft im Raum schwerer zu werden.

»Ich mir selbst«, sagt er leise, ohne sich umzudrehen.

Die knappe Antwort lässt mich zögern.

»Hat dein Vater sich ... jemals bei dir gemeldet?«

Langsam legt Jaden den Pinsel und den Farbdeckel ab. Dann schüttelt er den Kopf. »Nein.«

Die Leichtigkeit von eben ist verschwunden, ersetzt durch eine spürbare Schwere. Ich bereue sofort, das Thema angesprochen zu haben. Aber irgendetwas an seiner Haltung, an der Art, wie er sich zurückzieht macht mich neugierig. Ich will verstehen, was ihn so sehr prägt, warum er diese Mauern um sich gebaut hat.

»Sorry, ich wollte nicht ...«, beginne ich.

»Schon gut.«

Ein paar Sekunden vergehen, bevor Jaden sich umdreht und mich ansieht. »Und dein Vater? Wie ist das bei dir?«

Mein Dad? Seine Worte treffen mich unvorbereitet. Ich hätte nicht gedacht, dass er mich das fragt. Wie erkläre ich ihm etwas, das ich selbst kaum verstehe?

Kurz überlege ich zu lügen, doch dann entscheide ich mich für die Wahrheit. »Er ist ... oft weg. Geschäftsreisen, Meetings irgendwelche wichtigen Deals. So lange, dass ich manchmal vergesse, wie seine Stimme klingt.« Ich atme tief durch. »Aber er verdient ziemlich gut.«

»Geld ist nicht alles«, murmelt Jaden.

»Nein, das ist es nicht. Ich wünschte, er wäre einfach mehr da.«

Für einen Moment denke ich, dass Jaden etwas erwidern will, doch er schweigt, sieht mich einfach an.

»Du hast den Planeten gerettet« sage ich, um vom Thema abzulenken.

Jaden zuckt wie beiläufig mit den Schultern. »Er ist nicht perfekt. Aber ... er hält.«

Ein seltsames Gefühl zieht durch meine Brust. Es fühlt sich fast so an, als würde er über mehr sprechen als nur die Wandmalerei.

Die Straßenlaternen werfen fahles Licht auf den Bürgersteig, wo Jaden und ich uns gegenüberstehen. Es ist spät geworden, Tims Zimmer ist fertig, unsere Aufgabe erfüllt – und doch stehen wir beide noch immer hier. Die kühle Dezemberluft streift mein Gesicht, aber merkwürdigerweise spüre ich die Kälte kaum, mir ist sogar recht warm.

Es fühlt sich seltsam an, so nah neben Jaden zu stehen. Seine Hände hat er tief in den Taschen seines rosa Hoodies vergraben, während er gedankenverloren auf seinem Lippenring kaut.

Ich schlucke, meine Kehle fühlt sich so trocken an. Was soll ich jetzt sagen? Wir könnten uns einfach verabschieden. Ein ›Tschüss‹ und jeder geht seiner Wege. Aber keiner von uns macht den ersten Schritt. Unsere Blicke treffen sich, und etwas in Jadens Augen lässt einen Moment lang die Welt stillstehen. Mein Herz schlägt schneller, und meine Handflächen werden feucht. Warum ist es so schwer, zu gehen?

»Es ist spät.« Meine Stimme bricht die Stille und klingt seltsam fremd in meinen Ohren.

Jaden nickt, seine Blicke ruhen auf mir. »Ja, ist es.«

Doch keiner von uns macht Anstalten, zu gehen.

»Also, …« Jaden blickt die Straße hinunter, als würde er nach den richtigen Worten suchen.

War es das jetzt? Wird er nach Hause gehen? Kann ich etwas machen, etwas sagen, und damit den Moment des Abschiedes noch ein wenig hinauszuzögern? Aber wieso sollte ich das tun?

»Wenn du willst«, setzt Jaden erneut an, »dann könnte ich dir bei Mathe helfen. Nachhilfe. Du weißt schon.«

Er schaut mich dabei nicht an, starrt stattdessen auf einen unsichtbaren Punkt in der Ferne.

Meint er das ernst? Wo ist der Haken?

Ich betrachte sein Profil, die sanften Linien seines Gesichts, die im Licht der Straßenlaternen noch weicher wirken. Er fährt sich mit der Hand durch sein Haar, das nach allen Seiten absteht und leicht bläulich von der Farbe schimmert. Sein Atem formt kleine Wölkchen in der kalten Luft.

Er nimmt sein Angebot nicht zurück. Belächelt es nicht. Er meint es wirklich ernst. Abermals kaut er auf dem Ring an seiner Lippe. Saugt ihn in den Mund und lässt ihn wieder frei. Vielleicht ist es die Art, wie er seine Augen dabei leicht zusammenkneift, oder wie er die Stirn runzelt, aber er hat jedes Mal meine vollständige Aufmerksamkeit.

»Das ... das wäre echt super. Ich bin echt schlecht, und ich will nicht durchfallen«, sage ich.

Erneutes Schweigen, und ich kämpfe gegen den Drang, den Abstand zwischen uns zu verringern. Es ist dieses warme Gefühl in meinem Bauch, das sich weiter ausbreitet. Ich will ihm danken, ihn irgendwie berühren, doch ich bleibe, wo ich bin.

»Samstag?«, fragt er.

Ich weiß nicht, was in den letzten Stunden passiert ist, aber alles ist plötzlich so anders. Er ist anders.

»Da ist die Geburtstagsfeier von Kendra.«

»Verdammt ... das habe ich völlig verdrängt.« Jaden murmelt die Worte leise vor sich hin, fast als wären sie nur für ihn selbst bestimmt.

Aber ich höre sie deutlich und hoffe inständig, dass er sein Angebot nicht zurückzieht. Ich brauche seine Hilfe in Mathe dringend.

»Wir können vor der Party lernen«, sage ich deshalb schnell.

Er nickt langsam und blickt auf den Boden vor seinen Füßen. »Klar, warum nicht.«

»Cool, dann Samstag.« Ich muss grinsen.

Kurz überlege ich, ob ich ihn einfach an mich ziehen und drücken soll. Es wäre nur eine freundliche Geste, nichts weiter. Doch ich entscheide mich dagegen und stupse ihm stattdessen mit der Faust leicht gegen den Oberarm.

»Übertreib es nicht, ja?« Seine Augen funkeln plötzlich wieder auf die vertraute, grimmige Art. Da ist er, der Grummel-Jaden.

Ohne ein weiteres Wort wendet er sich ab und läuft die Straße entlang. Ich starre ihm noch eine Weile hinterher, bis seine Gestalt in der Dunkelheit verschwindet.

Meine Hände spielen mit den Schnüren meiner Kapuzenjacke. Atme, Ash. Einfach atmen. Mit zittrigen Händen drücke ich die Klingel der Bakers. Ich war schon lange nicht mehr so aufgeregt. Es ist doch nur Kendras Geburtstag und ... ein wenig Mathematik. Ein paar Gleichungen. Mehr nicht. Trotzdem klopft mein Herz so heftig in meiner Brust, als wäre es ein Rennen gegen die Zeit.

Molly öffnet mir die Tür und lächelt mich an. »Hallo, Ash.« Sie zieht mich in eine feste Umarmung. »Du bist aber früh dran. Die Party beginnt doch erst um 18:00 Uhr und Kendra ist gerade noch unterwegs.«

»Ähm, ich weiß, ...« Ich kratze mich am Hinterkopf. »Ich bin eigentlich wegen der Nachhilfe mit Jaden hier.«

Mollys Augenbrauen ziehen sich zusammen, ein flüchtiger Ausdruck von Verwirrung huscht über ihr Gesicht, bevor sie ihre freundliche Miene wieder aufsetzt.

»Oh, wirklich? Das wusste ich nicht. Soll ich Kendra anrufen?«

»Nein, das ist nicht nötig. Ich sehe sie ja später.«

Molly sieht mich für einen Moment prüfend an, ihre Lippen zu einer dünnen Linie gepresst, als hätte ich etwas Unangemessenes gesagt. Doch sie fügt nichts hinzu, tritt stattdessen zur Seite, um mich hereinzulassen.

Ich gehe an ihr vorbei die Treppe hoch zu Jadens Zimmer. Vor der Tür bleibe ich kurz stehen, zögere, bevor ich schließlich anklopfe. Es fühlt sich komisch an, hier zu sein, allein und bewusst verabredet mit Jaden.

Hinter der Tür höre ich Schritte, dann öffnet Jaden sie. Seine Augen weiten sich leicht, als er mich sieht, und für einen Moment wirkt er tatsächlich überrascht.

»Asche?«

Hat er unser Treffen vergessen? Ein mulmiges Gefühl steigt in mir auf.

»Hey«, erwidere ich, bemüht, locker zu klingen. »Wir hatten doch Mathe-Nachhilfe ausgemacht, oder?« Nun bin ich mir nicht mehr so sicher. Vielleicht habe ich es falsch verstanden oder mich zu sehr darauf gefreut. War es nur ein Scherz von ihm?

»Richtig, Mathe.« Er tritt zur Seite und macht Platz für mich. »Komm rein.«

*E*rst denken, dann sprechen. Denken. Sprechen. Nicht umgekehrt.

Ash breitet seine Schulaufgaben auf meinem Schreibtisch aus, während ich wie angewurzelt hinter ihm stehe. Der leichte Duft von Karamell, der von ihm ausgeht, steigt mir in die Nase und bringt mich völlig durcheinander. Was habe ich mir nur eingebrockt?

Nach dem Samstag bei Tim und Mark hatte sich irgendetwas in mir verschoben. Ich muss den Verstand verloren haben, denn es war tatsächlich … schön. Und jetzt sitzt Ash hier in meinem Zimmer, und ich kann nicht mehr zurück. Ich habe ihm die Nachhilfe angeboten, ohne nachzudenken.

Erst denken, dann sprechen. Verdammt!

Ich ziehe den Hocker aus der Ecke und setze mich neben ihn. Der Raum ist still, abgesehen vom leisen Kratzen seines Stifts auf dem Papier.

»Okay, lass uns das durchgehen«, sage ich und zeige auf die erste Aufgabe. »Weißt du noch, wie man den Sinus und Kosinus eines Winkels berechnet?«

Ash runzelt die Stirn und schaut auf seinen Schreibblock.

»Nicht wirklich. Irgendwas mit dem Verhältnis der Seiten im Dreieck, oder?«

»Genau«, antworte ich und lehne mich etwas näher zu ihm, achte aber darauf, ihn nicht versehentlich zu berühren. Mit einem Finger deute ich auf die Formel und erkläre ihm die Rechenschritte. Während ich rede, beobachte ich Ash.

Seine Miene wirkt angespannt, seine Augenbrauen leicht zusammengezogen, und ab und zu hebt er den Kopf. So wie jetzt. In diesen Momenten, wenn unsere Blicke sich kreuzen, sehe ich den Ozean, das weite Meer und die Tiefe in seinen Augen. Sie ziehen mich zu sich und...

»War das falsch?«

Ashs Stimme reißt mich aus meinen Gedanken, und mein Magen zieht sich zusammen. Verdammt!

»Äh, nein«, antworte ich hastig und lenke meine Aufmerksamkeit zurück auf die Aufgabe. »Du setzt das einfach in die Formel ein, und dann kannst du den Winkel berechnen.«

Ash nickt und macht sich Notizen, als wäre nichts geschehen. Entweder hat er meinen Aussetzer nicht bemerkt, oder er ignoriert ihn.

»Bist du nachher dabei?«, fragt er plötzlich, ohne den Blick von seinem Block zu heben.

Wie seine Frage eigentlich lautet: ›Bist du bei der Party von Kendra und machst den ganzen Spiele-Blödsinn mit?‹

Ich presse die Lippen zusammen. Ein Teil von mir will schreien: ›Nein!‹ Aber ein anderer Teil will zustimmen, will mehr von dem Lachen und der Leichtigkeit mit Ash verspüren, wie an dem Tag in Tims Zimmer.

»Vielleicht«, sage ich schließlich und lasse mir die Option offen.

»Okay, weiter geht´s.«

Wir sollten die Zeit nutzen, bevor die Gäste eintreffen.

»Die zweite Aufgabe ist etwas komplizierter, aber das Prinzip bleibt dasselbe. Stell dir das Dreieck vor und ...«

»Was, wenn ich das nicht kann?« Ash seufzt leise.

»Dann zeichnen wir es.« Ich nehme seinen Stift, skizziere ein Dreieck auf den Rand seines Blattes und erkläre, wie die Beziehungen der Seiten und Winkel zusammenhängen.

Nach einer Weile nickt er. »Okay, ich glaube, ich habe es.« Ein kleines Lächeln huscht über sein Gesicht, und mein Herz macht einen Sprung. Lächerlich. Es ist nur Nachhilfe. Nichts weiter als Mathematik.

Ash ist kaum zehn Minuten weg, da reißt Löckchen, ohne anzuklopfen, die Tür auf und platzt in mein Zimmer.

»Ich bin eingeladen worden und Josh nicht! Krass, oder?«

Ich lehne mich gegen die Wand, verschränke die Arme und sage nichts. Es gibt auch nichts zu erzählen – Löckchen redet genug für uns beide.

»Kendra hat mitbekommen, was letztes Mal vorgefallen ist«, fügt er triumphierend hinzu, als wäre er gerade zum König gekrönt worden. »Du kommst doch zur Party, oder?«

Innerlich stöhne ich auf. Muss mich jetzt jeder so lange nerven, bis ich nachgebe?

»Es ist die Feier deiner Schwes… Stiefschwester, und sie würde sich echt freuen, wenn du auch dabei bist.« Er sagt das mit einer Selbstverständlichkeit, die keinen Widerspruch duldet.

Soll ich hingehen? Will ich das?

Schließlich gebe ich nach. Es bringt ja nichts. »Okay, ich komme. Aber wenn es komisch wird, haue ich sofort ab.«

Löckchen springt mit ausgebreiteten Armen auf mich zu.

Was soll das jetzt werden?

»Bleib mir vom Leib, sonst gehe ich nirgendwo hin«, sage ich schärfer als beabsichtigt. Aber es wirkt. Er stoppt in der Bewegung und klatscht stattdessen in die Hände.

Warum übertreiben alle immer so?

»Und was schenkst du ihr?«

Mein Blick wandert automatisch zu meinem Skizzenbuch auf dem Tisch. Ich nehme es in die Hand, schlage die erste Seite auf und ziehe ein loses Blatt heraus.

»Ich habe ein Porträt von ihr angefertigt.«

Vorsichtig streiche ich mit den Fingern über das Papier, auf dem Kendra zu sehen ist. Die Bleistiftlinien sind fein und präzise, jede Nuance sorgfältig gesetzt. Die Schatten, die ihr Gesicht formen, geben dem Bild eine Weichheit, als wäre sie gerade dabei, sich zu bewegen. Der zarte Schwung ihrer Wangenknochen, die leichte Krümmung der Lippen – alles ist bewusst betont, aber nicht übertrieben.

Gestern Abend habe ich es noch fertiggestellt. Was sonst hätte ich ihr schenken können?

Löckchens Augen weiten sich, als hätte ich ihm soeben einen Goldbarren gezeigt. »Voll cool! Kannst du mich auch mal zei...«

»Nein!«, schneide ich ihm das Wort ab, und schlage mein Skizzenbuch zu.

»Verstehe.« Löckchen macht eine bedeutungsschwere Pause, dann kommt der unvermeidliche Nachschlag: »Aber Hauptsache tausendmal Ash.«

Es reicht. Das Blut steigt mir in den Kopf, und bevor ich nachdenken kann, motze ich ihn an: »Halt die Klappe, Freddy!«

Er lacht und hebt die Hände wie ein unschuldiger Engel.

Warum rede ich überhaupt mit ihm?

Wenig später finde ich mich in Kendras Zimmer wieder, verdreht auf einer Matte mit bunten Punkten drauf. Sofie ist halb unter mir, und bei jeder zufälligen Berührung ihres Arms zucke ich zusammen. Ich hasse Twister.

»Jaden, rechter Arm auf Blau«, ruft Kendra und lacht dabei. Wirklich sehr lustig. Das ist leichter gesagt als getan. Wo ist denn jetzt ein blauer Punkt?

Als ich vorhin das Zimmer betreten habe, wollte ich am liebsten gleich wieder gehen. Überall funkeln bunte Lichter, die an den Wänden befestigt sind und das Zimmer in ein kitschiges Chaos aus Farben tauchen. Doch es war nicht die seltsame Atmosphäre oder die Lichter, die mich hätten umdrehen lassen. Sofie, Kendra und Ash waren bereits da, mitten in einem ausgelassenen Gespräch. Plötzlich beugte sich Kendra zu Ash und küsste ihn auf die Wange. Ich wollte auf der Stelle gehen. Wirklich. Aber dann sah ich auf die Zeichnung in meiner Hand, ging zu Kendra und überreichte ihr das Geschenk. Mit einem unbehaglichen Lächeln hoffte ich, es schnell hinter mich bringen zu können. Doch bevor ich überhaupt die Chance hatte, zu flüchten, fiel sie mir um den Hals und quiekte fröhlich: ›Oh mein Gott, Jaden, das ist so toll!‹

Und jetzt bin ich hier, auf dieser dämlichen Matte, mit einer Person, die noch nerviger ist als alle zusammen.

Sofie kichert leise, und ihr Arm streift erneut meinen. »Oh, sorry.« Die Entschuldigung klingt nicht annähernd ernst gemeint. Es scheint, als würde sie jede Berührung genießen.

Ich atme tief durch und konzentriere mich darauf, meine Hand auf das gewünschte Blau zu setzen. Mit einer Kombination aus Akrobatik und reiner Willenskraft gelingt es mir, mich so zu drehen, dass ich nicht über Sofie zusammenbreche.

»Geschafft«, murmle ich, mehr zu mir selbst als zu irgendjemand anderem.

Sofie rückt trotzdem näher, ihr Atem streift mein Ohr. »Du bist echt gelenkig«, flüstert sie, und ein unangenehmes Prickeln breitet sich auf meiner Haut aus, genau dort, wo ihr Atem mich trifft. Es ist das gleiche Gefühl wie eine lästige Fliege, die man verzweifelt loswerden will.

Ich richte meinen Blick stur nach vorn. Die Nähe ist erdrückend, ihre Berührungen zu aufdringlich.

Zum Glück endet das Twister-Spiel schneller, als ich es befürchtet hatte. Mit einem erleichterten Seufzen entwirre ich mich aus der menschlichen Knotenlage.

Ash, der während des Spiels eher zurückhaltend war, schaut mich auf eine Weise an, die ich nicht deuten kann. Habe ich etwas angestellt? Bevor ich länger darüber nachdenken kann, ist Kendra erneut an seiner Seite. Sie hängt regelrecht an ihm, lacht über Dinge, die nicht mal besonders witzig sind und dann berührt sie ständig seine Schulter. So oft, dass es auffällt. Natürlich hat Kendra diese lockere, coole Art, die sie beliebt macht. Jeder mag sie. Und ja, sie ist vielleicht ganz okay, wenn sie mich nicht gerade nervt. So wie jetzt. Ihre Nähe zu Ash macht mich wahnsinnig. Es ist nicht einmal etwas, das ich benennen könnte, nur ein unangenehmes Ziehen, das ich einfach nicht loswerde. Ash und ich sind keine Freunde nur wegen ein wenig Nachhilfe, das ist klar. Trotzdem.

Als ich mich auf dem Sofa niederlasse, um endlich mal durchzuatmen, zaubert Löckchen plötzlich eine Flasche aus dem Nichts hervor.

»Okay, Leute! Zeit für Wahrheit oder Pflicht!«, ruft er.

Kendra klatscht in die Hände und räumt die Spielmatte weg, während Sofie sich neben mich drängt. Ich rutsche ein wenig zur Seite, um Platz zu schaffen, doch sie nimmt es als Einladung, noch näher an mich heranzurücken. Ignorieren, einfach ignorieren...

Ash und Kendra lassen sich auf den Stühlen gegenüber nieder.

»Ich fange an«, sagt Löckchen und drängt sich zu uns auf das Sofa, bevor er die Flasche anschubst. Wir alle beobachten gespannt, wie sie sich dreht und schließlich auf Kendra zeigt.

»Wahrheit oder Pflicht, Kendra?«, fragt Löckchen mit einem verschmitzten Lächeln.

»Pflicht«, antwortet sie, ohne zu zögern.

Er überlegt, dann sagt er: »Okay, du musst fünf Minuten lang so tun, als ob du eine Katze bist – inklusive Schnurren und allem, was dazu gehört.«

Kendra zieht eine Grimasse, aber ein Lächeln spielt um ihre Lippen, als sie beginnt, auf allen Vieren durch den Raum zu kriechen und zu schnurren.

Löckchen, Ash und Sofie brechen in Lachen aus, und auch ich kann mir ein Lächeln nicht verkneifen. Es ist tatsächlich sehr witzig.

Nachdem Kendra ihre Performance beendet hat, dreht sie die Flasche weiter. Dieses Mal zeigt der Flaschenhals auf Ash.

»Wahrheit oder Pflicht?«, fragt sie, noch immer leicht außer Atem von ihrem Katzenabenteuer.

»Wahrheit«, antwortet Ash knapp.

»Okay, was ist das Peinlichste, das dir je passiert ist?«

»Ich bin einmal während einer Schulveranstaltung auf der Bühne vor versammelter Mannschaft hingefallen.«

»Ash, das weiß doch jeder und so peinlich war das nicht«, sagt Kendra und verdreht die Augen. Offensichtlich hatte sie sich auf etwas Spannenderes gefreut.

»Also ich finde das schon sehr peinlich.« Löckchen kichert.

Die Runden gehen weiter, und schließlich zeigt die Flasche auf mich. Ich zögere. Etwas Dummes tun oder etwas Persönliches preisgeben? Beides nicht gerade mein Ding.

Ich entscheide mich für: »Wahrheit.«

»Okay, Jaden«, sagt Sofie, und ihre Augen funkeln verdächtig. Ich ahne Böses und bereue meine Entscheidung im selben Moment. »Mit wie vielen Frauen warst du im Bett?« Ihre Stimme ist laut genug, dass jeder im Raum sie hören kann, und sofort herrscht Stille. Ein kaltes Gefühl zieht sich durch meinen Magen und ich schlucke schwer.

»Null«, antworte ich leise.

Kendra kichert und schüttelt leicht den Kopf, während Sofie mich ungläubig anstarrt. »Null? Komm schon, Jaden, du darfst nicht lügen.«

Alle Blicke ruhen auf mir, wahrscheinlich in der Erwartung, dass ich meine Aussage zurückziehe und sie als Witz abtue.

»Das ist keine Lüge«, sage ich mit fester Stimme. »Ich habe wirklich noch nie mit einer Frau geschlafen.«

Sofie sieht mich mitleidig an und legt mir behutsam eine Hand auf meinen Oberschenkel. »Oh, Jaden, das wusste ...«

Bevor sie sich komplett blamiert, rede ich dazwischen.

»Ich bin schwul.«

Nach meinem Geständnis liegt eine neue Art von Schwere im Raum. Weit geöffnete Münder. Erstarrte Mienen. Nur Freddy bleibt unbeeindruckt, denn er wusste es bereits. Sofie hingegen reagiert am heftigsten. Sie sieht mich an, als hätte sie ein Gespenst gesehen. Die Sekunden ziehen sich in die Länge, und niemand sagt ein Wort.

Plötzlich schnieft Sofie und ihre Augen füllen sich mit Tränen. »Ich bin so dumm«, schluchzt sie, springt auf und rennt aus dem Raum.

Kendra reagiert sofort und läuft ihr nach. Freddy zögert, schaut erst zu Ash, dann zu mir, und erhebt sich schließlich, um den Mädchen zu folgen. Was zur Hölle passiert hier gerade?

Zurück bleiben nur Ash und ich, eingehüllt in eine drückende Stille, die mich beinahe erstickt. Dass wir uns anschweigen, ist nichts Neues, aber diesmal fühlt es sich anders an. Ash starrt auf den Teppich, sein Kiefer angespannt. Für einen kurzen Moment hebt er den Kopf, unsere Blicke treffen sich, doch schon im nächsten senkt er ihn wieder.

Was soll das? Kann er mich nicht mal mehr ansehen?

»Noch nie einen schwulen Kerl gesehen?«

»Das ist es nicht«, sagt Ash mit einer Ruhe, die mich nur noch mehr auf die Palme bringt.

»Was ist es dann?«, frage ich gereizt.

Aber er bleibt stumm.

Das ist zu viel für mich. Auf diesen Mist habe ich echt keinen Bock. »Ich muss hier raus.« Ich stehe auf, stoße mich dabei am Tisch, der mit einem unangenehmen Kratzen über den Boden schrappt. »Verdammte Scheiße hier.« Wäre ich doch einfach in meinem Zimmer geblieben.

Die Tür fällt hinter mir ins Schloss, und ich lasse mich auf mein Bett fallen. Das Letzte, was ich jetzt gebrauchen kann, ist Stille. Zu viele Gedanken, zu viele ungewollte Emotionen, die wie Blei durch meine Adern fließen.

Ich setze meine Kopfhörer auf und drehe die Musik laut. Die Beats füllen meinen Kopf und verdrängen alles andere.

Mein Skizzenbuch liegt auf dem Nachttisch. Fast automatisch greife ich danach und schlage es auf. Doch bevor ich den Stift ansetze, lehne ich mich zurück und schließe die Augen. Das Buch und der Stift rutschen mir aus der Hand.

»Was für ein beschissener Abend«, murmele ich vor mich hin.

Ich hatte gehofft, dass die Feier spaßig sein würde, und zwischendurch war sie das auch. Es gab Momente, in denen ich mich tatsächlich amüsiert habe, aber am Ende fühlt es sich doch immer gleich an. Je näher man jemandem kommt, desto mehr schmerzt es, wenn man enttäuscht wird. Diese bittere Wahrheit kenne ich schon zu gut. Aber das sagt niemand laut. Niemand spricht darüber, wie es sich anfühlt, verlassen zu werden und einsam zu sein. Nicht in den Liedern, die von Verlust und Schmerz handeln, nicht in den endlosen Gesprächen mit Freunden. Es ist, als müsste man diese Wahrheiten allein erkennen und doch bleiben so viele Fragen. Warum kam er nie zurück? Warum hat er mich...

Ein scharfer Ruck fährt durch meinen Körper, als mir die Kopfhörer heruntergerissen werden. Ich blinzele. Was zur Hölle?

Meine Mutter steht neben dem Bett, ihre Augen funkelnd vor Wut und ihre Atmung geht schwer und unregelmäßig.

»Was hat sie dir getan?«, brüllt sie mich an.

Überrascht von ihrem plötzlichen Ausbruch starre ich sie an und verstehe nicht, wieso sie jetzt so reagiert.

»Sofie ist so ein liebes Mädchen, und du ... du verletzt sie einfach.« Ihre Hände ballen sich zu Fäusten.

Die aufgestaute Frustration und der Schmerz übermannen mich. »Wieso versteht mich keiner? Ich habe auch Gefühle!« Tränen sammeln sich in meinen Augen, doch ich halte sie zurück. Ich werde nicht vor ihr weinen.

»Kannst du nicht einmal normal sein«, schreit Mutter mich weiter an.

Ihre Worte treffen mich wie Schläge. Was soll das heißen, ›normal sein‹? Nur weil ich nicht in das Bild passe, das sie oder die Gesellschaft von mir haben? Weil ich meinen eigenen Weg gehe?

Ich stehe auf. Meine Hände sind schwitzig, mein Körper zittert vor Anspannung.

»Ich *bin* normal«, sage ich fest entschlossen und halte ihrem Blick stand.

Einen langen Moment starrt sie mich an, als könnte sie die Realität nicht fassen. Dann wendet sie sich ab und verlässt das Zimmer, ohne ein weiteres Wort zu sagen. Es ist immer das gleiche Spiel.

Ich sinke zurück auf mein Bett. Meine Nerven liegen blank. Ständig nur Vorwürfe, was anderes kennt sie gar nicht. Ich habe keinen Bock mehr, weder auf sie noch auf irgendjemand anderen.

Gerade als ich meine Kopfhörer wieder aufsetzen will, öffnet sich erneut die Zimmertür. Kendra tritt ein, schließt die Tür leise hinter sich und lehnt sich dagegen. Meine Kopfhörer fallen aufs Bett und mir wird übel, als ich sie sehe. Ernsthaft?

»Was willst du? Kommst du, um mir auch noch Vorwürfe zu machen?«, schieße ich los, bevor sie überhaupt den Mund aufmachen kann.

»Nein, ich wollte nur sehen, wie es dir geht.« Vorsichtig macht sie einen Schritt auf mich zu, als würde sie Angst haben, ich könnte jeden Moment explodieren.

Ein verächtliches Schnauben entweicht mir. »Sicher. Das interessiert dich doch sowieso nicht. Geh zurück zu deinem Lover.«

»Meinem was?« Kendra runzelt die Stirn. »Meinst du Ash? Er ist nicht mein Lover. Wir sind nur sehr gute Freunde.«

»Aber ihr seid doch zusammen.«

»Das ist doch längst Vergangenheit.«

Für einen Moment starre ich sie an, unfähig, das Gesagte zu verarbeiten. Die beiden sind kein Paar?

»Ich ... ich dachte nur ...« Die Worte bleiben mir im Hals stecken, als mir bewusst wird, wie dumm es klingt. Löckchen sagte doch, dass Ash mit Kendra zusammen ist. Hat er mich verarscht?

»Ist schon okay, Jaden. Es ist viel passiert heute. Ich wollte wirklich nur sicherstellen, dass du in Ordnung bist.« Sie kommt ein Stück näher.

»Warum?« Diese Fürsorge ist ungewohnt, und ich kann nicht verhindern, dass Misstrauen in meiner Stimme mitschwingt.

Langsam setzt sich Kendra auf die Kante meines Bettes.

»Weil ich deine Schwester bin,« - Stiefschwester! - »und was heute Abend passiert ist, war ziemlich heftig. Ich dachte, du könntest jemanden gebrauchen, der zuhört oder einfach nur bei dir ist.«

Vielleicht ist es die Aufrichtigkeit in ihren Worten oder die Erschöpfung, die mich übermannt, aber plötzlich fühle ich mich fast ein wenig verstanden.

Wir sitzen eine ganze Weile schweigend nebeneinander. Ich ziehe meine Beine an meinen Körper, umklammere sie und vergrabe meine Hände in dem Stoff meines Hoodies.

»Du trägst diesen Pullover sehr oft. Er scheint dir wichtig zu sein«, sagt Kendra fast beiläufig.

»Er gehörte meinem Papa.«

Das Kleidungsstück ist das Letzte, was mir von ihm geblieben ist. Nachdem er gegangen war, hat meine Mutter fast alles von ihm weggeworfen. Diesen Pullover konnte ich retten. Die Erinnerung daran, wie ich den Hoodie aus einem Berg von Kleidung gezogen habe, durchflutet mich. Es ist mehr als nur ein Stück Stoff – es ist alles, was ich noch von ihm habe.

Kendra legt ihre Hand auf meinen Arm. Ihre Wärme dringt durch die Baumwolle und mein Körper zittert leicht unter ihrer Berührung. Ihr Blick ist voller Mitgefühl. Langsam rückt sie näher und legt ihre Arme um mich.

Mein erster Impuls ist, sie von mir zu stoßen. Doch ich tue es nicht. Mein Körper versteift sich unter ihrer Umarmung, aber ich lasse es zu. Die Mauer, die ich um mich herum aufgebaut hatte, gerät ins Wanken. Es ist ungewohnt, sich so verletzlich zu fühlen, und ein Teil von mir will fliehen. Aber ein anderer sehnt sich nach diesem Trost, nach dieser menschlichen Nähe, die ich so lange vermieden habe.

Kendra hält mich fest, und langsam entspannt sich mein Körper. Mein Atem wird ruhiger, meine Muskeln lockern sich allmählich.

»Es ist okay«, flüstert sie sanft. Ihre Stimme ist ein beruhigendes Summen an meinem Ohr. Ich erschaudere und atme tief durch. Die Worte sind so einfach und doch so schwer zu glauben.

Langsam hebe ich meine Arme und lege sie zögerlich um Kendras Körper. Meine Schwester. Es fühlt sich fremd an, aber auch unglaublich richtig. Sie mag manchmal nervig sein und doch gibt sie mir in diesem Moment das Gefühl, nicht allein zu sein.

»Weißt du, Jaden, manchmal verlieren wir unser Leuchten und alles, was wir brauchen, ist ein wenig Hilfe, um es wiederzufinden.«

Kapitel 12

Ashton

Es ist der 26. Dezember, und wie jedes Jahr verbringen Myra und ich den Tag bei den Bakers. Weihnachten zu Hause ist längst nicht mehr das, was es einmal war. Früher war es magisch, voller Lachen und Freude. Jetzt ... na ja, jetzt ist es eher eine Übung darin, Probleme zu ignorieren und mit einer betrunkenen Mutter umzugehen. Es tut weh zu sehen, wie Myra nie die Magie von Weihnachten erlebt hat. Die wenigen Momente, in denen ich versuche, ihr ein Stück von diesem Zauber zu schenken, verblassen schnell unter der Last der Realität, die wir beide tragen. Aber bei den Bakers ist es anders. Myra blüht auf, wenn sie hier ist. Es ist, als könnte sie für ein paar Stunden die Welt vergessen, in der sie lebt, und einfach nur Kind sein. Das gibt mir ein wenig Trost, auch wenn ich weiß, dass es nur von kurzer Dauer ist.

Das Wohnzimmer der Bakers ist eine Weihnachtswunderwelt. Ein großer Baum steht in der Ecke, geschmückt mit roten und goldenen Kugeln, die im warmen Licht der Lichterkette funkeln. Zuckerstangen und handgefertigte Ornamente hängen zwischen den Zweigen. Die Spitze ziert ein strahlender Stern. Auf dem Kaminsims stehen kleine Figuren – ein Schlitten, eine Schneekugel, ein paar Rentiere – alles mit Sorgfalt arrangiert. Der Geruch von Zimt und frisch gebackenen Plätzchen füllt die Luft, und der Schein des Kamins macht den Raum noch gemütlicher.

Ich sitze mit Kendra auf der Couch und wir schauen uns einen dieser kitschigen Weihnachtsliebesfilme an. Die Sorte Film, in dem der Weihnachtsmann und die Liebe alles retten, und die Menschen nie aufhören zu lächeln. Kendra liebt diese Filme, und ich toleriere sie. Aber nach der dritten Romanze hintereinander kriege ich doch langsam einen Zuckerschock.

»Ich geh mal nach Myra sehen«, sage ich und stehe auf, bevor der Held den Weihnachtsmarkt in letzter Sekunde rettet. Kendra nickt und starrt weiter auf den Bildschirm, völlig in die heile Welt des Films versunken.

Schon von weitem höre ich Myras Stimme, die voller Energie ist. Sie kommt aus Nolans Arbeitszimmer, dessen Tür, wie üblich, einen Spalt offensteht. Leise schiebe ich die Tür weiter auf und bleibe grinsend im Türrahmen stehen.

Myra sitzt auf einem Stuhl neben Jaden, der an Nolans Schreibtisch Platz genommen hat. Beide sind in ihre Zeichnungen vertieft, und Myra plappert fröhlich vor sich hin, wie sie es immer tut.

»Was zeichnest du da?«, fragt Myra neugierig.

»Eine Rakete«, murmelt Jaden, ohne den Blick vom Papier zu nehmen.

»Kannst du auch Einhörner malen?«

Er zuckt mit den Schultern. »Vielleicht.«

Meine Schwester legt ihren Stift zur Seite und lehnt sich näher zu ihm, um einen besseren Blick auf sein Blatt zu bekommen. »Du bist echt gut im Zeichnen.« Sie hat diese besondere Gabe, Menschen ein Lächeln zu entlocken, selbst wenn sie es nicht wollen. »Willst du mein Freund sein?« Ihre Stimme ist so unschuldig und direkt, dass es Jaden kurz aus der Fassung bringt.

Er hält inne und hebt den Kopf. »Äh, ich brauche keine Freunde.«

Doch meine Schwester wäre nicht meine Schwester, wenn sie sich damit zufriedengeben würde. Sie legt den Kopf schief und schaut Jaden mit ihren großen Augen an. »Oh, Jaden, jeder braucht Freunde.«

Ich muss grinsen. Es ist einfach köstlich, diesen kleinen Machtkampf zu beobachten. Jaden, der sonst so stur und unnahbar ist, wird von Myra in die Enge getrieben. Und das auf die süßeste Art und Weise. Ob ich ihm sagen soll, dass er keine Chance hat? Wenn sich meine Schwester etwas in den Kopf gesetzt hat, gibt es kein Zurück mehr.

»Du bist jetzt mein Freund«, erklärt sie mit einer solchen Selbstverständlichkeit, dass Jaden gar keine andere Wahl bleibt, als nachzugeben.

Er verdreht die Augen und murmelt etwas Unverständliches, bevor er schließlich einwilligt. »Okay, meinetwegen.«

Sichtlich zufrieden greift Myra wieder nach ihrem Stift und zeichnet weiter. Jaden dagegen sieht ein wenig verloren aus, aber ich sehe auch das kleine Lächeln auf seinen Lippen.

Ich drücke die Tür ganz auf und betrete das Arbeitszimmer. Wie der Rest des Hauses ist es geschmückt, aber hier wirkt alles ruhiger, fast magisch. Sterne aus glänzendem Papier hängen von der Decke und der Lichtschein der Kerzen flackert über die Wände, tanzt auf Jadens Haut wie wandernde Sonnenstrahlen. Heute trägt er keinen seiner weiten Hoodies, sondern einen eng anliegenden grünen Pulli, der jede schlanke Linie seines Körpers betont. Das sanfte Grün hebt den warmen Ton seiner Haut hervor. Ich sollte ihn nicht so lange ansehen, aber er sieht einfach gut aus. Vielleicht zu gut.

Ein Klirren lässt mich zusammenzucken.

Mist, ich habe ihn angestarrt.

Myra, deren Stift eben lauthals auf dem Tisch landete, springt auf, rennt zur Couch und lässt sich theatralisch darauf fallen. In der nächsten Sekunde steht sie wieder auf ihren Beinen. Sie ist heute ein echter Wirbelwind, vollkommen aufgedreht von der Weihnachtsstimmung.

»Ash, wo ist Kendra?«, fragt sie, ohne mich anzusehen.

»Im Wohnzimmer.« Und bevor ich mehr sagen kann, flitzt sie hinaus, ihre Schritte hallen leise im Flur wider.

Jaden und ich sind allein.

Mit der rechten Hand greife ich in die tiefe Tasche meiner Jacke. Den ganzen Abend über habe ich dort schon das kleine Päckchen versteckt. Meine Finger spielen nervös an dem Geschenkpapier, während ich mich langsam zu ihm setze. Jetzt oder nie.

»Äh ... ich hab was für dich.« Mein Herz klopft mir bis zum Hals.

Jaden runzelt die Stirn. »Was?«

Ich ziehe das sorgfältig eingepackte Päckchen aus meiner Tasche und lege es auf den Tisch. »Weil ... na ja, es ist Weihnachten. Und ich wollte mich bedanken. Wegen der Nachhilfe.«

Sein Blick wandert von dem Geschenk zu mir, dann wieder zurück, als hätte ich ihm etwas völlig Fremdes präsentiert. Schließlich greift er danach, zögernd, fast vorsichtig, als könnte das kleine Päckchen zerbrechen. Langsam entfernt er das Papier, so behutsam, dass ich kaum zu atmen wage.

Seine Hände zittern leicht, als er den Stift herausnimmt - kein gewöhnlicher Tintenroller. Es ist einer, aus gebürstetem Metall, auf dem sein Name eingraviert ist. Ringsherum windet sich eine filigrane Sternenkarte, wie ein Stück des Universums, extra für ihn hergestellt.

Vor ein paar Tagen konnte ich die Sonderanfertigung abholen. Es kostete ein kleines Vermögen, dass ich nur zu gern für Jaden ausgegeben habe. Ich weiß, er steht nicht auf teuren Schnick-schnack, aber ich wollte ihm etwas Einzigartiges schenken. Nach seinem Outing wirkte er ... verloren. Er soll wissen, dass er genauso wertvoll ist wie jeder andere, egal, was die Welt ihm einreden will.

Mom und Dad werden sowieso nicht fragen, wofür so viel Geld von der Karte gebucht wurde. Sie interessiert es nicht.

Jaden dreht das Geschenk zwischen den Fingern, das sanfte Leuchten der Kerzen spiegelt sich auf der glatten Oberfläche. In seinen Augen sehe ich ein Funkeln, das nicht nur von den Lichtern kommt. Weint er?

»Weil du gern zeichnest«, erkläre ich leise. »Ich dachte, vielleicht kannst du ihn ... na ja, für was Besonderes benutzen. Oder einfach so.« Ich drücke die Hände auf meine Knie, um sie ruhig zu halten.

Jaden blinzelt hastig, seine Wimpern glitzern im Licht. Er ist irgendwie ... süß. Ich habe ihn noch nie so gesehen. Seine Schultern heben und senken sich langsam, sein Atem ist unregelmäßig.

»Das ... das ist echt ...«, beginnt er, doch die Worte scheinen ihm zu fehlen. Schließlich murmelt er: »Danke.«

»Freut mich, dass er dir gefällt.«

Für einen Moment scheint die Zeit stillzustehen. Etwas Ungesagtes, fast Greifbares, füllt die Luft zwischen uns. Ich halte den Atem an, als mein Blick an seinem hängen bleibt. Die Art, wie er mich ansieht, als ob er etwas zu verstehen versucht, was er selbst nicht in Worte fassen kann. Das macht mich nervös und doch ... wird mir warm ums Herz.

Er hebt die freie Hand und kurz denke ich, er könnte mich umarmen. Doch er tut es nicht. Stattdessen wendet er sich ab und legt den Stift vorsichtig zurück in die Schachtel, so behutsam, als wäre er ein Schatz.

Ein Knoten zieht sich in meiner Brust zusammen. Habe ich mir das eben nur eingebildet? War es dumm, überhaupt daran zu denken, er könnte seine Arme um mich schlingen?

Das Schweigen zwischen uns ist plötzlich überwältigend. Meine Unsicherheit klammert sich an jede Kleinigkeit – an seinen gesenkten Blick, an die Art, wie seine Finger die Kante der Schachtel berühren, als suchten sie Halt. Ein Teil von mir will einfach aufstehen und den Raum verlassen. Aber das wäre noch seltsamer. Ich muss etwas sagen, bevor mich die Stille auffrisst.

»Du hast mal Fußball gespielt, oder?«

Fiel mir echt nichts besseres ein? Was ist nur los mit mir?

Jaden hebt eine Augenbraue und sieht mich an. »Lange her.«

»Welche Position?«, frage ich und versuche locker zu klingen.

Seine Mundwinkel zucken leicht nach oben. »Bist du immer so neugierig, Asche?«

»Ja, also … nur wenn … mich jemand interessiert.« Die Worte rutschen mir heraus, und Hitze steigt mir in die Wangen. Hastig füge ich hinzu: »Ich meine, es ist für die Projektarbeit.« Meine Finger kneten den Stoff meiner Hose. Ganz toll Ash, das war alles andere als locker und cool.

Jaden schüttelt den Kopf und lacht leise. »Stürmer.«

Noch bevor ich darauf reagieren kann, betritt Nolan den Raum, und der Moment mit Jaden zerplatzt wie eine Seifenblase.

»Hey, Jungs«, sagt Nolan und hält mir einen Umschlag entgegen. Auf dem Papier prangt in eleganten Buchstaben das Wort ›Einladung‹. »Für deinen Dad. Wir würden uns freuen, wenn ihr wieder zur Silvesterfeier kommt.«

Ich nehme die Einladung an mich, doch mein Herz zieht sich bei der Vorstellung zusammen. »Danke, aber …« Ich suche nach den richtigen Worten, um es zu erklären. Es ist schwierig, denn Dad hat sich schon lange nicht mehr gemeldet. »Mom und Dad haben gerade viel zu tun«, sage ich schließlich, und zwinge mich zu einem Lächeln, »aber Myra und ich kommen auf jeden Fall.«

Nolan nickt und verabschiedet sich.

Ich schaue zu Jaden, der mit gesenktem Kopf über sein Skizzenbuch gebeugt ist und wieder zeichnet. Der Moment von eben ist verschwunden, aber ich habe das Gefühl, dass wir uns für einen kurzen Augenblick wirklich nähergekommen sind.

Umgeben von einem Meer aus Stoff und Glitzer stehe ich hinter Myra, die sich vor dem Spiegel dreht. Ihr Zimmer hat sich in einen provisorischen Ankleideraum verwandelt. Überall liegen Kleider verteilt, und das Licht der Nachmittagssonne tanzt auf dem funkelnden Stoff des Kleides, das sie trägt. Morgen Abend ist Silvester, und die Aufregung für die bevorstehende Party ist ihr deutlich anzumerken. Sie möchte aussehen wie eine Prinzessin, obwohl sie das in meinen Augen immer ist.

»Was sagst du?« Sie stoppt in der Bewegung und schaut mich fragend an.

»Wunderschön, Maus.«

»Denkst du, Jaden gefällt es auch?«

»Jaden?« Ihre Frage überrascht mich und ich runzle die Stirn. »Wieso Jaden?«

Es ist ungewöhnlich, dass Myra sich so sehr darum sorgt, was jemand anderes denkt. Und dann ausgerechnet Jaden?

Meine kleine Schwester hält inne und ihr Blick im Spiegel trifft meinen. Sie beißt sich auf die Unterlippe, ein Zeichen, das ich kenne. Es erinnert mich an Jaden. So oft habe ich es bei ihm beobachtet.

»Ich finde Jaden voll toll. Ich meine, ich finde ihn wirklich mega toll, Ash.« Sie dreht sich zu mir um. Ihre Wangen nehmen einen rosigen Schimmer an. »Und ...«, sie zögert, »ich werde ihn später heiraten.«

Ich schlucke. Heiraten? »Bist du nicht ein wenig zu jung?«

»Ich bin fast zehn.«

»Eben. Und er wird 18.«

»Alter spielt keine Rolle, Ash.« Sie stemmt ihre kleinen Hände in die Hüfte und sieht mich mit einer Schnute an. Wo hat sie das nur her? Ein Lächeln zuckt über meine Lippen. Ich muss mir echt Mühe geben, ernst zu bleiben.

»Weiß Jaden von seinem Glück?«

»Nein, natürlich nicht, du Doofi.«

Doofi?

Ich atme tief durch und betrachte sie. »Myra, du siehst umwerfend aus, und Jaden wird es ganz sicher auch gefallen.«

Moms Stimme unterbricht die fröhliche Stimmung. »Ashton! Ashton, komm sofort hier her!« Ihr Ruf hallt aus einem anderen Zimmer, wahrscheinlich aus dem Wohnzimmer.

»Ich bin gleich wieder da«, flüstere ich zu Myra, die mich mit großen Augen anschaut. »Bleib hier, okay?«

Sie nickt, setzt sich auf ihr Bett und zieht die Beine an sich heran. Es fällt mir schwer, sie so zurückzulassen, aber ich weiß, dass es sicherer für sie ist, hierzubleiben.

Als ich das Wohnzimmer betrete, sehe ich meine Mom auf dem Sofa sitzen. Eine Flasche steht auf dem Couchtisch, eine Weitere hält sie in der Hand.

»Warum hast du so lange gebraucht?«

»Ich war bei Myra. Was ist los?«, frage ich, obwohl ich die Antwort bereits kenne.

»Ich brauche mehr Wein. Der ist leer.« Sie schwenkt die leere Flasche demonstrativ in der Luft, als bräuchte ich einen Beweis für das, was sie von mir verlangt.

Mein Herz sinkt, und ein vertrautes Stechen breitet sich in meiner Brust aus. Es ist immer dasselbe. Die Hilflosigkeit, die

Wut, die tiefe Traurigkeit – all diese Emotionen vermischen sich in meinem Kopf zu einem stummen Schrei. Ich möchte schreien, laut und verzweifelt.

»Mom, du hast schon genug gehabt. Vielleicht solltest du etwas Wasser trinken oder ...«

»Mach, was ich dir sage«, unterbricht sie mich. Ihre Stimme ist jetzt lauter und aggressiver als zuvor.

Widerstandslos drehe ich mich um und gehe in die Küche. Meine Gedanken rasen. Ich sollte nein sagen, sollte mich weigern, doch die Angst, dass die Situation eskalieren könnte, hält mich davon ab. Ich fülle ein Glas mit Wasser und nehme es zusammen mit einer neuen Weinflasche zurück ins Wohnzimmer.

»Hier, Mom.« Meine Stimme klingt hohl, als ich das Glas Wasser auf den Tisch stelle, gefolgt von der Weinflasche.

»Na endlich«, sagt sie, greift sofort nach der Flasche und ignoriert das Wasser. Ich beobachte, wie sie trinkt, und mein Magen zieht sich schmerzhaft zusammen. Sicherheit und Normalität sind zwei Dinge, die in diesem Haus so selten sind wie ein klarer Himmel während der Regenzeit.

Spät am Abend räume ich noch das Geschirr in die Schränke und bin erleichtert, dass der Tag gleich vorbei ist. Ich will nur noch ins Bett.

Plötzlich höre ich ein leises Klappern an der Haustür, gefolgt vom vertrauten Rasseln eines Schlüssels. Das kann nicht sein.

Neugierig und zugleich ungläubig schaue ich in den Flur. Die Haustür schwingt auf, und da steht er – mein Dad. Zwei Monate sind vergangen, seit ich ihn zuletzt gesehen habe, und selbst da war es nur für ein paar Stunden. Über die Weihnachtsfeiertage hatte er sich nicht blicken lassen und ehrlich gesagt hatte ich auch jetzt nicht mehr damit gerechnet.

Meine Mutter, die das Geräusch ebenfalls gehört haben muss, kommt aus dem Wohnzimmer. »Richard, du bist zurück!« Ihre Stimme klingt übertrieben erfreut, als wolle sie verzweifelt eine Normalität vorgaukeln, die längst verloren ist.

»Ja, ich dachte, ich schaue mal rein«, sagt er ruhig, beinahe gleichgültig, als wäre seine monatelange Abwesenheit eine Nebensächlichkeit, die keiner Erwähnung bedarf.

Ich stehe da, unsicher, wie ich reagieren soll. Schließlich sage ich nur: »Hallo, Dad.«

Er nickt mir zu, ein kurzes, knappes »Ashton«. Keine weitere Begrüßung, keine Umarmung, nichts, was darauf hindeutet, dass ihm unsere Beziehung etwas ausmacht.

Im Wohnzimmer lässt er sich auf einem Sessel nieder und streckt alle Gliedmaßen von sich. Ich bleibe im Türrahmen stehen und beobachte meine Eltern. Dads Blick schweift kurz zu der leeren Weinflasche, die meine Mutter nicht schnell genug wegräumen konnte. Er sagt nichts, ignoriert die offensichtlichen Zeichen genauso wie sie. Es ist, als hätten sie ein stilles Abkommen, dieses kaputte Bild einer heilen Familie aufrechtzuerhalten.

»Wie lange wirst du bleiben?«, fragt Mom und lässt sich auf der Couch nieder.

»Zwei Tage. Nolan hat uns doch bestimmt zu der Silvesterveranstaltung eingeladen.«

»Ach ja, die Veranstaltung.« Mom macht eine dramatische Geste und legt sich theatralisch die Hand an die Stirn. »Ich glaube, mir geht es nicht so gut, werde wahrscheinlich krank. Vielleicht bleibe ich besser zuhause.«

Dad nickt nur, als würde er diese Ausrede akzeptieren.

Wie lange werden sie dieses Spiel noch spielen? Wie viele unangekündigte Besuche wird es noch geben? Und wie viele fehlende Feiertage braucht es, bis jemand die Fassade fallen lässt?

Diese Nacht liege ich wach in meinem Bett. Der Schlaf will einfach nicht kommen, Gedanken schwirren in meinem Kopf umher, wie Motten um ein Licht. Ich kann nicht aufhören, über den unerwarteten Besuch meines Vaters nachzudenken.

Ein Klirren aus der Küche zieht meine Aufmerksamkeit auf sich. Sofort steigt ein ungutes Gefühl in mir auf.

Leise steige ich aus dem Bett und schleiche durch den dunklen Flur in Richtung der Geräusche. Das sanfte Licht, das durch den Türspalt dringt, bestätigt meine Befürchtungen. Ich öffne die Tür weiter und sehe meine Mutter an der Theke stehen, eine halb volle Flasche in der Hand. Ihr Blick ist leer, die Augen glasig. Sie bemerkt mich erst, als ich nähertrete.

»Mom?« Meine Stimme ist lediglich ein Flüstern, doch in der stillen Nacht scheint sie laut zu hallen.

Sie zuckt zusammen, dreht sich zu mir um, und für einen Moment sehe ich in ihrem Gesicht etwas, das fast wie Scham aussieht. Doch es ist schnell wieder verschwunden, ersetzt durch das gleiche, stumpfe Desinteresse, das ich schon so oft gesehen habe.

»Was machst du hier, Ashton? Es ist spät, du solltest schlafen«, murmelt sie, während sie einen weiteren Schluck nimmt.

»Du auch«, sage ich leise und gehe auf sie zu. »Warum tust du dir das an?« Meine Stimme zittert, und ich kämpfe darum, ruhig zu bleiben.

»Geh zurück ins Bett«, sagt sie nur und wendet sich wieder ab. Ihre Hand umklammert die Flasche, als wäre sie der einzige Halt in einer Welt, die sie nicht mehr kontrollieren kann.

»Mom, bitte.« Doch sie ignoriert mich, nimmt einen weiteren Schluck und starrt vor sich hin, als wäre ich gar nicht da.

Resigniert bleibe ich stehen, mein Blick wandert durch die Küche, die in diesem Moment so vertraut und doch so fremd wirkt. Das ist nicht das Zuhause, das ich kenne. Und sie nicht die Mutter, die ich kannte. Ich wünschte, ich könnte sie aus dieser Dunkelheit herausziehen, aber ich weiß nicht wie. Schließlich drehe ich mich um und gehe zurück in mein Zimmer, mit dem bitteren Geschmack der Hilflosigkeit auf meinen Lippen.

Am nächsten Morgen sitze ich am Küchentisch, stochere lustlos in meinem Müsli, da betritt mein Vater die Küche. Er sieht aus, als hätte er die ganze Nacht nicht geschlafen. Seine Augen sind gerötet, das Hemd vom Vortag ist zerknittert und sein Gesicht ist fahl.

»Guten Morgen, Dad«, sage ich ruhig, obwohl mein Herz mir bis zum Hals schlägt.

»Morgen, Ashton«, murmelt er und greift nach der Kaffeekanne. Seine Bewegungen sind mechanisch, routiniert, wie auf Autopilot. Er setzt sich mir gegenüber an den Tisch, nimmt einen tiefen Schluck aus seiner Tasse und starrt ins Leere.

Ich schaue in meine Schale und suche nach den richtigen Worten. Worte, die ihn zum Zuhören bringen. Worte, die etwas ändern. Doch als ich meinen Mund öffne, um etwas zu sagen, schließe ich ihn wieder. Es ist, als ob mein ganzer Mut sich in Luft auflöst, bevor ich überhaupt anfangen kann. Aber ich kann nicht länger schweigen. Nicht mehr.

»Dad, wir müssen über Mom reden.«

Er hält in seiner Bewegung inne, die Tasse schwebt in der Luft. Langsam setzt er sie ab. »Was meinst du?«

»Ich habe sie letzte Nacht in der Küche erwischt. Sie hat wieder getrunken.« Meine Stimme verrät die aufgestaute Anspannung in mir. »Es wird immer schlimmer, und du bist nie da, um es zu sehen.«

Für einen Moment schweigt er, sein Blick ist auf die Tasse gerichtet. Sucht er in den braunen Tiefen nach einer Antwort?

Dad seufzt und reibt sich mit der Hand über das Gesicht. »Ashton, deine Mutter ... sie hat es gerade schwer. Aber sie ist eine erwachsene Frau, sie weiß, was sie tut.«

»Weiß sie das wirklich?«, presse ich hervor, und ich kann das Zittern in meiner Stimme nicht unterdrücken. »Dad, sie trinkt, viel zu viel. Und du tust nichts. Du siehst nicht hin, weil du nicht hinsehen willst.«

Er schüttelt den Kopf. Es ist ein müdes, resigniertes Schütteln. Warum wehrt er sich gegen die Wahrheit und kann sie nicht akzeptieren? »Ashton, es ist nur eine Phase.«

»Das ist keine Phase!« Meine Worte sind schärfer, als ich beabsichtigt hatte, aber es sprudelt aus mir heraus. Wie ein Damm, der bricht. »Wir können nicht einfach so tun, als wäre alles in Ordnung, wenn es das nicht ist. Was soll ich denn noch tun? Ich kann das nicht mehr.«

Dad sieht mich an, und in seinen Augen liegt eine Erschöpfung, die so tief geht, dass sie mich schaudern lässt. Es scheint, dass er längst auf einem anderen Planeten ist, weit weg von uns, von mir. »Ashton, bitte. Lass das.«

»Aber Dad, ...«

Er hebt die Hand und bringt mich damit zum Schweigen.

»Nicht jetzt, Ashton. Wir reden später darüber.« Mit diesen Worten steht er auf und verlässt die Küche, die Tasse Kaffee bleibt halb voll auf dem Tisch.

Ich bleibe allein zurück, mit einem Gefühl der Ohnmacht und dem bitteren Nachgeschmack einer weiteren gescheiterten Konfrontation. Es fühlt sich an, als würde die Welt um mich herum zerfallen, und ich stehe mittendrin, unfähig, irgendetwas zusammenzuhalten. Alles, was ich versucht habe, jede Bitte, jede Träne ist an ihm abgeprallt. Für ihn, bin ich unsichtbar. Ich weiß einfach nicht mehr, was ich noch tun soll.

Wir sind auf dem Weg zur Silvesterparty – nur mein Dad, Myra und ich, wie es abzusehen war. Die Fahrt verläuft in fast vollkommener Stille, abgesehen vom leisen Summen des Motors und Myras aufgeregtem Geplapper, das die Ruhe durchbricht. Dad sitzt am Steuer, wirft hin und wieder einen flüchtigen Blick in den Rückspiegel.

Ich sitze neben Myra auf der Rückbank und meine Gedanken kreisen um das, was mich dort erwartet. Jaden. Da ist mehr als nur ein Kribbeln – ein leises Summen, das von meiner Brust bis in die Fingerspitzen läuft, sobald ich nur an ihn denke. Wie es wohl wird, wenn wir uns heute wiedersehen? Können wir da weitermachen, wo wir an Weihnachten aufgehört haben?

Mein Dad parkt den Wagen direkt vor dem Haus der Bakers. Noch ist hier alles ruhig, aber bald wird das Haus mit Leben erfüllt sein. Die Bakers sind bekannt für ihre opulenten Silvesterpartys, voller reicher und angesehener Gäste.

Kaum haben wir die Tür erreicht, werden wir von Nolan begrüßt, der mit seiner überschwänglichen Art sofort die Stimmung aufhellt. »Willkommen, willkommen! Schön, euch zu sehen!«, ruft er, während er jedem von uns die Hand gibt. Neben ihm steht Molly, die förmlich vor Freude strahlt.

»Und das muss Richard sein«, sagt sie und streckt meinem Dad die Hand entgegen. »Von dir habe ich schon so viel gehört!« Ihr Lachen ist laut.

»Hallo Molly, freut mich und danke für die Einladung«, erwidert mein Dad höflich.

»Wie geht es deiner Frau, Richard. Ist sie nicht dabei?«, fragt Nolan und runzelt leicht die Stirn.

»Sie fühlt sich nicht gut, leider. Sie musste zuhause bleiben«, antwortet mein Vater souverän. Ja, lügen kann er.

»Schade, dann richte ihr bitte gute Besserung von uns aus. Ich hätte sie gern kennengelernt. Ash ist so ein wundervoller junger Mann«, sagt Molly. »Und bitte wundere dich nicht über meinen Sohn, Jaden. Er kann ein richtiger Schlawiner sein, immer für eine Überraschung gut.« Sie lacht, als hätte sie den besten Witz des Abends gemacht, und ich muss mich zusammenreißen, um nicht laut zu stöhnen.

Molly übertreibt maßlos. Ihre Art, über Jaden zu reden, als wäre er ein Problemkind, geht mir wirklich gegen den Strich. Wieso tut sie das?

Neben mir greift Myra plötzlich nach meiner Hand, ihre kleinen Finger umklammern meine. »Ash, Jaden ist ein ganz toller Junge«, sagt sie mit einer Ernsthaftigkeit, die nur Kinder in solchen Momenten aufbringen können. »Er ist immer nett zu mir.«

»Ich weiß, Maus«, antworte ich leise.

»Ich werde ihn fragen, ob er mich heute Abend begleiten möchte.« Ihre Worte sind ehrlich und sie macht mich stolz, mehr als sie ahnt.

»Das klingt nach einem guten Plan«, sage ich und bin erleichtert, dass nicht jeder Jaden so sieht, wie seine Mutter es tut. Myra mag ihn, und trotz Mollys unnötiger Kommentare verteidigt sie ihn. Er ist ein guter Mensch, das weiß ich.

Myra und ich mischen uns unter die wenigen Gäste, die bereits eingetroffen sind. Während meine Schwester neugierig die Dekorationen und Gesichter betrachtet, schweift mein Blick unwillkürlich umher, auf der Suche nach nur einer Person. Doch Jaden ist nirgends zu sehen.

Stattdessen schlendert Kendra langsam auf uns zu. Ihre Augen leuchten, als sie Myra in ihrem glitzernden Kleid und mich im Anzug entdeckt.

»Ihr seht beide fantastisch aus«, ruft sie uns entgegen.

»Danke.« Ich habe mir heute wirklich viel Mühe gegeben und länger als sonst im Badezimmer verbracht.

»Du siehst auch großartig aus«, erwidere ich und mustere sie.

Kendra trägt ein elegantes, dunkelblaues Kleid, das im Licht der Kronleuchter schimmert.

Myra tippelt auf der Stelle und zupft am Stoff ihres Kleides. »Ich gehe mal Jaden suchen.«

»Oh, er ist bestimmt noch in seinem Zimmer. Freddy ist bei ihm«, antwortet Kendra.

Freddy. Schon wieder dieser Typ. Er ist ständig bei Jaden, wandert bei ihm ein und aus. Ist da mehr zwischen den beiden? Die Frage bohrt sich tief in mich, während ich zusehe, wie Myra durch die große Saaltür verschwindet.

Kendra wendet sich mir zu. Ihre Miene wird ernster, und sie atmet tief durch. »Ash, können wir mal in Ruhe reden?«

Ein leichtes Unbehagen breitet sich in mir aus. Was ist los? Sie weiß doch, dass sie mit allem zu mir kommen kann.

»Klar, natürlich.«

Sie nimmt meine Hand und zieht mich in Nolans Arbeitszimmer. Nachdem sie die Tür geschlossen hat, schaut sie mich direkt an.

»Machen wir uns nichts vor, Ashton McCoy«, beginnt sie ohne Umschweife. »Du wirst mir immer fremder und das, obwohl du mein bester Freund bist.«

Sie macht eine kurze Pause, ihre Finger fahren an der Holzkante des Schreibtisches entlang. Dann fährt sie fort: »Zuerst hast du dich von mir getrennt, was ich akzeptiert habe. Wirklich. Aber dann durfte ich dich nicht mehr besuchen und ich dachte, wenn ich nur lange genug warte, würdest du von selbst auf mich zukommen und mit mir reden.«

Mir fehlen die Worte. Ich weiß nicht, was ich sagen soll.

»Ich sehe, wie du dich über die Jahre verändert hast, aber ich sehe auch, dass du in den letzten Wochen trotz allem glücklicher wirkst. Und darüber freue ich mich sehr.«

Wie kann sie das alles wissen? Habe ich so viel von mir preisgegeben, ohne es zu merken?

»Wenn du mir nicht sagen möchtest, was los ist, dann okay, aber bitte sei ehrlich ... bist du in Jaden verliebt?«

Ihre Frage trifft mich wie ein Schlag und die Welt steht für einen Moment still. Ich schlucke schwer.

Kendras Augen durchbohren mich, und ich weiß, dass ich jetzt nicht lügen kann, nicht vor ihr. Aber was ist die Wahrheit? Bin ich in Jaden verliebt?

»Ich weiß es nicht«, gebe ich leise zu, meine Stimme kaum mehr als ein Hauch. Es ist die Wahrheit, ich weiß es wirklich nicht.

Kendra nickt langsam, ein trauriges Lächeln umspielt ihre Lippen. Ihre Hand findet meine und sie drückt sie kurz. »Egal, was passiert, ich bin für dich da. Das solltest du wissen.«

Kapitel 13
Jaden

*W*iderwillig lässt sich Löckchen auf den Stuhl in meinem Zimmer nieder, während ich ihm die Brille abnehme.

»Vertrau mir, das wird großartig aussehen«, versichere ich ihm.

Der süßliche Duft vom Haargel mischt sich mit der leicht holzigen Note seines Parfums, das er heute wohl zum ersten Mal in seinem Leben aufgetragen hat. Mit ein paar geschickten Handgriffen bändige ich seine wilde Lockenpracht. Auch wenn ich das Zeug nie benutze, weiß ich doch damit umzugehen.

Heute habe ich mich selbst auch mal richtig herausgeputzt. Meine sonst strubbeligen Haare sind nach hinten gekämmt und mit etwas Gel fixiert. Ein hellblaues Hemd, kombiniert mit einer dunkelblauen Weste, die dem Ganzen eine elegante Note verleiht, runden das Bild ab. Bisher gab es nie einen Anlass, sich so in Schale zu werfen, und wenn, wäre es mir auch egal gewesen. Aber Kendra meinte, diese Party sei wirklich wichtig, und irgendwie hatte ich Bock auf das ganze Schickimicki.

Nun gut, vielleicht war es auch Löckchen, der meinte, es wäre doch witzig, herausgeputzt auf der Feier zu erscheinen, wo eh jeder denkt, ich würde sie ruinieren. Allen voran meine Mutter. Doch diesen Gefallen will ich ihr dieses Mal nicht tun.

»Und, wie sehe ich aus?«, fragt Löckchen und dreht den Kopf zur Seite.

Das warme Licht der kleinen Schreibtischlampe, wirft einen sanften, goldenen Schimmer auf ihn. Es bricht sich in den einzelnen Strähnen seines Haares und verleiht ihnen eine kupferne Wärme.

»Besser, als du denkst«, sage ich, während ich noch die letzte Locke zurechtrücke.

Schritte auf dem Flur lassen mich innehalten, mein Blick gleitet zur Tür. Das rhythmische Trappeln ist eindeutig – kleine, leichte Füße. Im nächsten Moment wird die Tür schwungvoll geöffnet und Myra betritt mein Zimmer. Die Kleine wird das mit dem Anklopfen wohl nie lernen.

»Oh, krass«, sagt sie und starrt mich an, als hätte sie ein Gespenst gesehen. Das ist mal eine ungewöhnliche Begrüßung.

»Ich nehme das mal als Kompliment und nicht, weil du schockiert bist, dass ich heute anders aussehe«, sage ich und zwinkere ihr zu.

»Du siehst toll aus. Ehrlich. Wie ein Prinz!«

»Na, wenn das die offizielle Myra-Bestätigung ist, habe ich wohl etwas richtig gemacht.«

Ich beuge mich wieder über Löckchens Haar, prüfe die letzten Details und tue mein Bestes, um ein Lächeln zu unterdrücken. Es ist selten genug, dass jemand meine Bemühungen in Sachen Mode anerkennt, selbst wenn es von Ashs neunjähriger Schwester kommt.

»Kannst du mich auch so stylen?«, fragt Myra.

»Sicher, tritt ein in Jadens magischen Schönheitssalon. Der nächste Termin ist gerade frei geworden«, sage ich theatralisch und deute auf den Stuhl, auf dem eben noch Löckchen saß. »Setz dich, junge Dame.«

Löckchen betrachtet sich derweil genauer im Spiegel. Zupft an seinem Hemd und richtet seinen Kragen. Das dunkle Rot steht ihm echt gut, es hebt die Wärme seines Teints hervor. »Gar nicht schlecht, aber ich sehe nichts mehr.«

»Hast du die Kontaktlinsen dabei?«

»Ja, aber ...«

»Mach sie rein, vertrau mir.« Wieso hört der Kerl nicht einfach auf mich?

Ich widme mich Myra und beginne ihr langes blondes Haar zu kämmen. Es ist so weich. Ob Ash auch so weiches Haar hat?

»Jaden?«

»Hm?«

Nur in kurz eben. Kurzes, weiches Haar.

»Willst du heute Abend meine Begleitung für die Party sein?«

»Ich ... ähm ...« Ihre Frage trifft mich unvorbereitet.

Löckchen kichert. »Ich gehe ins Bad, die Kontaktlinsen reinmachen und dann direkt zur Feier.« Das schelmische Zwinkern, das er mir im Vorbeigehen zuwirft, lässt keinen Zweifel daran, dass er mich mit dieser Situation noch tagelang aufziehen wird, weil sie für ihn einfach unwiderstehlich niedlich war. Und er hat recht, es ist süß.

Bevor ich Myra antworten kann, redet sie drauflos, ohne auch nur Luft zu holen. »Außer du hast schon jemanden, dann geht das nicht und ...«

»Nein«, unterbreche ich sie sanft, »ich habe niemanden. Ich würde sehr gerne mit dir zur Party gehen, Myra.«

»Wirklich? Das ist toll!«, ruft sie und hüpft ein wenig auf ihrem Stuhl auf und ab. Eine unbändige Energie scheint von ihr auszugehen, als könnte sie keinen Moment länger stillsitzen. Selbst die kleinsten Bewegungen – das Zittern ihrer Finger oder das Wippen ihrer Füße – verraten, wie aufgeregt sie ist. Ihr Ausdruck ist so voller Freude, dass es unmöglich ist, sich ihrem Enthusiasmus zu entziehen.

»Wirklich«, bestätige ich. »Eine kleine Prinzessin wie du ist die ideale Begleitung für den Abend. Allerdings muss ich Prinz Ash noch um Erlaubnis fragen.« Ich streiche ihr noch einmal über das lange glatte Haar. Wir müssen rein gar nichts an ihr ändern.

»Quatsch, der hat nichts dagegen. Hab ihn schon gefragt.« Myra rutscht vom Stuhl und dreht sich einmal um sich selbst, ihr Kleid schwingt um die Beine.

Sprachlos stehe ich da. Hat sie wirklich schon mit Ash darüber gesprochen? Was hat er gesagt? Ob er auch mit jemandem zur Party geht? Vielleicht mit Kendra? Die beiden scheinen sich in letzter Zeit immer besser zu verstehen. Allein bei dem Gedanken daran, ist da wieder dieses Stechen in meiner Brust.

»Danke, Jaden! Das wird die beste Silvesterparty überhaupt!« Myra greift nach meiner Hand und zieht mich, mit einer Kraft, die man ihr kaum zutrauen würde, aus dem Zimmer.

Als ich die Türen zu dem Festsaal öffne, werden wir sofort von einer Welle aus Musik und Gelächter empfangen. Myra sieht zu mir hoch, ihre Augen funkeln. Ich lächle zurück und drücke ihre Hand.

»Bereit?«, frage ich und sie nickt energisch. Sie hakt sich bei mir ein, dann treten wir ein.

Nolan hat keine Mühen gescheut, um die Räumlichkeiten in ein glamouröses Ballsaalambiente zu verwandeln. Der sonst so schlichte Raum strahlt nun in elegantem Glanz. Von der Decke hängen funkelnde Lichter, zwischen denen glitzernder Tüll wie ein zarter Schleier schwebt und die Umgebung in einen goldenen Glanz hüllt. Überall sind weiße Rosen an den Wänden, die dezent nach Vanille duften und das Bild von Luxus perfekt abrunden. Auf der linken Seite ist ein großes Buffet mit allerlei Köstlichkeiten gedeckt, wie Kaviar-Canapés, Champagner-Risotto und Crème Brûlée mit Goldstaub.

Menschen in vornehmen Outfits schlendern herum, plaudern und lachen, während Jazz-Musik die Luft erfüllt. Es ist beeindruckend, aber gleichzeitig so ... unecht. Wie passe ich hier rein?

»Jaden, das da ist mein Papa.« Myra streckt ihr Händchen nach vorne und ich schaue in die Richtung.

Mr. McCoy steht bei einer Gruppe von Gästen und unterhält sich angeregt. Er ist ein großer, charismatischer Mann mit einem markanten, freundlichen Lächeln. Als er uns sieht, hält er kurz inne, lächelt breiter und hebt die Hand zum Gruß. Mit entschlossenen Schritten durchquert er den Raum und kommt direkt auf uns zu.

Instinktiv richte ich mich auf und lächle. Schließlich möchte ich, dass alles perfekt ist. Es ist das erste Mal, dass ich Ashs und Myras Vater treffe.

»Hallo, du musst Jaden sein, richtig?«, sagt Mr. McCoy, als er uns erreicht. Seine Stimme ist warm und einladend.

»Ja, das bin ich. Es ist mir eine Freude, Sie kennenzulernen, Mr. McCoy«, erwidere ich in einem höflichen Ton und reiche ihm die Hand. Ja, ich kann mich sehr gewählt ausdrücken, wenn ich will. Und gerade möchte ich einen guten Eindruck hinterlassen.

Mr. McCoy lächelt breit. »Bitte, nenn mich Richard.«

»Natürlich, Richard.«

Während Myra sich von dem Tisch mit dem Schokobrunnen magisch angezogen fühlt, bleibe ich bei Richard. Ash redet nie über seine Eltern, außer, dass sie viel beschäftigt sind, und ich bin neugierig, mehr über sie zu erfahren.

Richard erzählt von seinen Geschäftsreisen, die ihn an die unterschiedlichsten Städte der Welt führen. Geschichten von Besprechungen in hochmodernen Wolkenkratzern, von exotischen Abendessen in fernen Ländern und von den Herausforderungen, immer auf Achse zu sein. Sein freundliches Wesen macht es leicht, sich in seiner Gegenwart wohlzufühlen.

»Das klingt echt faszinierend, Richard.«

Bilder von aufregenden Orten entstehen in meinen Gedanken, die fast zu gut sind, um wahr zu sein. Doch je länger er redet, desto mehr merke ich, wie etwas an mir nagt. Ash hatte einmal erwähnt, dass sein Dad kaum zu Hause sei. Und die glänzenden Abenteuer, die Richard beschreibt, bekommen für mich einen bitteren Beigeschmack.

Richard hebt sein Glas an und nimmt einen kleinen Schluck. »Du interessierst dich für Kunst, nicht wahr?«, wechselt er plötzlich das Thema. »Nolan hat es mir erzählt.«, fügt er hinzu, als müsse er es erklären.

»Das stimmt«, antworte ich und fühle mich geschmeichelt. »Ich habe vor, auf ein Kunstcollege zu gehen.«

Richard faltet die Hände hinter dem Rücken und neigt den Kopf ein wenig zur Seite »Das ist eine ehrenwerte Bestrebung. Kunst bereichert unser Leben auf so vielfältige Weise. Hast du ein spezielles College im Auge?«

»Ja, habe ich. Das Bayshore College of Art and Design.«

Das Bayshore College of Art and Design ist eine der besten Kunsthochschulen im Land und Bayshore City ist gute zwei Stunden Autofahrt von hier entfernt. Weit weg von Dedville. Meine Chancen, dort angenommen zu werden, stehen, dank der Empfehlungsschreiben meiner Lehrer an der alten Schule, ziemlich gut.

Wie aus dem Nichts steht Ash neben uns. Sein Blick fällt auf mich, und für einen Moment verharrt er und mustert mich, die Hände locker in den Taschen seiner perfekt sitzenden Anzughose. Liegt es daran, dass ich heute anders aussehe? Gefalle ich ihm?

Es ist schwer, selbst nicht zu starren. Ash sieht wie immer umwerfend aus. Er trägt ein schlichtes, aber schickes Hemd, dessen Ärmel er hochgekrempelt hat.

»Hi, Jaden«, sagt er schließlich.

Ich lächle professionell und strecke meine Hand aus. »Hallo Ash, schön dich zu sehen.«

Ash blinzelt ein paar Mal und nimmt zögernd meine Hand.

»Wusstest du, dass Jaden auf das Bayshore College of Art and Design gehen möchte?«, fragt Richard und greift das Gespräch wieder auf.

In Ashs Augen flackert etwas und wenn ich es nicht besser wüsste, hätte ich gesagt, er sieht traurig aus.

»Nein«, sagt Ash und wendet seinen Blick ab.

Was dachte er? Dass ich hier in dieser kleinen Stadt versauere? Nach dem Abschluss bin ich weg, so viel steht fest. Raus aus Dedville und vor allem weg von meiner Mutter.

Apropos, genau diese kommt gerade auf uns zu und meine Laune sinkt schlagartig auf einen Tiefpunkt.

»Jaden, ich hoffe, du benimmst dich.« Ihre hohe Stimme erweckt Aufsehen bei den umstehenden Gästen. Es ist nicht das erste Mal, dass meine Mutter so in der Öffentlichkeit auf mich reagiert, doch es ist immer wieder beschämend.

»Hallo Mutter, es freut mich auch, dich zu sehen«, entgegne ich trocken.

Kurz entgleisen ihr die Gesichtszüge. Hatte sie erwartet, dass ich vor all den Leuten eine Szene mache? Dass ich ihr die perfekte Gelegenheit biete, sich von den reichen Schnöseln das Mitleid zu sichern, weil sie es doch so schwer hat mit einem Sohn wie mir? Diesen Gefallen werde ich ihr nicht tun. Nicht heute.

»Molly, du hast wirklich einen wundervollen Jungen. Wir hatten gerade ein sehr anregendes Gespräch über seine Zukunft im Bereich der bildenden Künste«, erklärt Richard.

Meine Mutter ist sichtlich überrascht von seiner Intervention und zögert kurz.

»Nun, das ... das ist gut zu hören ... denke ich«, stammelt sie.

Ein Gefühl der Genugtuung steigt in mir auf. Sie so aus der Fassung gebracht zu sehen, ist beinahe befriedigend.

Trotz der merkwürdigen Stimmung führt Richard das Gespräch, mit einer bedachten Art, die mich fasziniert, fort. Er erinnert mich an Nolan, der die gleiche Ruhe und Gelassenheit ausstrahlt, selbst in den unangenehmsten Situationen.

Kendra erreicht unsere kleine Gruppe. Sie legt ihre Hand auf Ashs Schulter. »Komm, wir gehen hoch in mein Zimmer. Die anderen warten schon.« Ihre Stimme übertönt knapp die laute Musik, die durch Nolans Haus hallt.

Ash nickt und wendet sich dann zu mir. Kendra folgt seinem Blick und sieht mich fragend an. »Jaden, kommst du auch? Es wird sicher lustig.«

Ich zögere. Das letzte Mal, als wir in einer ähnlichen Situation waren, ging es nicht gut aus. Die Erinnerungen an das Twister-Spiel und die Spannungen, die unangenehmen Momente mit Sofie lassen mich innerlich zurückschrecken. »Ich weiß nicht ...«

Kendra tritt einen Schritt näher und senkt ihre Stimme zu einem Flüstern. »Keine Sorge, diesmal kein Twister und kein Flaschendrehen. Sofie hat sich eingekriegt. Sie hat versprochen, sich zu benehmen.«

Ich betrachte Kendras Gesicht und lasse mir die Alternative durch den Kopf gehen. Eine Möglichkeit wäre, hierzubleiben, unter den wachsamen Augen meiner Mutter, die bereits eine Szene gemacht hat und sicherlich nicht zögern würde, es wieder zu tun. Die Aussicht, den Rest des Abends unter ihrem kritischen Blick zu verbringen, ist alles andere als verlockend.

»Okay, ich komme mit«, sage ich schließlich und nicke.

Kendra grinst breit. »Super! Es wird ganz entspannt, versprochen.« Sie dreht sich um und signalisiert uns, ihr zu folgen.

Das Zimmer ist gemütlich beleuchtet, und leise Musik erfüllt den Raum. Löckchen und Sofie sind bereits da und sitzen mit einer geöffneten Flasche auf Kendras Bett. Sofie reicht mir ein Glas, in dem eine klare Flüssigkeit schimmert.

»Was ist das?«, frage ich, während ich das Glas in der Hand halte und auf den geheimnisvollen Inhalt blicke.

»Haselnussschnaps«, erklärt Löckchen. »Der ist richtig gut, probier mal!«

Ich zögere, während Kendra bereits an ihrem Glas nippt. Was Nolan wohl dazu sagen würde? Aber da es meine Schwester scheinbar nicht interessiert - warum sollte ich mir dann Gedanken machen?

Bis jetzt habe ich Alkohol immer gemieden. Ich hielt Wasser bisher für die bessere Alternative, um den Kopf klar zu halten. Mit einem leicht skeptischen Blick mustere ich das Glas in meiner Hand.

»Du bist ja fast wie Ash, der trinkt auch immer nur Wasser.« Sofie lacht leise und wedelt mit der Flasche. »Ich hab's von der Party mitgehen lassen.«

Löckchen nickt mir zu. »Komm schon, Jaden, nur ein Glas. Es ist Silvester!«

Ein Teil von mir ist neugierig, wie es wohl schmeckt und ob es wirklich so berauschend ist, wie einige in der Schule erzählen, wenn man betrunken ist. Vielleicht ist es nicht so schlimm, nur einmal zu kosten, jeder macht das.

»Jaden, du musst das nicht tun, wenn du nicht willst«, mischt sich Ash plötzlich ein.

Was soll das denn jetzt? Vielleicht will ich mal etwas Neues ausprobieren, ohne dass mir jemand reinredet?

Aus Trotz - mehr um Ash zu zeigen, dass er mir nichts zu sagen hat, als aus eigenem Willen - hebe ich das Glas und trinke.

Der Schnaps brennt auf dem Weg nach unten, eine warme, stechende Empfindung, die mich kurz erschaudern lässt.

»Da siehst du«, sage ich mit einem leichten Husten und stelle das Glas zurück auf den Tisch. »Ich kann machen, was ich will.«

Sofie klopft mir auf die Schulter. »Du bist so cool, Jaden.«

Ash sieht mich an, seine Miene ist unergründlich. Ich kann nicht sagen, was er denkt. Aber es war ja nur ein Schnaps. Heute ist immerhin Silvester.

Wir setzen uns in einen Kreis auf dem Boden von Kendras Zimmer. Die Deckenbeleuchtung ist gedimmt, und farbige Lichter von draußen werfen ein flackerndes Muster auf die Wände. In unserer Mitte liegt ein Kartenspiel.

»Also, Jaden, du bist dran. Saug sie an deinen Mund und gib die Karte weiter«, erklärt mir Kendra das Spiel.

»Lass sie bloß nicht fallen«, warne ich Löckchen, der links von mir sitzt. Ich erinnere mich noch zu gut an die letzte Party, als eine heruntergefallene Karte dazu führte, dass Kendra und Ash sich küssten. Allein der Gedanke daran lässt etwas in meinem Magen zusammenziehen.

»Keine Sorge, Mann«, antwortet Löckchen mit einem schiefen Grinsen. »Ich hab keinen Bock, dich zu knutschen.«

Ich nehme die Karte vorsichtig an meine Lippen und sauge sie fest, dann drehe ich mich zu Löckchen. Unsere Blicke treffen sich, und ich kämpfe damit, nicht zu lachen. Freddy nimmt die andere Seite mit seinen Lippen auf, und ich lasse los. Ich kann gar nicht sagen, wie erleichtert ich bin, dass die Karte nicht heruntergefallen ist.

Wir spielen ein paar Runden, und das Zimmer füllt sich mit Gelächter. Gejubelt wird, wenn jemand die Karte erfolgreich weitergegeben hat oder die Aktion mit einem schnellen Schmatzer auf den Lippen endet. Nach zwanzig Minuten klingelt der Timer und das Spiel ist vorbei.

»Was sollen wir jetzt machen?«, fragt meine Schwester, während sie sich eine Haarsträhne aus dem Gesicht streicht.

»Wie wär's mit Musik und etwas Tanzen?«, schlägt Sofie vor, die mir gegenübersitzt. »Und vielleicht *Sieben Minuten im Himmel*?« Ihre Augen funkeln verschmitzt, und Freddy jubelt bei dem Vorschlag.

»Klingt nach einem Plan«, sage ich, weil ich das Gefühl habe, auch etwas sagen zu müssen. Aber die Wahrheit ist, ich habe keine Ahnung, was das für ein Spiel ist.

»Irgendwelche Musikwünsche?«, fragt Löckchen und tippt auf seinem Handy.

»Etwas, wozu wir tanzen können«, ruft Kendra.

Kaum fünf Sekunden später dröhnt ein lebhafter Beat aus den Lautsprechern. Der Bass vibriert unter meinen Füßen, und die Melodie breitet sich aus, als wolle sie die ganze Welt einnehmen.

Kendra und Sofie kichern, werfen sich verschwörerische Blicke zu, bevor sie sich zum Schrank begeben und darin verschwinden. Sie schließen die Tür hinter sich, und ich runzle die Stirn. Was genau ist der Reiz an diesem Spiel ›Sieben Minuten im Himmel‹, und warum spielt es sich in einem Schrank ab? Diese Frage bleibt unbeantwortet, doch ich werde es wohl bald herausfinden.

Ich wende mich ab und lasse mich von der Musik mitreißen, meine Füße bewegen sich fast von selbst.

Freddy grinst und wiegt sich neben mir im Takt. Seine Bewegungen sind eine Mischung aus Enthusiasmus und Ungeschicklichkeit. Es dauert nicht lange, bis wir beide in schallendes Gelächter ausbrechen, völlig losgelöst von der Umgebung, während wir uns über unsere eigenen albernen Tanzbewegungen amüsieren.

»Wer hätte gedacht, dass Silvester so abgehen würde?«, ruft Löckchen über die Musik hinweg.

Ich nicke. Es ist schön, einfach mal den Moment zu genießen, ohne von Gedanken erdrückt zu werden.

Löckchen tänzelt zum Tisch, schnappt sich ein weiteres Glas Schnaps und reicht es mir. »Auf eine gute Nacht«, sagt er und hebt sein eigenes Glas.

»Auf eine gute Nacht«, wiederhole ich und stoße mit ihm an. Der Alkohol brennt in meiner Kehle und ist schon längst nicht mehr so unangenehm wie beim ersten Mal. Stattdessen breitet sich ein warmes, angenehmes Gefühl in mir aus, dass die Sorgen der letzten Wochen in den Hintergrund drängt.

Die Musik wechselt zu einem neuen Lied und die Energie in mir steigt weiter an.

Währenddessen sitzt Ash still auf Kendras Bett und starrt zu Boden. Vorhin war er noch so präsent, hat sich eingemischt, und jetzt scheint es ihm egal zu sein, dass ich trinke. Ich verstehe ihn nicht, was ist passiert?

Die Minuten verstreichen, und schließlich öffnet sich die Tür des Schrankes. Kendra und Sofie treten heraus, ihre Gesichter sind gerötet, und es ist klar, das, was auch immer dort drinnen passiert ist, sie gut unterhalten hat.

»Wer ist als Nächstes dran?«, fragt Kendra.

»Ich«, rufe ich, ohne zu zögern und schlüpfe in den Schrank.

Kapitel 14

Ashton

Stehe ich auf Jaden? Ich kann nicht leugnen, dass mir dieser Kerl ständig im Kopf herumschwirrt. Ob ich will oder nicht, er ist da und er hat etwas an sich, das mich fasziniert.

»Ash, komm schon«, holt mich Kendra aus meinen Gedanken. Die laute Musik dringt zu mir durch und ich realisiere, dass mich die anderen anstarren.

»Du bist dran«, sagt meine beste Freundin mit einem zucker-süßen Unterton.

Sofie dagegen macht ein enttäuschtes Gesicht und mault etwas vor sich hin. »Ich wollte mit Jaden in den Schrank.«

Kendra wirft ihr einen strengen Blick zu. »Erinnerst du dich, was letztes Mal passiert ist, Sofie? Außerdem waren wir doch gerade im Schrank. Ash geht.«

Ich bin mir nicht sicher, ob Sofie verstanden hat, dass Jaden auf Männer und nicht auf Frauen steht, aber seine Aussage war deutlich. Keine Frauen.

Was für einen Typ Mann er wohl mag? Braunhaarig und Locken? Oder doch eher kurz und ... blond?

»Komm schon, Tiger, schnapp ihn dir«, sagt Kendra so leise, dass nur ich es hören kann. Sie schiebt mich zu dem Schrank, in dem Jaden bereits verschwunden ist. Vielleicht ist das meine ein-zige Chance herauszufinden, was ich für ihn empfinde.

Ich husche in den Schrank und schließe die Tür von innen.

Weiß Jaden, worauf er sich hier eingelassen hat? Okay, wir müssen uns ja nicht näherkommen. Nicht küssen. Wir könnten reden, oder so. Aber vielleicht hat Kendra auch recht und ich sollte es einfach tun. Was ist schon dabei? So geht immerhin das Spiel.

»Und jetzt?«, fragt die Stimme aus der Dunkelheit.

Es ist nicht viel Platz hier drin und doch weiß ich nicht, wie weit er von mir entfernt steht. Mein Herz rast, hoffentlich merkt Jaden nichts davon.

»Ähm, jetzt … warten wir … oder wir … egal«, stammele ich, und merke selbst, wie idiotisch ich klinge. Was für eine blöde Idee.

Ich lehne mich an die Rückwand des Schranks. Bilder von Jaden, wie seine Lippen meinen näherkommen, blitzen in meinem Kopf auf. Mist, ich muss an was anderes denken.

»Wo liegt denn der Sinn bei diesem Spiel?« Jaden stöhnt genervt und etwas poltert direkt neben mir. »Sie hätte hier drin wenigstens aufräumen können«, motzt er und es rumpelt erneut. »Boar, ich hoffe, das ist nicht ihre Unterwäsche, die gerade auf mir gelandet ist. Ekelhaft.«

Jaden ist plötzlich so nah, dass seine Nähe mir einen Schauer über den Rücken jagt. Ich sehe ihn nicht, doch seine Präsenz ist greifbar. Mein laut pochendes Herz ignorierend, nehme ich meinen ganzen Mut zusammen. Wenn nicht jetzt, wann dann.

»Eigentlich besteht der Sinn darin, dass die zwei Personen, die im Schrank sind, sich küssen.«

Stille.

Dann ein leises Lachen.

»Sich küssen«, wiederholt er meine letzten Worte.

»Wir können aber auch einfach nur reden.«

»Mr. Perfekt ist sich wohl zu fein dazu, mich zu küssen, oder was?« Der Spott in seiner Stimme ist nicht zu überhören.

Mr. Perfekt? Er denkt, ich wäre perfekt? Der Wunsch, ihm das Gegenteil zu beweisen, wird immer größer, aber vielleicht ist es auch der Drang, ihm nahe zu sein.

Kurzerhand greife ich nach vorne, ertaste den Stoff seines Hemdes, und halte ihn am Arm. Mit einem Ruck ziehe ich ihn zu mir, sein Körper prallt sanft gegen meinen. Seine Haare kitzeln meine Wangen und sein Atem streift meinen Mund. Jadens Nähe ist intensiv, beinahe unheimlich, aber auf eine Weise, die mir gefällt, die mich elektrisiert.

Bevor ich es mir anders überlegen kann, überwinde ich die letzten Millimeter und lege meine Lippen auf seine. Ich halte die Luft an. Keine Ahnung, was ich erwartet habe, wie Jaden reagieren würde, aber es passiert ... nichts. Kein Zurückstoßen, kein Zuschlagen, kein Zurückziehen. Das ist gut, oder? Aber was soll ich jetzt tun?

Plötzlich legt sich Jadens Hand in meinen Nacken. Dann küsst er mich, fordernd und gleichzeitig sanft.

Ein Kribbeln durchfährt mich und mein ganzer Körper steht schlagartig in Flammen.

Jadens Zunge schiebt sich in meinen Mund, und in diesem Moment verschwinden all meine Unsicherheiten. Alles um mich herum verblasst und es gibt nur ihn, nur diesen Kuss, nur diesen Augenblick, der sich sowohl neu als auch vertraut anfühlt. Er schmeckt süßlich, mit einer nussigen Note, die meinen Kopf leicht benebelt. Wie kann etwas so Einfaches, so Perfektes einen Menschen so tief berühren?

Meine Hände fahren durch Jadens Haare, legen sich an seinen Hinterkopf und ziehen ihn näher. Ich will mehr. Viel mehr. Mein Körper sehnt sich nach mehr, bestärkt durch die wachsende Erregung in meiner Hose. Ich will mehr von dieser süßen Bestätigung, dass das, was hier passiert, so richtig ist.

»Was macht ihr denn da drinnen? Eure Zeit ist längst um.« Sofie reißt die Tür auf und Jaden springt im gleichen Moment zurück, als wäre er von einer Schlange gebissen worden.

»Verdammte Scheiße«, flucht er und stürmt fluchtartig aus dem Schrank.

»Was ist passiert?«, fragt Sofie.

Bevor ich antworten kann, tritt Kendra ein, schließt die Tür hinter sich und schaltet das Schranklicht ein. Ob ich Jaden hätte erzählen sollen, dass der Schrank Licht hat?

»Habt ihr euch gestritten?«, fragt sie.

Ich schüttele den Kopf, noch immer damit beschäftigt, meine Gedanken zu ordnen.

»Nein, wir haben uns nicht gestritten.« Die Worte kommen zögerlich. Meine Wangen glühen von dem Kuss, der wie ein Feuer in mir lodert und alle anderen Gedanken verdrängt.

»Aber, wieso rennt Jaden dann wie ein Irrer raus und du steckst noch hier drinnen?«

Ich schaue an mir herunter. Die Beule in meiner Hose ist deutlich zu sehen. So kann ich schlecht nach draußen zu den anderen.

»Oh, mein Gott«, sagt Kendra heiser. »Ihr habt es hoffentlich nicht in meinem Schrank getrieben.«

»Was? Nein!« Ich boxe sie spielerisch gegen die Schulter. »Wir haben uns nur ... geküsst.« Die Worte fühlen sich seltsam an, und doch irgendwie befreiend mit jemanden darüber sprechen zu können.

»Und?«

»Was und?«

»Wie war es? Bist du in ihn verliebt?«

»Weiß nicht. Vielleicht?« Ich schau wieder an mir runter. Na, wenigstens einer weiß, was er will. »Es fühlte sich richtig an, Kendra, auf eine Art, die ich nicht wirklich erklären kann.«

»Ich wusste es. Ich wusste es seitdem wir zwei ... na ja, du weißt schon.«

Das Unbehagen jener Nacht habe ich immer noch lebhaft in meiner Erinnerung. Ich hatte vor knapp zwei Jahren nicht verstehen können, warum ich nicht in der Lage war, mit ihr zu schlafen. Warum mein Körper sich weigerte, zu funktionieren, obwohl mein Kopf wollte, dass es klappt.

»Es lag an mir«, flüstere ich.

»Nein, Ash. Es war nur nicht das, was du wirklich wolltest. Was dein Herz will.« Kendra drückt meine Hand und ich sehe das Mitgefühl in ihren Augen.

Es ist eine Sache, sich selbst seinen Gefühlen zu stellen, aber eine andere, sie von jemandem bestätigt zu bekommen, dem man nahesteht.

»Danke, Kendra«, sage ich schließlich. »Für deine Geduld und dafür, dass du jetzt hier bei mir bist.«

»Immer, Ash. Freunde, richtig?«, sagt sie und ihr Lächeln wärmt mein Herz.

»Richtig, Freunde.«

»Du hast übrigens noch 30 Minuten bis Mitternacht, um dich zu beruhigen.«

»Es geht schon wieder. Wir können zu den anderen in den Partyraum und feiern.«

Mein Blick schweift durch die Menge im Saal. Nur noch 15 Minuten bis Mitternacht. Wo ist er?

»Hast du Jaden gesehen?«, frage ich Kendra.

Sie schüttelt den Kopf. »Nein, seit er aus dem Zimmer gerannt ist nicht mehr.«

Ich entschuldige mich bei ihr und mache mich auf die Suche nach ihm. Mein Herz schlägt schneller, als ich durch die vollen

Räume dränge, vorbei an den tanzenden und lachenden Gruppen. Aber von Jaden keine Spur. Der letzte Ort, der mir einfällt, ist der Garten. Ich öffne die Terrassentür und gehe hinaus. Die Luft ist kühl und frisch, eine willkommene Abwechslung zur stickigen Wärme von drinnen.

Der Garten selbst ist nur spärlich beleuchtet, einige Lampions schweben sanft im Wind und werfen schummriges Licht auf die Wege. Und dort, in einer Ecke, sehe ich Jaden. Er sitzt auf einer Bank mit einer Flasche in der Hand. Sein Blick starr auf einen Punkt in der Ferne gerichtet.

»Jaden?«, rufe ich, während ich auf ihn zugehe. Meine Stimme klingt gedämpft gegen das Lachen und die Musik hinter mir.

Er schaut auf, und im schwachen Licht sehe ich, dass seine Augen glasig sind. Ist er betrunken?

»Asche«, murmelt er. Seine Stimme ist schwer und undeutlich, was meinen Verdacht bestätigt.

»Warum tust du das? Warum betrinkst du dich?«, frage ich und etwas in meinem Magen zieht sich zusammen. Ich unterdrücke es.

Jaden zuckt mit den Schultern, ein trauriges Lächeln umspielt seine Lippen.

Ich setze mich zu ihm auf die Bank und nehme ihm den Alkohol aus der Hand. Er lässt es zu, ohne zu protestieren, nicht so wie es meine Mom getan hätte. Ich stelle die Flasche auf den Boden und drehe mich wieder zu ihm. Er sieht mich mit seinen großen, dunklen Augen an.

»Asche? Warum ... warum ist alles so kompliziert?« Seine Worte sind schwer von einer Traurigkeit, die ich nur allzu gut verstehe.

»Ich weiß es nicht«, sage ich und lege einen Arm um seine Schultern.

Jaden nimmt die Einladung an, lehnt sich gegen mich und vergräbt sein Gesicht an meinem Hals.

»Es ist fast Mitternacht. Aber jetzt, in deinem Zustand ... dich jetzt reinzubringen, wäre keine gute Idee«, flüstere ich. Wenn Molly ihn so sehen würde, gäbe das nur einen weiteren Grund für Vorwürfe. Sie würde es nicht verstehen. Ich verstehe es selbst nicht einmal.

»Ich fühle mich nicht so toll«, murmelt Jaden an meinem Ohr.

»Dann bleiben wir einfach hier. Wir können auch draußen das neue Jahr begrüßen.«

Aus dem Haus hallen die Stimmen der Gäste, die die letzten Sekunden des alten Jahres herunterzählen: »Zehn, neun, acht ...«

Jaden rückt noch näher heran. Er zittert, obwohl die Temperatur heute angenehm mild ist. Ich drücke ihn an mich, lege meinen zweiten Arm schützend um seinen Körper.

»Drei, zwei, eins ... Frohes neues Jahr!«, jubeln die Stimmen.

»Frohes neues Jahr, Jaden«, sage ich und küsse ihn sanft auf die Stirn.

Er hebt den Kopf, sieht mich an, und seine Augen leuchten im Schein der bunten Lampions. Er ist wunderschön, ein Anblick, der mir den Atem raubt.

»Asche?«

»Hm?«

»Du hast gelogen, du bist nicht die Asche. Du bist das Feuer.« Jaden macht ein Zisch-Geräusch und stupst mich mit seinem Zeigefinger gegen die Brust, als würde er demonstrieren, wie er sich an mir verbrennt.

Doch plötzlich schlägt seine Stimmung um, die Leichtigkeit in seinen Augen verschwindet, als ob eine dunkle Wolke über ihm aufzieht. »Alles ist durcheinander. Ich ... manchmal denke ich, es wäre einfacher, wenn ich nicht ...« Seine Stimme bricht ab und sein Kopf kippt auf meine Schulter.

Ich fühle die Kälte, die von seinem Körper ausgeht.

»Es wird alles besser werden, Jaden. Nicht heute Nacht, vielleicht auch nicht morgen, aber es wird.« Denn das ist es, an was ich glaube, Tag für Tag. Irgendwann wird es besser werden.

Jaden ungesehen in sein Zimmer zu bekommen ist eine echte Herausforderung. Er schwankt so stark und kichert die ganze Zeit, dass ich Angst habe, gleich von irgendwem entdeckt zu werden.

»Komm schon, Jaden, versuch, ein bisschen leiser zu sein.«

Nur noch fünf Stufen und wir haben es in den ersten Stock geschafft. Von da aus sind es nur noch ein paar Meter bis in Jadens Zimmer.

»Ash, was ist mit Jaden?« Bei Myras Stimme zucke ich zusammen und Jaden rutscht mir fast aus meinem Griff. In letzter Sekunde bekomme ich ihn noch zu fassen, damit er nicht die Treppe hinunter segelt.

»Nichts Maus, geh wieder zu den anderen.«

Doch Myra hört nicht. Sie schlüpft an mir vorbei und betrachtet uns genauer. »Hat Jaden das Gleiche wie Mama?«, fragt sie und legt ihre kleine Stirn in Falten.

»Nein, hat er nicht. Er ist nicht wie sie, okay.«

»Aber ihm geht´s nicht gut.«

Ein wenig verliere ich langsam die Geduld. Es ist schon schwierig genug, den betrunkenen Jaden ins Zimmer zu schaffen, da brauche ich meine kleine neugierige Schwester nicht auch noch.

»Myra, geh zurück! Und kein Wort hiervon, verstanden?«

Sie nickt.

»Ach, und sag Dad, dass ich heute Nacht bei den Bakers bleibe und morgen nach Hause komme.«

»Okay.«

»Und wenn du zuhause bist, gehst du gleich in dein Zimmer, so wie immer. Verstanden, Myra?«

Sie nickt erneut.

Normalerweise muss ich ihr das nicht sagen, aber mir ist wichtig, dass sie sich von Mom fernhält, selbst wenn Dad da ist.

Myra hüpft davon und lässt mich mit Jaden zurück.

Er ist nicht wie sie! Das heute war ein Ausrutscher von ihm. Es war bestimmt nicht gewollt. Ein Knoten bildet sich in meinem Bauch, ich zittere. Bei Mom dachte ich das am Anfang auch lange.

Im ersten Stock angekommen löst sich Jaden aus meinem Griff und lehnt sich an die Wand.

»Ash ... mir ist schlecht«, sagt er und kippt nach vorne. Ich fange ihn auf und er schlingt seine Arme um mich. Wir sollten besser einen Umweg ins Badezimmer einlegen.

Die Tür schnappt hinter uns zu, kaum dass wir eingetreten sind. Jaden wankt, mein Griff um ihn wird fester und dann ist es zu spät.

So ein Mist.

Ich ignoriere, die warme Flüssigkeit, die mir über die Brust läuft, und setzte Jaden vorsichtig vor der Kloschüssel ab. Dieses Mal gerade noch rechtzeitig. Er beugt sich darüber und übergibt sich erneut.

Und ich ... ich stehe da und fühle mich plötzlich hilflos. Ihn dort so zu sehen, auf Knien, seinen Körper gebeugt und zitternd bringt mich fast um. Was soll ich nur machen?

Die Situation ist beängstigend, und der stechende Geruch in der Luft macht es nicht leichter. Meine Beine sacken unter mir zusammen und ich lasse mich neben Jaden nieder. Meine Hand liegt auf seinem Rücken und meine Finger streicheln ihn sanft. Er hängt schlaff über dem Rand der Toilettenschüssel, sein Atmen schwer und unregelmäßig.

»Es ist okay, ich bin hier«, flüstere ich, obwohl mir klar ist, dass meine Worte wenig gegen das Unbehagen ausrichten können, das er fühlen muss.

Als Kind saß ich oft bei meiner Mom, hielt ihre Hand, während sie sich krümmte. Damals wusste ich nicht, was sie hatte. Erst Jahre später verstand ich die harte Wahrheit über ihre Alkoholabhängigkeit. Wie lange trinkt sie schon? Vielleicht acht oder neun Jahre? Ich erinnere mich nicht, wann ich es bemerkte, aber die Frage, ob Myra bereits auf der Welt war oder möglicherweise unter dem Einfluss dieser schädlichen Gewohnheiten stand, quält mich oft.

Jaden ist nicht wie sie.

Es klopft an der Tür und in einem Bruchteil von Sekunden schwirren mir tausend verschiedene Szenarien durch den Kopf. Was wenn es Nolan ist oder noch schlimmer, Jadens Mutter?

»Ash? Alles okay da drin?« Kendras Stimme klingt besorgt.

»Äh ... nicht wirklich ...«

Sie tritt, ohne zu zögern, ins Badezimmer, rümpft die Nase und schaut erst zu Jaden und dann zu mir.

»Ich frage besser nicht, wie das passiert ist.«

»Na ja.« Schulterzuckend schaue ich sie an. Ich weiß doch selbst nicht, wie es so weit kommen konnte.

»Ash, ausziehen«, sagt sie bestimmt. »Ihr könnt nicht in diesen Klamotten bleiben«, erklärt sie, als ich nicht sofort reagiere.

Hemd und Hose landen in der Ecke. Kendra reicht mir einen Waschlappen und ich säubere mich.

Jaden, der immer noch leise stöhnt, lässt sich widerstrebend helfen. Er ist schwach und wackelig, aber es gelingt, ihn wieder in eine aufrechte Position zu bringen. Mit Kendras Hilfe steigt er aus seinen verschmutzten Kleidern, bis er nur noch, wie ich, in Boxershorts dasteht.

Mein Blick verfolgt Kendras Bewegungen, wie sie den Lappen unters Wasser hält und dann in Kreisen über Jadens Brust fährt. Gänsehaut breitet sich auf seiner weißen Haut aus.

»Ash.« Ich zucke innerlich zusammen. »Bring ihn ins Bett. Ich werde hier aufräumen und dann später nach euch sehen.« In ihrem Gesichtsausdruck liegt eine Entschlossenheit, die keinen Widerspruch duldet.

Ich nicke und bin dankbar für ihre tatkräftige Unterstützung, sowie ihre ruhige Art, die Situation zu managen.

»Komm, lass uns ins Bett gehen ... also schlafen ... nebeneinander, nicht ...«

»Hör auf damit, du klingst wie ein Trottel. Hoffentlich kann er sich morgen nicht daran erinnern.« Sie zeigt auf Jaden und sie hat wie immer recht. Der Kerl bringt mich völlig durcheinander.

»Okay, also ab ins Bett«, sage ich leise und packe Jaden unterm Arm.

»Ach, Ash?«, hält mich Kendra zurück.

»Ja?«

»Frohes Neues Jahr.«

Kapitel 15
Jaden

Der Morgen begrüßt mich mit einem gnadenlosen Kater, einem Vorschlaghammer, der unablässig gegen meine Schädeldecke hämmert. Der Geschmack in meinem Mund ist widerlich, pelzig und bitter, als hätte ich die Nacht auf einer alten Socke gekaut. Und der metaphorische LKW, der in der vergangenen Nacht über mich drübergefahren sein muss, hat ganze Arbeit geleistet. Jedes Pochen in meinem Kopf hallt schmerzhaft nach. Verdammt.

Ich drehe mich mühsam zur Seite und stoße plötzlich gegen etwas Warmes, etwas Weiches. Nein, nicht etwas ... Ash! Er liegt oberkörperfrei auf dem Rücken in meinem Bett, die Bettdecke lässig unterhalb seines Bauchs drapiert. Ist er nackt? Panik steigt in mir auf. Hastig schaue ich unter die Decke und bin erleichtert, dass ich zumindest eine Boxershorts anhabe. Oh, mein Gott, wir haben doch nicht ...

Ash rührt sich. Ein paar Mal blinzelt er und schaut mich dann an. »Du bist wach, wie geht es dir?« Seine Stimme klingt rau.

Wie es mir geht? Ich starre ihn an, fassungslos und verwirrt. »Haben wir ...?«

Meine Hand zittert, als ich sie zwischen uns hin und her bewege. Die Worte klingen bescheuert, wirklich, aber ich muss es wissen – hatten wir Sex?

»Was?« Ashs Lachen durchschneidet die stickige Luft des Zimmers. »Nein, du warst viel zu dicht.«

Ein Felsbrocken, der mir die Brust zugeschnürt hat, löst sich und fällt tief in den Abgrund der Erleichterung.

Doch dann wird Ashs Gesichtsausdruck ernst und sein Blick durchdringt mich wie kalter Stahl. »Was sollte der Scheiß überhaupt? Besaufen? Ernsthaft?«

Seine Worte sind wie Nadelstiche, die meinen Puls in die Höhe treiben. Tadelt er mich jetzt? Als ob es nicht schon genug wäre, dass meine Mutter mir ständig mit Vorwürfen zusetzt. Und habe ich Ash etwa um seine Hilfe gebeten? Nein, habe ich nicht!

»Weißt du, wie gefährlich Alkohol ist? Das ist eine Droge! Menschen können davon abhängig werden!«, schreit er mich inzwischen an.

Was soll der Blödsinn? Spielt er sich echt wegen ein paar Schnäpsen auf?

»Wieso verschwindest du nicht einfach und lässt mich mit meinem Scheiß allein?« Mein Ton klingt schärfer, als ich beabsichtigt hatte, aber es reicht! Ich habe genug von Anschuldigungen. Und ich habe genug von dem blöden Gerede. Ich will nur meine Ruhe! Verdammt, mein Kopf!

»Jaden, so war ...«, beginnt Ash, aber ich unterbreche ihn.

»Ich brauche dich nicht, kapiert!« Meine Stimme ist ein scharfes Zischen. »Kannst du nicht einfach verschwinden und nie wiederkommen?«

Ash zieht die Bettdecke zurück und steht auf. Ein Gefühl der Erleichterung macht sich in mir breit, als ich sehe, dass er auch eine Shorts trägt. Doch mein Blick bleibt an seinem Gesicht hängen. Er schaut finster, und sein Kiefer ist so angespannt, dass ich beinahe das Knirschen seiner Zähne hören kann.

Warum ist er so sauer? Er hat mich doch zuerst angemotzt. Woher nimmt er das Recht, sich jetzt als der Verletzte aufzuspielen?

Ohne weiteres geht er zu meinem Schrank, öffnet ihn und nimmt sich eine Jogginghose und ein Shirt heraus.

»Was soll der Scheiß?«

»Hast ja meine Klamotten vollgekotzt.« Mit diesen Worten und meinen Sachen unterm Arm verlässt Ash mein Zimmer, ohne mich noch einmal anzusehen.

Ich lasse mich zurück aufs Bett fallen und seufze laut. Draußen kündigt das Morgenlicht einen neuen Tag an, doch für mich dreht sich alles weiterhin in die falsche Richtung.

»Er ist der Freund deiner Schwester!«, brüllt meine Mutter mit dieser typischen, schrillen Stimme, die mir durch Mark und Bein geht. Sie ist die Letzte, die ich jetzt gebrauchen kann.

Der Typ mit dem Vorschlaghammer in meinem Kopf gönnt mir auch keine Pause. Mir geht es miserabel, wirklich miserabel. Zwei Stunden konnte ich noch schlafen, bevor sie wie ein wildes Tier in mein Zimmer stürmte.

»Stiefschwester, und die beiden sind nicht mehr zusammen«, korrigiere ich sie mühsam. Dieser Schmerz in meinem Kopf.

»Und das gibt dir das Recht ...«

»Es ist doch nichts passiert«, protestiere ich, genervt von ihrer ständigen Überdramatisierung. *Genervt* - das Wort allein reicht nicht aus, um das brodelnde Unbehagen zu beschreiben, das sich in mir breitmacht. Sie soll sich echt nicht so haben.

»Nichts passiert? Wieso tust du das?«, schreit Mutter.

Mein Kopf ist kurz vorm Platzen. Kann sie nicht einfach leise sein und gehen?

»Was ist denn hier los?« Nolan steht plötzlich in der Tür und sieht fragend zwischen Mutter und mir hin und her. »Wo ist das Problem?«

»Meine Mutter ist das Problem«, sage ich durch meine Zähne gepresst. Meine Geduld ist wie ein dünner Faden, der mit jedem Moment ein Stück weiter ausfranst, bis nur noch ein schwaches, kaum sichtbares Geflecht übrigbleibt.

»Du machst das mit Absicht, du willst mich ärgern.« Ihre Augen blitzen vor Zorn. Wieder diese Vorwürfe.

»Nein, Mutter, ich will dich nicht ärgern. Ich bin so. *DAS* bin ich und entweder du nimmst mich so oder du lässt es, aber so wie es aussieht, hast du dich längst entschieden.« Meine Stimme zittert, nicht aus Furcht, sondern aus der rohen Ehrlichkeit meiner Worte.

»Um was geht es denn überhaupt?« Nolan ist sichtlich verwirrt.

»Ist nicht so wichtig, Schatz.« Mutter versucht, das Thema herunterzuspielen, als wäre es eine Lappalie.

»Und ob es wichtig ist! Du willst es nur nicht wahrhaben, weil es dir peinlich ist ...«

»Jaden«, unterbricht sie mich, aber ich lasse mir nicht mehr den Mund verbieten.

»... peinlich, weil dein Sohn schwul ist«, beende ich den Satz.

Meine Mutter bekommt Schnappatmung, ihr Gesicht wechselt von Rot zu Weiß und zurück.

»Ja, Mutter, ich stehe auf Männer, und zwar nur auf Männer! Akzeptiere das endlich!«

»Diesen Unsinn hat dir alles dein Vater beigebracht, ich hätte ihn viel früher rauswerfen sollen!«, schreit sie mir entgegen und ihre Worte lassen mich erstarren. Was hat mein Papa damit zu tun?

»So, jetzt kommen wir alle mal wieder runter«, beschwichtigt Nolan. Nur er schafft es, in so einer Situation komplett gelassen zu bleiben, wie ein Fels in der Brandung bei Sturm. »Molly, geh bitte schonmal ins Wohnzimmer, ich komme gleich nach.«

»Aber Nolan, du glaubst doch nicht ...«

»Molly, geh - bitte.« Nolan schließt die Tür hinter ihr und wendet sich dann mir zu.

»Wenn du mir das ausreden willst, kannst du gleich wieder gehen.« Der Druck in meiner Brust ist unerträglich. Ich brauche niemanden, der mir noch mehr Vorwürfe macht.

»Jaden, ich möchte dir gar nichts ausreden«, sagt Nolan und setzt sich aufs Bett. Sein Blick ist ernst, doch voller Empathie. »Jungs also?«

Ich atme tief durch. »Mit Ash, da lief nichts, wirklich. Er war nur hier, weil ...« Mein Blick ist starr auf den Boden gerichtet, da ich ihm nicht in die Augen sehen kann, die Scham ist zu groß. »Ich hatte etwas getrunken«, gebe ich kleinlaut zu. »Er hat auf mich aufgepasst. Mehr nicht. Ehrlich.« Mir das selbst einzugestehen ist nicht leicht. Ich hatte Ash Unrecht getan, das wird mir gerade so richtig bewusst.

»Ich glaube dir.«

»Mutter glaubt mir nicht.«

»Lass Molly mal meine Sache sein. Ich hatte mich schon gefragt, wo das Problem zwischen euch liegt. Und ich muss ehrlich zugeben, ich bin sehr froh, dass es nur Männer sind.«

»Nur?«

»Damit, dass du Männer magst, komme ich klar, sehr gut sogar. Solange du glücklich damit bist. Womit ich nicht klarkomme, sind Drogen und Alkohol.«

»Ich nehme keine Drogen.«

»Ich weiß.«

»Und der Alkohol ... das war das erste Mal und es tut mir leid.« Die Reue in meiner Stimme ist echt. Was hatte ich mir nur dabei gedacht? Ich wollte vergessen, den Kuss, wollte ihn vergessen, Ash, und für einen Moment hat es sogar funktioniert. »Ash steht ja nicht mal auf Männer, sondern auf Frauen«, sage ich und nehme das eigentliche Thema wieder auf, da ich mich das erste Mal verstanden fühle.

»Ich weiß, und das ist auch der einzige Grund, wieso ich es dulde, dass er hier übernachtet.«

Ash steht nicht auf Männer. Doch die Erinnerung an seine Lippen auf meinen, seine Hände, die meinen Kopf näher ziehen, wie er seinen Körper gegen meinen presst – gierig, voller Leidenschaft – lässt mich zweifeln. Verdammt! Wie konnte das nur passieren? Seine Nähe, der Kuss, er hat mich benebelt, in einen Rausch versetzt, in dem ich keine Kontrolle mehr hatte. Ich wollte ihn, ich wollte ihn so sehr. Wäre Sofie nicht reingekommen, ich weiß nicht, wie weit ich gegangen wäre. Liegt es daran, dass ich schon so lange allein bin?

Riley war der Erste und Einzige, mit dem ich was hatte. Es gab nie einen anderen, und Ash ist bestimmt keine Option. So ein Sunnyboy passt nicht zu mir. Reich und schön. Verwöhnt von Papi und ... liebevoll, sanft. Er war letzte Nacht für mich da. Seine Nähe, sein Duft nach Karamell, seine Wärme in der Kälte, als es mir schlecht ging. Ash war da. Verdammt, ich habe richtigen Mist gebaut.

Ein paar Tage sind vergangen, seit der Silvesternacht, in denen meine Gedanken ständig um das Geschehene kreisten. Und nun stehe ich hier, vor Ashs Tür. Bevor morgen die Schule beginnt, muss ich dringend noch etwas klären.

Ashs Adresse hatte ich von Kendra bekommen, die mir ordentlich die Leviten gelesen hat, als sie erfuhr, was ich zu ihm gesagt hatte. Ich war gemein und es war nicht in Ordnung, Ash solche Dinge an den Kopf zu werfen. Ich sollte dankbar sein, immerhin hatte er mich vor meiner Mutter beschützt.

Die Luft ist kühl und klar. Die Temperaturen bewegen sich knapp über dem Gefrierpunkt. Ein leichter Schleier liegt über dem Boden, als hätte der Winter die Welt mit einem Hauch von Schnee bedeckt, obwohl keiner gefallen ist.

Meine Hand zittert, als ich endlich den Mut finde, zu klingeln und das liegt nicht am Wetter. Zweifel und Fragen plagen mich. Soll ich einfach weglaufen? Noch habe ich die Chance dazu. Meine Finger spielen nervös am Saum meines Pullis. Nein, ich habe Mist gebaut, und es ist an der Zeit, dafür geradezustehen.

Die Haustür öffnet sich plötzlich, und vor mir steht Myra mit großen, leuchtenden Augen. Sie wirft sich mit einem Freudenschrei in meine Arme.

»Jaden!« Ihre Begeisterung ist ansteckend, und für einen Moment vergesse ich meine Nervosität und den eigentlichen Grund, weshalb ich hier bin. »Schau mal, was ich gezeichnet habe!«, plappert sie aufgeregt und versucht, mich ins Haus zu ziehen.

Von drinnen höre ich Ash schimpfen. »Myra, du sollst nicht einfach an die Tür gehen.«

Doch als er im Flur erscheint und mich sieht, wird er still. Er stammelt und seine Augen sind weit aufgerissen.

Tja, Überraschung.

»Jaden, was ... ähm ...«

»Ich muss mit dir reden, Ash.«

»Nicht hier, lass uns zum Fußballplatz gehen.« Ash wirkt nervös, er schaut immer wieder über seine Schulter, als hätte er Angst, dass uns jemand entdeckt.

Myra, die noch an meiner Seite steht, sieht zu Ash hoch. »Darf ich mitkommen?«

Ash schüttelt den Kopf. »Nein, Maus, geh bitte in dein Zimmer und bleib da, okay?« Seine Stimme ist sanft, aber bestimmt.

Myra nickt. Die Enttäuschung ist ihr anzusehen, aber sie gehorcht. Sie winkt mir zum Abschied und verschwindet im Haus.

Ash schnappt sich Jacke und Schlüsselbund, bevor er die Tür hinter uns schließt.

Der Fußballplatz liegt nur einige hundert Meter weiter. Ash bleibt am Spielfeldrand stehen und lässt den Ball, den er im Garten eingesammelt hatte, auf den Rasen rollen.

Bevor mich der Mut verlässt, rede ich drauflos.

»Ash, ich ... ich weiß, dass ich letztes Mal echt Mist gebaut habe.« Mein Herz klopft und es fällt mir schwer, die richtigen Worte zu finden. Ich weiß nicht, ob ich mich jemals bei jemandem entschuldigt habe.

»Schon okay«, sagt er, ohne mich anzusehen.

Ich fasse ihn beim Arm und bekomme so die Aufmerksamkeit von ihm, die ich wollte.

»Nein, es ist nicht okay. Ich war ein Idiot. Ich hätte nicht so viel trinken sollen, und ich hätte dich nicht in diese Situation bringen dürfen. Ich habe Dinge gesagt, die nicht so gemeint waren. Es ... es tut mir leid.«

Mit leicht geöffnetem Mund starrt er mich an und sagt keinen Ton. War das zu viel? Es war die Wahrheit und ich meine jedes Wort, wie ich es sagte.

Noch immer halte ich seinen Arm fest und mustere sein Gesicht. Auf Ashs Lippen liegt ein Lächeln und die Mittagssonne lässt seine blauen Augen strahlen – klar und durchdringend, wie der unberührte Himmel an einem klaren Wintertag. Sie sind voller Geheimnisse, unergründlich und wunderschön.

»Lust auf eine Runde Fußball?«, fragt er.

Ich lasse den Ball von einem Fuß zum anderen springen, bevor ich mit einer flinken Bewegung an Ash vorbeiziehe. Er lacht und folgt mir, aber ich bin schneller. Mit einem präzisen Schuss landet der Ball im Netz.

»Nicht schlecht«, sagt Ash und wischt sich die Hände an der Hose ab, während er mit einem breiten Grinsen auf mich zukommt, als ich gerade den Ball hole.

»Danke«, sage ich und grinse zurück. »Du warst auch gut.«

Ashs Gesichtsausdruck ändert sich schlagartig, dann sprintet er los, direkt auf mich zu. Er schnappt sich den Ball und rennt davon. Verdammt, er hat mich reingelegt.

Ich jage hinter ihm her. So leicht kommt er mir nicht davon. Als ich ihn einhole, greife ich nach dem Stoff seiner Jacke und ziehe daran. »Hab dich!«

»Hey, das ist Foul!«, protestiert Ash lachend.

»Sagt wer? Siehst du hier einen Schiri?«

»Na warte, Pearson, das kriegst du zurück.«

Ash bleibt abrupt stehen und ich pralle gegen seinen Körper. Seine linke Hand drückt mich weg, während seine andere Hand nach dem Ball greift.

»Handspiel!«, rufe ich.

»Sagt wer? Es gibt doch keinen Schiri.« Punkt für Ash.

Wir verflechten uns ineinander und rangeln um den Ball. Mit Fußball hat das längst nichts mehr zu tun.

Ash lacht laut, ein ehrliches, herzhaftes Lachen, das in der Luft widerhallt. Sein Atem geht schnell, genauso wie meiner. Ich drücke meinen Körper gegen seinen, um ihm den Ball zu entreißen. Seine Hände halten ihn fest, aber ich gebe nicht nach. Unsere Gesichter sind nur Zentimeter voneinander entfernt, und ich sehe das Funkeln in seinen Augen.

»Gib auf, Jaden«, keucht Ash und versucht, mich erneut wegzudrücken.

»Nie im Leben!«, antworte ich und nutze den Schwung, um ihn aus dem Gleichgewicht zu bringen. Wir fallen beide zu Boden.

Ash liegt auf mir, seine Hände halten den Ball über meinem Kopf fest. Die Kälte des Bodens dringt durch meine Kleidung, doch die Hitze unseres Ringens hält mich warm.

»Das nennst du also Fair Play?«, frage ich und greife nach dem Ball, um ihn ihm zu entreißen.

»Du hast angefangen!«, antwortet er lachend, seine Augen funkeln vor Freude.

Meine Kräfte verlassen mich langsam, aber ich will nicht aufgeben. Dann eben eine andere Taktik. Meine Hände gleiten an Ashs Seiten entlang. »Na, kitzlig?«

Seine Augen weiten sich, als er den Ball loslässt. Gerade noch rechtzeitig fängt er sich mit seinen Unterarmen ab, rechts und links von meinem Kopf. Sein Gesicht ist so nah an meinem, dass ich den warmen Atem spüren kann, der nach etwas Minzigem riecht. Vielleicht Kaugummi? Oder Zahnpasta?

Meine Brust hebt und senkt sich hektisch und viel zu schnell. Da liegt eine Spannung in der Luft, die sich wie ein unsichtbarer Strom durch meinen Körper zieht, prickelnd und intensiv. Ashs Blick hält meinen gefangen, und für einen kurzen Moment denke ich, dass er mich küssen wird. Ich lecke über meine Lippen und starre auf seinen Mund, der leicht geöffnet ist. Mach! Tu es! Ich würde es zulassen. Er kann mich küssen, er soll mich küssen. Ich will es.

Doch dann rollt sich Ash von mir herunter und die Leere, die er hinterlässt, fühlt sich an wie ein kalter Schauer. Wir liegen keuchend nebeneinander auf dem Rücken.

»Und jetzt? Unentschieden?«, sagt Ash, als hätte er das Knistern zwischen uns nicht gespürt.

»Unentschieden«, stimme ich zu.

Mein Herz rast immer noch, nicht vom Fußball, sondern von ihm. Ash. Von der Nähe, die wir hatten, und der schmerzhaften Distanz, die jetzt zwischen uns liegt. Ich bin ein Narr und komme mir dumm vor. Wie konnte ich auch nur eine Sekunde glauben, dass er mich noch einmal küssen würde?

»Wir müssen unbedingt an unserem Projekt arbeiten, Jaden.«

»Hm.«

Wie dämlich muss ich aussehen, mit dem Wunsch, dass etwas passiert, was offensichtlich nie geschehen wird?

Ich starre in den Himmel. Vorhin schien noch die Sonne, doch jetzt ist sie hinter dichten Wolken verschwunden. Kleine, weiße Flocken segeln herab, landen auf meinem erhitzten Gesicht und schmelzen sofort. Ich wünschte, sie könnten auch die Glut in meiner Brust löschen.

»Hast du am Freitag Zeit?«

Ich blinzle. »Äh, was?«

Ash dreht sich auf die Seite und schaut mich an. »Wo bist du mit deinen Gedanken?«, fragt er mit einem Schmunzeln, das irgendwo zwischen schelmisch und neugierig liegt.

Bei dir. Bei deinem Mund. Bei dem Wunsch, dass du mich küsst. Gott! Wie verzweifelt klingt das eigentlich? Reiß dich zusammen!

»Die Projektarbeit. Wollen wir daran arbeiten?«

»Klar«, sage ich schließlich und lächle.

Endlich Freitag! Die Woche hatte sich gezogen wie Kaugummi. Jeder Tag fühlte sich an, als hätte er doppelt so viele Stunden. Gedanken an heute schlichen sich immer wieder in meinen Kopf, selbst wenn ich es nicht wollte. Es war absurd, mich so auf einen Tag zu freuen, nur weil Ash zu mir kam. Schließlich ist es für die Schule – nichts weiter.

Jetzt sitzt er neben mir, an meinem Schreibtisch, auf dem die Notizen und Skizzen für unser Projekt liegen. Der vertraute Duft seines Duschgels liegt in der Luft, und jedes Mal, wenn er sich vorbeugt, um etwas zu notieren, streift sein Arm meinen. Mein Herz schlägt viel zu schnell.

»Also, wenn wir die Diagramme mit einbauen, könnten wir die Ergebnisse besser visualisieren«, sagt Ash und dreht den Laptop ein Stück zu mir, damit ich besser sehen kann.

»Ja, stimmt. Das sieht klarer aus«, murmele ich und versuche, mich auf den Bildschirm zu konzentrieren. Wovon hatte er gesprochen? Warum Diagramme? Doch mein Kopf ist mehr mit dem Klang seiner Stimme beschäftigt als mit dem, was er sagt.

»Und?«

Und? Hatte er eine Frage gestellt?

Ash lehnt sich zurück und streckt die Arme über den Kopf. Ein leises Seufzen entweicht ihm. »Jaden, du bist schon wieder nicht bei der Sache.«

Verdammt.

»Ich ... ich brauch eine Pause. Möchtest du etwas trinken? Wasser?« Ohne auf seine Antwort zu warten, springe ich auf und sprinte aus dem Zimmer.

Mein Gesicht brennt, und ich bin froh, dass Ash es nicht sehen kann. Ein paar Minuten für mich – das ist genau das, was ich brauche, um wieder klarzukommen.

In der Küche greife ich nach einer Wasserflasche.

Was macht der Kerl nur mit mir? Ashton McCoy ist nur ein Mitschüler und das sollte auch so bleiben. Keine dummen Gefühle. Das bringt nur Ärger.

Ich atme tief durch und zähle innerlich bis drei, bevor ich mich auf den Rückweg mache.

Ash sitzt über den Tisch gebeugt und kritzelt etwas auf seinen Block. Er ist anscheinend wieder in die Projektarbeit vertieft. Glück gehabt. Vielleicht kann ich den Moment abhaken und weitermachen, als wäre nichts passiert.

Ich stelle die Gläser auf den Tisch und schenke ihm Wasser ein.

»Ich habe dich vor ein paar Wochen im Garten mit Freddy kicken sehen.« Seine Worte überraschen mich, und ich hebe den Kopf.

»Hm.« Ich erinnere mich an den Nachmittag, als Löckchen und ich stundenlang gespielt haben, bis Ash auftauchte. Er hatte uns also beobachtet.

»Warum kommst du nicht mal zum Fußballtraining?«, fragt Ash und dreht den Stift in seiner Hand.

»Ich weiß nicht ... ich habe nicht mehr in einem Team gespielt, seit ...« Seit mein Papa weg ist. Er war mein Mentor, meine Stütze. Fußball war immer etwas, was ich nur mit ihm geteilt habe. Und dennoch vermisse ich es, den Ball am Fuß zu führen, diesen Adrenalinstoß, kurz bevor er im Netz landet.

»Du musst dich nicht sofort entscheiden. Komm einfach mal vorbei und schau dir das Training an. Vielleicht gefällt es dir.«

Ich beiße mir auf die Unterlippe.

»Jaden?«

Die Möglichkeit, wieder Teil eines Teams zu sein, reizt mich. Aber die Angst vor den Erinnerungen und der Enttäuschung, am Ende wieder allein zu sein, hält mich zurück.

»Jaden!«

Kapitel 16

Ashton

*J*aden steht neben mir und schenkt Wasser ein, als würde das Glas keinen Boden haben. Statt aufzuhören, beobachtet er seelenruhig, wie es überläuft, völlig unbeeindruckt von der absurden Situation.

»Jaden!«, rufe ich und reiße ihm die Flasche aus der Hand, bevor er noch mehr Schaden anrichtet.

»Verdammte Scheiße!«, flucht Jaden und springt auf, um unsere Aufzeichnungen zu retten. Die Flüssigkeit tropft von den Seiten der Papiere, während er hektisch versucht, sie mit seinem Stoffärmel zu trocknen. Seine Stirn legt sich in Falten, und er murmelt etwas Unverständliches, das sicher wieder nichts Nettes war.

»Was hattest du vor? Wolltest du unsere Projektarbeit in ein Aquarell-Kunstwerk verwandeln?« Ich muss unwillkürlich grinsen. Wo ist der Kerl nur ständig mit seinen Gedanken?

Jaden schnaubt genervt, und sein Blick sagt mir, dass ich besser die Klappe halten sollte. Aber genau das reizt mich umso mehr.

»Oder hast du schon überlegt, welche Pizza du uns heute Abend bestellst?«

Er verdreht die Augen. »Sehr lustig, wirklich.« Er setzt sich wieder hin, verschränkt die Arme und lehnt sich zurück. »Was ist deine Lieblingsfarbe? Lass mich raten: Schwarz. Wie dein Herz.«

Ich lache. »Du bist so witzig, Pearson. Zur Info: Es ist Blau. Aber ich verstehe, warum du auf Schwarz kommst. Wahrscheinlich weil es deine Seele widerspiegelt.«

»Pff«, macht er und tut so, als wäre mein Kommentar ihm völlig egal. Doch das leichte Zucken seiner Mundwinkel verrät ihn.

»Dein Pullover ist übrigens nass«, sage ich und deute auf die dunklen Flecken auf dem Stoff.

Jaden gibt einen Laut von sich, der nach einem Grunzen klingt und zieht sich mit einer schnellen Bewegung den Pullover über den Kopf. Darunter trägt er ein schwarzes T-Shirt, das nach oben rutscht. Die schmale Linie seiner Taille und die blasse Haut, die im Kontrast zu der dunklen Farbe seiner Kleidung steht, ziehen für einen Moment meine Aufmerksamkeit auf sich. Sie sieht weich aus, glatt, beinahe einladend und der Drang die Stelle zu berühren ist überwältigend. Was zur Hölle, Ash? Reiß dich zusammen! Zu spät merke ich, dass ich ihn regelrecht angaffe.

Jaden sitzt regungslos vor mir, sein Kopf leicht zur Seite geneigt, während seine moosgrünen Augen mich fixieren. Hat er meinen unverschämten Blick bemerkt? Bestimmt. Mist.

Ein Prickeln fährt durch meinen Körper, als Jaden auch noch mit seiner Zunge über seine Oberlippe fährt. In letzter Zeit macht er das ständig, und ich weiß nicht, ob es ihm bewusst ist oder ob er es nur tut, um mich wahnsinnig zu machen. Es bringt mich noch um den Verstand.

Ich räuspere mich. »Tat es weh?«

Jaden zieht eine Augenbraue hoch. »Was?«

»Deine Piercings. Hattest du Schmerzen?«

Ich deute mit einem Nicken auf den Lippenring und das schwarze Septum, die Jadens ganzer Ausstrahlung etwas Rebellisches verleihen. Es sind diese kleinen Details, die meine Aufmerksamkeit immer wieder auf sich ziehen. Wie ein Statement, das leise sagt: ›*Ich bin anders, und ich scheue mich nicht, es zu zeigen.*‹

»Nein, eigentlich nicht«, sagt er, und fährt sich mit dem Finger an seiner Unterlippe entlang. »Mit 15 ließ ich mir die Piercings von einem Kerl aus der Schule stechen. Meine Mutter tobte, als ich an dem Tag heimkam und forderte, dass ich sie sofort entferne. Aber na ja ... seit wann mache ich, was sie mir sagt?« Jaden lächelt.

Denkt er noch oft an seine alten Mitschüler? Vielleicht an jemand besonderen?

»Und ... war er dein Freund? Also, der Typ. Wart ihr ... zusammen?«, frage ich und merke erst danach, wie dämlich das klang.

Jaden sieht mich an, seine Augen schmal. »Warum? Willst du ein Date mit ihm, McCoy?«

»Was? Nein! Darf man nicht mal mehr fragen?«, sage ich scharf, und könnte mich für meine eigene Dummheit ohrfeigen.

»Das war ein Scherz, Asche. Aber ihr verwöhnten Schnösel seid ja bekannt dafür, keinen Spaß zu verstehen.«

Seine Worte versetzen meinem Herz einen kleinen Stich. Verwöhnter Schnösel. Klar, ich weiß, dass ich aus einer wohlhabenden Familie komme, aber das ist doch nicht alles, was mich ausmacht. Sieht er mich tatsächlich so? Als einen Typen, der nie um etwas kämpfen musste?

»Denkst du, nur weil wir Geld haben, bekomme ich alles auf dem Silbertablett serviert?« Ich lehne mich nach vorn.

»Ich ... sorry.« Jaden senkt den Blick, und der Moment, in dem ich glaubte, einen Zugang zu ihm gefunden zu haben, zerrinnt wie Sand zwischen meinen Fingern. Im Bruchteil einer Sekunde ist die Mauer um ihn herum wieder hochgezogen.

Ich will ihm zeigen, dass ich anders bin, dass nicht alles an mir so oberflächlich ist, wie er es vielleicht wahrnimmt. Aber wie soll ich das anstellen?

»Was ist eigentlich mit deinen Freunden aus deiner alten Schule, Jaden?«, frage ich schließlich, in der Hoffnung, ihn wieder aus seiner Festung herauszulocken.

Er zuckt mit den Schultern. »Freunde sind überbewertet.« Bevor ich nachhaken kann, hebt er eine Hand. »Können wir jetzt mit der Projektarbeit weitermachen?«

Ich seufze leise und nicke. »Klar.«

Der Fußballplatz liegt eingebettet in die eisige Klarheit eines Januarnachmittags. Der gefrorene Boden knirscht unter den Füßen der Spieler, während eine dünne Schicht weißer Kristalle in den letzten Strahlen der tief stehenden Sonne glitzert. Bei jedem Atemzug bildet sich eine kleine Wolke vor meinem Gesicht, die schnell wieder verschwindet. Es ist einer dieser Tage, an denen die Kälte einem in die Wangen beißt, dass man sie nur mit Bewegung vertreiben könnte. Doch ich stehe am Rand des Spielfelds, die Hände in die Hüften gestemmt.

»Ist das dein Ernst?« Josh schnaubt und sieht mich an, als hätte ich gerade beschlossen, das Spielfeld in eine Eislaufbahn zu verwandeln. Aber der Grund für seine schlechte Laune ist ein anderer: Der Neuzugang im Team.

Er ist gekommen; Jaden steht tatsächlich beim Fußballtraining. Bis zur letzten Minute hatte ich gehofft, dass er auftauchen würde, und jetzt ist er hier. Ich lächele, trotz Joshs gereizter Miene.

»Komm wieder runter, Josh. Wir brauchen gute Spieler und Jaden hat echt was drauf.« Ich lege ihm eine Hand auf die Schulter und hoffe, dass der Versuch, ihn zu beschwichtigen, funktioniert.

Dass Josh und Jaden sich nicht gerade mögen, war mir klar, aber Fußball ist ein Teamspiel, und wir wollen gewinnen. Die Saison läuft nicht besonders gut, und ich bin überzeugt, dass Jaden eine große Bereicherung sein wird.

Josh funkelt mich mit seinen Augen an, als wolle er sagen, dass ich den Verstand verloren hätte, und das zeigt er auch auf seine ganz eigene Weise.

»Echt jetzt, Ash? Warum ausgerechnet er?«

Ich atme tief durch, um meine aufkommende Gereiztheit zu zügeln. »Weil er gut ist. Und wenn wir auch nur den Hauch einer Chance haben wollen, brauchen wir ihn.«

Jaden steht ein paar Meter entfernt, die Hände tief in den Taschen seines Trainingsanzugs vergraben. Seine wilden Haare hat er notdürftig mit einem Gummiband gezähmt - mehr schlecht als recht, aber irgendwie ... gefällt es mir. Er kaut auf seinem Lippenpiercing und beobachtet uns mit einer Mischung aus Unsicherheit und Rebellion in seiner Mimik.

»Jetzt holen wir uns schon Loser ins Team, unfassbar, Ash.« Joshs Stimme tropft vor Verachtung.

»Benimm dich, Jaden ist kein Loser.« In mir brodelt es.

»Komm am Ende bloß nicht angekrochen. Zumindest nicht bei mir.« Joshs Augen funkeln vor Zorn, als er Jaden fixiert. Dieser erwidert den Blick, und für einen Moment zweifle ich, ob es wirklich so eine gute Idee war, die beiden zusammenzubringen. Josh macht drei schnelle Schritte und drischt einen Fußball quer übers Feld. Er ist sauer, richtig sauer. Der Ball fliegt in einem weiten Bogen und landet auf der anderen Seite des Platzes.

»Josh Adams, heute wieder zu viel Spinat gegessen?«, ruft Coach Thomson mit einer Mischung aus Strenge und Sarkasmus.

»Nein, Coach, ich wollte nur ...«, beginnt Josh, doch der Coach unterbricht ihn prompt: »... den Ball zurückholen?«

Josh nickt und sprintet los, aber nicht ohne Jaden dabei an der Schulter zu rempeln. »Steh mir nicht im Weg.«

»Ignorier ihn. Er kann manchmal ein Idiot sein«, sage ich leise, aber Jaden wirft mir einen Blick zu, der mir klar macht, dass er das längst weiß. Okay, mein Spruch war unnötig. Natürlich weiß er das. »Schön, dass du gekommen bist«, füge ich schnell hinzu, bemüht, nicht ganz wie ein Trottel zu klingen.

»Sehen andere nicht so.«

»Okay, Leute, genug gequatscht. Lasst uns aufwärmen und dann ein paar Übungen machen!«, ruft der Coach und klatscht energisch in die Hände.

Immer wieder beobachte ich Jaden aus dem Augenwinkel. Er bewegt sich fließend, seine Bewegungen haben eine natürliche Eleganz, die auf dem Spielfeld oft den Unterschied macht. Trotzdem kann ich die Sorgenfalten auf seiner Stirn sehen. Was geht nur in seinem Kopf vor?

»Jaden, stell dich mal da drüben hin und mach die Passübungen mit Josh«, weist ihn der Coach an.

Josh zieht eine Augenbraue hoch, aber er sagt nichts und macht, wie ihm geheißen. Kurz überlege ich, ob ich eingreifen soll, aber ich will Jaden nicht vor den anderen bloßstellen.

Wie erwartet schießt Josh ein paar Mal den Ball absichtlich zu hart zu Jaden. Der gefrorene Boden macht es nicht einfacher, denn das Leder gleitet unberechenbar über die Oberfläche und ändert immer wieder leicht die Richtung. Aber Jaden bleibt ruhig, konzentriert sich und meistert die Pässe teilweise sehr professionell.

Als das Training endet, trete ich zu Jaden. »Ich sagte doch, du bist gut.« Meine Worte sind ehrlich gemeint.

»Danke.« Ein kleines, erschöpftes Lächeln huscht über sein Gesicht, das er zu verstecken versucht, aber mir entgeht das nicht. Es hat ihm Spaß gemacht und ich hoffe, er kommt jetzt öfter.

In der Umkleide hängt die Luft schwer von dem muffigen Duft nach alten Sportsachen und abgestandenem Schweiß. Das Training war intensiv, und die Jungs drängen laut lachend und redend in den engen Raum.

Ich sitze auf der Bank und binde meine Schuhe auf, als ich Corbin, einen unserer Stürmer, auf Jaden zugehen sehe. Corbin trägt nur noch ein Handtuch um die Hüfte, und seine muskulöse Brust glänzt leicht vom Duschen.

»Du hast echt was drauf«, sagt Corbin und tätschelt Jaden die Schulter.

Meine Kiefermuskeln spannen sich automatisch an. Das hätte er ihm auch sagen können, wenn er angezogen ist. Und anfassen muss er ihn auch nicht.

Ich entledige mich meiner verschwitzten Klamotten.

»Danke, Corbin.« Jadens Augen leuchten.

Corbin rührt sich nicht, er steht immer noch bei Jaden. Zu lange. Zu nah. Ein unbehagliches Gefühl breitet sich in meinem Magen aus. Etwas an der Nähe zwischen den beiden gefällt mir nicht. Die Art, wie Corbin Jaden ansieht, macht mich unruhig.

Ich stehe auf, wickle mir ein Handtuch um die Hüfte und gehe zu ihnen. »Hey, Jaden, das war wirklich ein großartiges Training heute«, sage ich und hoffe, dass es so beiläufig klingt, wie ich wollte.

Jaden sieht mich an und hebt eine Augenbraue. Okay, vielleicht doch ein wenig zu übertrieben. Aber ich weiß doch auch nicht, in seiner Nähe kann ich manchmal nicht klar denken.

Jaden nickt mir zu und zieht sich sein Trikot über den Kopf, was mir den Atem stocken lässt. Damit war zu rechnen, immerhin sind wir in einer Umkleide und gehen gleich duschen. Ich sollte mich besser schnell daran gewöhnen, dass dieser Körper jetzt öfter vor mir ist.

Als Jaden schließlich auch noch seine Hose herunterzieht und nur in Boxershorts dasteht, muss ich mich wirklich zusammenreißen, um nicht zu starren. Seine Bewegungen sind fast katzenhaft, und ich kann nicht leugnen, dass der Kerl mich auf eine Art anzieht, die ich kaum kontrollieren kann.

»Weißt du«, sagt Corbin und ignoriert mich dabei völlig, »du solltest vielleicht mal mit mir trainieren. Ich könnte dir ein paar Tricks zeigen.«

Jaden lacht auf, ein rebellisches, freches Lachen. »Ach, wirklich? Glaubst du, ich brauche deine Tricks?«

Corbin zuckt mit den Schultern. »Man kann immer was Neues lernen, oder?« Er zwinkert Jaden zu.

Das reicht. Meine Geduld ist am Ende.

»Jaden trainiert schon mit mir«, sage ich und trete einen Schritt näher.

Nun beachtet mich der breite Kerl mit dem Igelschnitt doch. Ich bin zwar nicht klein, aber Corbin ist noch ein ganzes Stück größer als ich. Er schaut auf mich herab und mustert mich. »Oh, mit dem Teamkapitän höchstpersönlich - verstehe.«

»Ist ... für das Schulprojekt«, erkläre ich schnell, obwohl ich das wirklich nicht nötig habe.

»Verdammt, das habe ich völlig vergessen«, murmelt Jaden und fährt sich durch die Haare, was ihn noch wilder aussehen lässt. »Ich geh duschen.« Er zieht das letzte Kleidungsstück aus, schnappt sich sein Handtuch und geht. Corbin sieht ihm mit offenem Mund nach. Er sollte ihn lieber schließen, sonst fliegt vielleicht noch eine Fliege hinein.

Ich werfe Corbin einen bösen Blick zu, bevor ich Jaden folge. Mein Herz schlägt heftiger, als ich zugeben möchte, denn jetzt kommt das eigentliche Problem.

In den Duschen ist alles voller Dampf, und das Wasser rauscht laut gegen die Fliesen. Jaden dreht das Wasser auf und stellt sich darunter, nackt. Der Wasserstrahl rinnt über seinen Körper, über seinen Kopf, seine Brust, ... schnell wende ich mich ab und stelle mir ebenfalls eine Dusche an, direkt neben ihm.

»War dir Corbin nicht ein bisschen zu nah?«, frage ich und hoffe, dass es scherzhaft rüberkommt. Ich meine, mir ist es im Grunde egal, wenn sich andere für Jaden interessieren oder Kontakt zu ihm wollen. Er hätte Corbin auch einfach wegstoßen können.

Jaden lacht, dreht sich zu mir um und sieht mir direkt in die Augen. »Ist es dir peinlich, wenn sich zwei Männer nahekommen, oder bist du eifersüchtig, Asche?«

»Was?«

Seine Frage trifft mich unerwartet und für einen Moment bleibt mir die Luft weg. Was sollte ich darauf antworten?

Ich lache, aber es klingt eher verzweifelt. »Ich mache mir nur Sorgen um mein Team. Du weißt schon, Teambuilding und so.«

Jaden tritt näher, das Wasser seiner Dusche prasselt auf den Boden, und sein Gesicht ist nur noch wenige Zentimeter von meinem entfernt. Er ist mir so nah, nackt, nass. Ich zwinge mich, seinen Blick standzuhalten und bloß nicht nach unten zu schauen.

»Keine Sorge, ich werde keinen Ärger machen. Zumindest nicht bei Corbin.« Jaden grinst frech. Ist das eine Drohung? Eine Andeutung? Ein Versprechen? Ich schlucke schwer.

Die Wassertropfen perlen von seinem dunklen Haar, landen auf seiner Wange und gleiten weiter nach unten. Sein Mund steht leicht offen. Diese wunderschönen Lippen, weich und warm. Die Gedanken an den Kuss im Schrank fluten mich und schicken warme Stromschläge durch meinen Körper. Oh, mein Gott, ich muss hier raus!

In einem Tempo, was schon als rennen durchgeht, stürme ich aus dem Duschraum. In Rekordzeit bin ich abgetrocknet und angezogen.

Gerade als Jaden vom Duschen kommt, verlasse ich die Umkleide. Ich brauche Luft, viel frische Luft.

»Ich zerquetsch dich, wie eine Made.« Joshs Brüllen reißt mich aus meinen Gedanken. Er steht vor der Sporthalle bei jemanden und fuchtelt wild mit den Armen. Es ist Freddy, der sich keinen Zentimeter bewegt. Der Lockenkopf starrt wie immer auf den Boden, anstatt sich zu verteidigen. Das geht zu weit, jemand muss einschreiten. Dass Josh ständig Freddy schikaniert, ist allen klar, aber heute ist Josh eh schon aufgebracht.

»Josh, was soll das? Lass ihn in Ruhe!«, rufe ich und gehe auf ihn zu.

Josh wirbelt herum, seine Augen lodern vor Zorn. »Halt dich da raus, McCoy. Das geht dich nichts an.«

»Doch, das tut es.« Ich trete näher, bis ich direkt vor ihm stehe. »Was ist nur mit dir los? Du bist in letzter Zeit echt unausstehlich.«

»Was mit mir los ist?«, schreit Josh und schubst mich heftig. Ich stolpere zurück und kann mich gerade noch abfangen, um nicht zu stürzen. Schmerz breitet sich in meiner Brust aus und meine Hände ballen sich zu Fäusten.

»Du bist dabei, alles zu zerstören. Das Team, unsere Freundschaft, alles!« Meine Stimme zittert vor aufgestauter Wut und Enttäuschung.

»Ich? Ich zerstöre das Team? Das schaffst du schon ganz allein, indem du den da angeschleppt hast!« Josh zeigt hinter mich, aber ich brauche nicht hinzusehen. Ich weiß, dass es Jaden ist.

»Jetzt komm wieder runter, wir sind doch Freunde«, sage ich.

»Wir waren lange genug Freunde. Du und ich, wir sind durch miteinander, McCoy.« Josh dreht sich um und marschiert davon.

Ich schüttle den Kopf, verstehe nicht, was gerade passiert ist.

»Alles in Ordnung?«, frage ich Freddy, der sich den Arm reibt.

»Ja, danke.« Seine Stimme ist leise.

»Was soll der Scheiß? Was hat der für ein Problem?«, schimpft Jaden, kommt zu uns und schmeißt seine Tasche auf den Boden.

»Jaden, es ist alles gut.« Wenn Freddys Worte Jaden beruhigen sollten, dann ging das nach hinten los.

»Alles gut? Der Typ hat sie doch echt nicht mehr alle und du lässt dir das immer wieder gefallen. Warum?«

Eine Frage, auf die auch ich keine Antwort habe. Ich weiß, dass Josh Freddy ständig herunterputzt, aber das waren bisher nur dumme Sprüche, nichts weiter. Ich habe Josh nie nach dem Grund gefragt. Wir drei sind zusammen in den gleichen Kindergarten gegangen. Damals haben wir gemeinsam im Sand gespielt, waren Freunde. Doch als wir älter wurden und in die Schule kamen, zählten plötzlich nur Markenklamotten und teure Handys. Du gehörtest entweder zu den reichen, coolen Schülern, wie Josh, Kendra und ich - oder eben zu denen, die sich gerade mal die Schule leisten konnten, wie Freddys Familie.

»Freddy, wieso?«, fragt Jaden mit einer Stimme, die keine Ausflüchte zulässt.

Freddy zittert, so habe ich ihn noch nie erlebt. Er ist zwar der Nerd der Klasse, aber auf den Mund gefallen war er nie. Er ist schlau, wofür ich ihn oft beneide und stark, weil er sich immer durchgekämpft hat, egal wie hart es war. Aber gerade bröckelt seine Maske.

»Es geht um ein Mädchen«, gesteht er leise. »Ich habe ihm mal ein Mädchen ausgespannt, und er hat es nie verkraftet.«

Ich starre Freddy an, unfähig, die Worte zu verarbeiten.

»Ein Mädchen.« Jaden klingt so fassungslos, wie ich mich fühle.

Vor einigen Jahren gab es tatsächlich mal ein Mädchen, aber das kann nicht ... »Warte, meinst du Melissa?«

Freddy nickt.

Das Mädchen, ich erinnere mich an sie. Ich dachte, sie wäre nur eine von vielen, da Josh bekanntlich nichts anbrennen lässt.

»Das ist zwei Jahre her, Melissa ist längst an einer anderen Schule. Und sie war nur ein Mädchen von vielen für Josh.«

Freddy schüttelt den Kopf. »Sie war nicht nur ein Mädchen, Ash. Sie war seine große Liebe.«

Die Worte treffen mich wie ein Schlag. Joshs große Liebe? Plötzlich wird mir klar, dass es nicht nur um Eifersucht oder Stolz geht. Es geht um etwas viel Tieferes, Schmerzhaftes. »Warum hast du mir das nie gesagt?«

Freddy seufzt. »Weil ich dachte, es wäre vorbei. Aber für Josh war es nie vorbei. Er kann mir nicht vergeben und dabei wünsche ich es mir so sehr.«

Jaden ballt die Fäuste, er explodiert förmlich vor Wut. »Und deshalb lässt er seinen ganzen Zorn an dir aus?«

Freddy hebt eine Hand, um Jaden zu beruhigen. »Bitte, reg dich nicht auf. Ich will nicht, dass jemand eingreift. Das macht alles nur schlimmer.«

»Das erklärt einiges«, sage ich leise. »Ich hätte nie gedacht, dass es so tief sitzt.«

Freddy nickt langsam. »Er hat es nie überwunden. Und ich weiß nicht, wie ich es wiedergutmachen kann.«

»Ich werde mit Josh reden. Aber nicht jetzt, wenn er so aufgebracht ist. Ich werde ihn zur richtigen Zeit darauf ansprechen, wenn er sich etwas beruhigt hat.«

Schuldgefühle machen sich in mir breit. Wie konnte ich so blind sein? Ich war so sehr mit meinen eigenen Problemen zuhause beschäftigt, dass ich nicht einmal gemerkt habe, wie es meinem Freund geht. Die Last seiner Sorgen war mir völlig entgangen.

Der ständige Stress mit meiner Mutter, ihre Alkoholsucht, all das hat mich so sehr in Beschlag genommen, dass ich blind für das geworden bin, was um mich herum geschieht. Josh hat mich gebraucht, und ich habe es nicht bemerkt. Mein Herz wird schwer.

»Seid ihr beiden jetzt Freunde?«, fragt Freddy, als wäre die ganze Situation um Josh völlig vergessen. Seine trübe Miene ist schlagartig verschwunden und ersetzt durch ein schelmisches Grinsen.

Überrascht sehe ich ihn an und denke kurz darüber nach. Sind Jaden und ich Freunde?

Bevor ich eine Antwort finde, kommt mir Jaden zuvor.

»Ich brauche keine Freunde.« Er greift nach seiner Sporttasche, dreht sich um und geht.

Freddy, der noch immer wie eine Klette an Jaden hängt, flitzt hinter ihm her. »Warte, Jaden.«

Ich bleibe zurück.

Ernsthaft? Nach allem, was wir inzwischen durchgemacht haben? Jaden ist wirklich stur, das steht außer Frage. Seine Weigerung, sich auf jemanden einzulassen, ist frustrierend. Was soll ich denn noch machen, um an ihn heranzukommen?

Aber vielleicht ist es genau das, was mich so an ihm reizt; diese rebellische Art und die unbändige Entschlossenheit, mit allem allein zurechtzukommen, egal wie schwer die Situation ist.

»Na ja, einer muss ja der Sture sein«, murmele ich vor mich hin und schnappe mir meine eigene Sporttasche. Fürs Erste muss ich selbst einen klaren Kopf bekommen.

Kapitel 17
Jaden

*E*in kühler Wind streift über den Sportplatz, trägt den Duft von gegrilltem Fleisch und Rauch mit sich. Mein Magen macht deutlich, dass er dringend etwas zu futtern benötigt.

Als mich Ash zum Grillfest der Fußballmannschaft eingeladen hat, wollte ich zuerst absagen. Doch seine Nachricht hatte etwas in mir ausgelöst. Minutenlang starrte ich auf mein Handy, bevor ich überhaupt eine Antwort eintippen konnte.

Erst vor wenigen Tagen hatten wir Nummern ausgetauscht, und seitdem ertappe ich mich ständig dabei, sein Profilbild im Messenger anzuschauen. Wie üblich ist es eines dieser Fotos, die genauso gut aus einem Modelshooting stammen könnten – ein leichtes Lächeln, das die Sonne in seinem Gesicht einfängt, und dieser selbstbewusste Blick.

Irgendwie hatte ich dann doch zugesagt.

Seit einem Monat bin ich nun im Team, und ich muss zugeben, dass es mir gefällt. Auf dem Platz kann ich einfach ich selbst sein und alles rauslassen. Zusammen mit Ash haben wir bereits zwei Siege eingefahren. Er weiß jedes Mal genau, wo ich stehe und wohin er den Ball spielen muss, damit ich ihn ins Tor schießen kann. Es ist fast unheimlich, wie gut das funktioniert, immer und immer wieder, als hätten wir einen sechsten Sinn.

Trotzdem halte ich mich von den anderen Jungs distanziert. Ich will nur Fußball spielen. Die soziale Seite des Ganzen interessiert mich nicht wirklich. Wer keine Bindungen aufbaut, der kann auch nicht enttäuscht werden.

Ich sehe Ash, wie er mit den anderen spricht und lacht. Er ist der Mittelpunkt in jeder Gruppe. Ich brauche das nicht.

»Hey Jaden!«, ruft Corbin und kommt mit einem breiten Grinsen auf mich zu. Ein Bier in der einen Hand, ein zweites in der anderen. »Cool, dass du hier bist. Bier?«

Er hält mir eine der beiden Flaschen hin.

»Nee, lass mal.« Die Erinnerungen an den letzten Alkoholrausch lassen mich fast würgen.

»Komm, setz dich zu uns«, sagt Corbin und zeigt auf eine Gruppe von Jungs, die auf Klappstühlen um den Grill herum sitzen.

»Ich bleibe lieber hier«, sage ich und lehne mich demonstrativ gegen einen Baum, damit er kapiert, dass mich nichts und niemand in der Welt von diesem Fleck wegbekommt.

Er zuckt mit den Schultern und geht zurück zu den anderen.

Corbins Sprüche gehen mir ehrlich gesagt ein wenig auf die Nerven. Der Typ überschätzt sich maßlos und denkt tatsächlich, er sei der Größte. Das muss an der Schnösel-Schule liegen, irgendwie sind dort alle gleich.

Mein Blick fällt wieder auf Ash. Oft wirkt er wie ein typischer Sunnyboy, doch ich weiß, dass mehr hinter seiner Fassade steckt. Sein Lächeln erreicht selten seine Augen, und ich bin mir sicher, dass er mehr verbirgt, als er zeigt.

Ash dreht sich zu mir um, als hätte er mein Starren gespürt und kommt auf mich zu. »Na, wie gefällt dir das Grillfest?«, fragt er und stupst mich spielerisch an.

»Geht so«, antworte ich schulterzuckend. »Die Gesellschaft ist erträglich.«

Ash lacht laut auf. »Ach komm, jetzt sei nicht so. Hast du schon etwas gegessen?«

Wie auf Kommando knurrt mein Magen. Mieser Verräter.

Ash macht eine übertrieben dramatische Verbeugung vor mir und weist auf den Grill. »Darf ich bitten, mein Herr, Ihr Würstchen ist angerichtet.«

Verdammt, er ist so blöd. Mein Körper verselbstständigt sich. Ein lautes Lachen kommt aus meinem Mund und ich kann es nicht aufhalten. »Versuchst du witzig zu sein, Asche?«

»Vielleicht.« Er zwinkert. Nicht so ein Zwinkern, dass mehr anbiedernd als sexy aussieht, wie es die anderen machen. Es ist ein Zwinkern, das mir gefällt.

Ashs Lächeln verblasst ein wenig, und für einen Moment ist da eine Stille zwischen uns. Eine angenehme Stille. Ich mustere sein Gesicht, seine dunklen blauen Augen, die mich jedes Mal wie ein Magnet anziehen - bin gefangen.

Ashs Hand hebt sich. Will er mich berühren? Seine Hand an meine Wange legen? Doch er zögert.

»Wo ist denn jetzt die verdammte Wurst?« Meine Stimme zittert leicht, genau wie mein Körper.

Ruckartig senkt sich Ashs Hand und er dreht sich um. »Dann komm mal mit.«

Meine Beine sind wie Wackelpudding, als ich Ash zum Grill folge. Was war das für eine merkwürdige Situation eben?

Ash drückt mir ein Brötchen mit einer Bratwurst in die Hand. »Ketchup oder Senf?«

»Äh, nein. Danke.«

Wir gehen etwas abseits der Party, weg von der Menge und dem Lärm. Es ist kühl, und der Himmel ist sternenklar. Wir lassen uns auf einen Baumstamm nieder und ich beiße genüsslich in das Wurstbrötchen.

»Hast du schon mit Josh reden können?«, frage ich mit vollem Mund. Das Thema brennt mir seit Tagen auf der Seele.

Ash seufzt und schüttelt den Kopf. »Ich habe es versucht, aber er blockt total ab. Jedes Mal, wenn ich das Thema anspreche, weicht er aus und haut ab.«

»Das ist schwierig. Manchmal brauchen Menschen einfach Zeit, um sich zu öffnen«, sage ich kauend und merke erst, als mich Ash mit diesem Ausdruck anschaut, dass ich etwas gesagt haben muss, was ihn ... beeindruckt? Verwundert?

Ash fährt sich mit einer Hand durch die Haare. »Wie läuft es mit deiner Mutter? Redet ihr überhaupt noch miteinander?«

Ich lache trocken und kann nicht glauben, dass er das wirklich fragt. »Du willst wissen, wie es einem schwulen Jungen mit seiner Mutter geht?«

»Ja.«

»Warum?« Ich schaue ihn direkt an.

»Weil ... wir ...«

»Oh, bitte«, unterbreche ich ihn, »jetzt sag nicht, weil wir Freunde sind. Sind wir nicht, verstanden!« Ich will aufspringen, doch Ash hält mich am Arm zurück und mein Po landet wieder auf dem Stamm.

»Sorry, ich interessiere mich einfach nur für dich.«

Für einen Moment bin ich sprachlos. Er interessiert sich für mich? Ich bin doch nur ... ich. Jaden, der Typ, der immer alles vermasselt. Vielleicht ist es Mitleid. Oder ... nein, Mitleid wäre schlimmer. Doch da ist kein Spott in seinem Gesicht, kein dummes Grinsen, was darauf deutet, dass er mich verarscht. Und genau das macht mir noch mehr Angst.

»Es ist schwer. Meine Mutter und ich, wir reden kaum seit Silvester. Nolan hat zwar mit ihr gesprochen, aber ... sie sagt nichts.

Keine Entschuldigung, aber auch keine Vorwürfe. Nur Blicke, die ich nicht deuten kann. Sie wird mich wohl nie akzeptieren.«

Ash nickt. »Das muss unglaublich hart für dich sein«, beginnt er, »aber weißt du, du bist nicht allein. Es gibt Leute, die ...«

»Jetzt mach kein Drama draus.« Seit mein Papa weg ist, lebe ich mit der Situation und sobald das Schuljahr rum ist, bin ich eh von hier verschwunden.

Ash sieht betroffen zu Boden und ich verdrehe die Augen. Was? Ist er jetzt gekränkt? Man kann es echt niemandem recht machen.

Also sammle ich all meinen Mut und starte einen Versöhnungsversuch. »Wie sieht es aus, hast du am Wochenende Zeit? Für die Projektarbeit, du weißt schon.«

Samstagmittag sitzen Ash und ich in meinem Zimmer. Zwischen uns liegen verstreut Blätter mit Notizen und ein Laptop; unser gesamtes Material für die Abschlussarbeit.

Ash blättert durch die Seiten und seufzt. »Wir haben noch nicht viel, oder?«

»Nein, nicht wirklich«, murmele ich und starre auf meinen Block. Obwohl wir schon einiges gesammelt haben, fehlt uns einfach eine Idee, ein richtig gutes Konzept.

Aus den Augenwinkeln sehe ich Ash mit seinem Handy in der Hand, die Kamera direkt auf mich gerichtet.

»Was machst du da?«, frage ich und hebe eine Augenbraue.

»Nichts, nur Dokumentation«, sagt er mit einem unschuldigen Lächeln, »du kaust wieder auf deinem Lippenpiercing.«

»Hör auf damit!« Ich schlage ihm das Handy aus der Hand. »Freddy flog beim letzten Mal fast raus, als er das gemacht hat.«

»Okay, okay, ich höre ja schon auf. Aber ehrlich, wir müssen uns etwas einfallen lassen. Vielleicht könnten wir uns mit Blumen oder Pflanzen vergleichen. Du weißt schon, so eine Metapher für Wachstum und Entwicklung.«

Ich starre ihn an. »Ach ja? Und was wärst du dann? Eine Sonnenblume? Die Sonne anstrahlen und immer fröhlich sein?«

Ash lacht. »Na schön, und du wärst dann eine Seegurke.«

»Seegurken sind keine Pflanzen, du Depp.«

»Dann eben eine stachelige Kaktusblüte. Schön anzusehen, aber wehe, man kommt zu nah.«

»Besser«, sage ich und muss lächeln. »Aber im Ernst, Pflanzen und Blumen sind eigentlich eine gute Idee. Wie wäre es, wenn wir das Thema nehmen und dann untersuchen, wie sie symbolisch für verschiedene Entwicklungsstadien stehen? Und dann können wir Videoclips dazu machen.«

Ash nickt, sichtlich erfreut, dass ich seine Idee nicht völlig abgelehnt habe. »Und Freddy? Was wäre er?«, fragt er mit einem breiten Grinsen.

»Löwenzahn. Der kommt überall durch, egal wie viel Beton du drauflegst«, sage ich und wir beide prusten los.

Ein Klopfen an der Zimmertür unterbricht die ausgelassene Stimmung.

»Ja?«, rufe ich.

Kendra steckt den Kopf durch den Türspalt und grinst breit. »Klingt, als hättet ihr viel Spaß hier drinnen.«

Ash und ich tauschen einen Blick, bevor er antwortet: »Ja, irgendwie schon.«

Sie tritt ganz ein und ihre Augen blitzen schelmisch.

»Mein bester Freund hängt inzwischen häufiger mit meinem Stiefbruder ab. Muss ich eifersüchtig sein?«

»Was? Nein.« Meine Wangen werden heiß.

»Wir arbeiten nur an der Abschlussarbeit«, rechtfertigt sich Ash.

»Oh, Gott, Jungs.« Kendra lacht und hält sich den Bauch. »Ich mache doch nur Spaß. Ihr müsstet mal eure Gesichter sehen. Zum Schießen.«

Ash schüttelt den Kopf und grinst. »Hör auf uns aus dem Konzept zu bringen.«

Meine Schwester setzt sich auf die Bettkante und schaut auf die verstreuten Papiere. »Also, woran arbeitet ihr genau?«

»Pflanzen und Blumen als Metaphern für Wachstum und Entwicklung«, sage ich.

»Interessant«, sagt sie und hebt eine Augenbraue. »Und wer ist die Seegurke?«

Ash hat tatsächlich das Wort Seegurke groß auf ein Blatt Papier geschrieben. Ich sehe ihn an und wir brechen erneut in Lachen aus.

Kendra schaut verwirrt zwischen uns hin und her. »Was habe ich verpasst?«

»Lange Geschichte«, sagt Ash und winkt ab. »Aber keine Sorge, du bist nicht die Seegurke.«

»Gut zu wissen.« Kendra steht auf und geht zur Tür. »Na dann, ich lasse euch mal allein. Und keine Sorge, ich werde niemandem verraten, dass ihr heimlich Spaß habt.«

Ich rolle mit den Augen und greife nach meinen Notizen. Sie interpretiert zu viel in die Sache hinein. Ash und ich machen nur Schulaufgaben, mehr nicht.

»Also, Sonnenblume, lass uns weiterarbeiten.«

»Wie du willst, Kaktus«, sagt Ash und beugt sich wieder über das Material.

Am Freitag sind Ash und ich nach der Schule draußen im Park. Die Sonne scheint durch die Äste der Bäume, und ein leichter Wind raschelt durch die Blätter. Kinderlachen dringt von einem nahegelegenen Spielplatz herüber, wo einige Jungen und Mädchen auf Schaukeln und Rutschen herumtoben.

Es ist ein perfekter Tag, um Fotos und Videos für die Projektarbeit zu machen. Ash hat die Kamera in der Hand, und ich lehne mich gegen eine massive Eiche. Die raue Rinde kratzt leicht an meinem Rücken.

»Okay, Jaden, bereit?«, fragt Ash und schaut durch die Linse.

Ich nicke.

»Also, du bist die Eiche«, sagt er.

Ich verdränge ein Augenrollen. Jaden, die stabile Eiche, ganz toll. Ich atme tief ein, und drehe den Kopf seitlich.

Ein paar Meter weiter läuft ein älteres Paar langsam am Weg entlang und wirft uns neugierige Blicke zu. Was sie wohl denken? Vielleicht, dass Ash mich für ein Modemagazin fotografiert? Vor euch steht der neue Superstar! Der Gedanke bringt mich fast zum Grinsen, aber ich reiße mich zusammen. Schließlich bin ich hier die steife Eiche. Okay, das klang komisch.

»Jetzt mach mal wie ein Baum.«

Sein Ernst? Seufzend mache ich, was er sagt. Kerzengerade stehe ich da und strecke meine Arme seitlich aus.

»Ich bin eine Eiche. Stark und steif.« Jetzt habe ich es tatsächlich laut ausgesprochen. Ich Idiot.

Zu meiner Erleichterung prustet Ash los.

»Du bist unmöglich.«

»Erstens wolltest du das so, und zweitens magst du es«, erwidere ich, und tue, als wäre meine Aussage volle Absicht gewesen.

Ich hebe mein Kinn und strecke den Rücken weiter durch. Fast fühle ich mich wirklich wie ein Baum, der sich gegen den Wind stemmt.

Ash lacht noch lauter und schüttelt den Kopf. »Das ist die theatralischste Eiche, die ich je gesehen habe.«

»Nenn mich Oscar-Eiche«, füge ich trocken hinzu, bevor ich grinse. Seine Reaktion ist genau das, was ich wollte.

Es ist einer dieser unbeschwerten Tage, die ich genieße. Mit Ash kann ich alles um mich herum fallen lassen. Er verurteilt mich nicht und sieht mich so, wie ich bin.

»An was denkst du?«, unterbricht er meine Gedanken. »Du kaust schon wieder auf deinem Piercing.«

»An nichts Bestimmtes«, winke ich ab und konzentriere mich wieder auf die Aufgabe. »Your turn, Sonnenblume.«

Ich nehme ihm die Kamera aus der Hand und zeige auf einen Ahornbaum, der ein paar Meter entfernt steht.

»Ash, der Ahorn«, sage ich, als ich die Kamera auf ihn richte.

Ash lächelt, lehnt sich lässig gegen den Stamm. Bei ihm sieht alles so einfach aus. Er muss nicht viel machen. Er ist in allem perfekt.

»Der Ahorn steht für Flexibilität und Veränderung. Er passt sich den Jahreszeiten an und zeigt uns, dass Veränderung Teil des Lebens ist«, gibt Ash zum Besten.

Ich muss schmunzeln und drücke den Auslöser. »Klingt, als wärst du ein echter Philosoph.«

»Vielleicht«, sagt Ash und grinst zurück. »Oder ich habe in den letzten Tagen zu viele Dokus über Bäume gesehen.«

Wir verbringen den ganzen Nachmittag damit, uns gegenseitig zu fotografieren und dämliche Witze zu machen. Zeit mit Ash zu verbringen tut mir gut. Alles ist so leicht in seiner Nähe, als wäre die ganze Welt einfach perfekt.

Ich bin froh, dass wir das Projekt gemeinsam machen, wir sind ein ziemlich gutes Team. Hier, beim Fußball und überhaupt.

Aber ich sollte ihn nicht so toll finden. Ja, er sieht mega gut aus und ist voll nett zu mir, aber nur weil ... weil ... er ist zu jedem freundlich und total beliebt und ... das geht nicht.

Warum sollte jemand wie Ash mehr von mir wollen? Von einem Kerl, der alle nur enttäuscht.

Warum sonst ist erst Riley und dann Papa gegangen?

Warum hat sich nie einer von ihnen bei mir gemeldet?

Warum sollte ausgerechnet Ash dann bei mir bleiben?

Das sind zu viele *Warum*s.

Und trotzdem, mein dummes Herz mag Ash. Ich mag Ash.

*M*it einem breiten Grinsen gehe ich nach Hause. Nie hätte ich gedacht, dass ein Schulprojekt mir so viel Spaß machen könnte. Der Nachmittag mit Jaden war einfach großartig. Noch immer tut mir der Bauch weh vom vielen Lachen. Jaden und ich haben wirklich eine besondere Verbindung, etwas, das ich so nicht erwartet hatte.

Zufrieden schließe ich die Tür zu unserem Haus auf und trete ein. Doch schlagartig ändert sich die Stimmung. Die Luft im Haus ist schwer und erdrückend. Dann höre ich es; das Weinen meiner kleinen Schwester Myra und die scharfe, lallende Stimme meiner Mutter. Mein Herz setzt einen Schlag aus. Ohne nachzudenken renne ich durch den Flur in Richtung Myras Zimmer, aus dem die Geräusche kommen. In meinem Kopf wirbeln Gedanken und Sorgen durcheinander. Was ist passiert? Hat Mom wieder getrunken? Hat sie Myra erschreckt oder – Gott bewahre – ihr wehgetan?

Ich reiße die Tür zu Myras Zimmer auf. Meine Mom steht mitten im Raum, eine leere Flasche Wein in der Hand. Ihr Blick ist wütend, Fältchen durchziehen ihr ganzes Gesicht. Myra sitzt in einer Ecke, ihre Augen weit aufgerissen.

»Mom, bitte«, flehe ich, während ich zu Myra hinübergehe und sie in die Arme nehme. Ihr kleiner Körper zittert an meinem und ihre winzigen Hände krallen sich in mein Shirt.

»Wo ist mein Wein?«, schreit meine Mom und wirft die Flasche gegen die Wand. Das laute Klirren, das Splittern des Glases, es hallt in meinen Ohren wider. Myra zuckt in meinen Armen zusammen und klammert sich noch fester an mich.

»Das ist alles deine Schuld, Ashton! Du hast meinen Wein weggekippt. Alles ist deine Schuld!«, kreischt sie und stolpert auf mich zu. Ich stehe auf und stelle mich schützend vor Myra.

Der Hass, der von ihr ausgeht, lässt mich fast zurückstolpern. Ihr Atem riecht nach Alkohol, und ihre Augen sind rot und glasig. »Du bist schuld, du hättest mehr holen sollen!«

»Ich bin erst 17. Bitte beruhige dich.«

Ein hässlicher Ausdruck erscheint auf ihrem Gesicht, Verachtung und Bitterkeit verzerren ihre Züge. »Du und deine blöden Regeln! Immer den Klugscheißer spielen, aber wenn's drauf ankommt, bist du feige!« Ihr Lachen ist schneidend, dass es meinen Magen zusammenzieht. »Du bist zu nichts zu gebrauchen, Ashton.« Sie schreit weiter, wirft Dinge durch das Zimmer, und alles gerät außer Kontrolle.

Ich will sie aufhalten, aber ich kann nicht. Ein Schmerz durchzuckt meine Wange und lässt meinen Atem stocken. Mom hat mich geschlagen. Ich wehre mich und drücke sie weg. Doch sie schlägt erneut zu. Neuer Schmerz. In einem Reflex stoße ich sie dieses Mal stärker von mir und sie fällt nach hinten um. Für einen Moment ist es still.

»Myra, in mein Zimmer, sofort.« Meine Stimme zittert, aber meine Schwester gehorcht, ohne zu zögern oder nachzufragen. Ich renne hinter ihr her, schließe meine Zimmertür von innen und drehe den Schlüssel herum. Gerade noch rechtzeitig.

Mom drückt die Klinke und hämmert gegen das Holz, immer und immer wieder. Ich weiche zurück, bis ich die Wand in meinem Rücken spüre und gleite daran herunter.

Meine kleine Schwester läuft zu mir, setzt sich neben mich und klammert sich an mein Bein. Ich lege einen Arm um sie und streiche ihr beruhigend über den Kopf.

Ein Schluchzen.

Herzzerreißendes Schluchzen.

Aber die Laute kommen nicht von meiner Schwester. Es sind meine eigenen. Meine Augen brennen und die Tränen laufen mir ungehindert über die Wangen. Die Verzweiflung und die Angst überwältigen mich, und ich fühle mich so hilflos wie nie zuvor. Wie eine Flutwelle bricht alles über mich herein, unaufhaltsam.

Myra legt ihre kleinen Arme um meinen Hals. »Es wird alles gut, Ash«, flüstert sie, doch ihre Worte klingen hohl. Wir beide wissen, dass nichts gut wird; nicht jetzt und vielleicht auch niemals.

Mom schlägt weiter gegen die Tür. Wie lange wird es dauern, bis sie aufgibt oder die Tür zerbricht??

Hier können wir nicht bleiben. Nicht heute Nacht. Wir brauchen einen sicheren Ort – und nur einer kommt mir in den Sinn.

Jaden steht barfuß vor uns an der Haustür. Er trägt einen grauen Jogginganzug und seine Haare stehen wirr in alle Richtungen. Wäre das nicht sein typischer Look, könnte man meinen, er sei gerade erst aufgewacht – und das um halb acht abends.

Mit einer hochgezogenen Augenbraue mustert er Myra und mich. »Was macht ihr hier?«

Seine Worte treffen mich wie ein Schlag in die Magengrube. Niemand hat uns das je gefragt. Mein Mund öffnet sich, aber ich weiß nicht, was ich sagen soll.

Die Kälte kriecht durch meine Schuhe, und meine Knie fühlen sich so schwach an, als würden sie gleich nachgeben.

»Wo ist Nolan?«, ist das Einzige, was ich zustande bringe.

»Mit meiner Mutter auf einer blöden Schnösel-Feier«, antwortet Jaden und fährt sich mit einer Hand durch die Haare.

Myra stürmt an mir vorbei, ihre Stiefel klackern auf dem steinigen Weg. Sie wirft sich Jaden entgegen, schlingt ihre Arme um seine Taille und plappert mit zittriger Stimme drauf los: »Darf ich bei Kendra schlafen? Bitte, Jaden.« Die Angst in ihren Worten bricht mir fast das Herz.

Jadens Blick wandert von ihr zu mir. Seine Stirn legt sich in Falten. Doch er sagt nichts, tritt stattdessen einen Schritt zur Seite und lässt uns rein.

Kurz darauf liegt Myra in Kendras Bett, zusammengerollt wie ein kleiner Welpe. Ihre Hände ruhen unter ihrer Wange, ihr Atem geht ruhig und gleichmäßig. Es dauerte keine fünf Minuten, bis sie eingeschlafen war. Die Erschöpfung hat sie vollkommen überwältigt – kein Wunder nach allem, was heute passiert ist. Ich lege Sir Bruno, ihren treuen Stoffbären, an ihre Seite und streiche ihr eine widerspenstige Haarsträhne aus dem Gesicht. »Schlaf schön, Maus«, flüstere ich.

Kendra lehnt neben mir am Schreibtisch, die Arme auf der Platte abgestützt. »Du siehst fertig aus. Ist alles okay?«, fragt sie leise.

Nichts ist okay. Wie oft habe ich darüber nachgedacht, ihr die Wahrheit zu sagen? Zu erzählen, was bei uns zuhause wirklich los ist. Als Kinder saßen wir ständig hier und haben über Pokémon-Karten diskutiert oder uns gegenseitig aus Büchern vorgelesen. Früher war Kendra die Person, der ich alles erzählt habe. Von meinen geheimen Ängsten bis zu meinen größten Träumen.

Heute fühlt sich die Realität wie ein schwerer Stein in meinem Herzen an, einer, den ich nicht loslassen kann. Nicht, weil ich ihr nicht vertrauen würde, sondern weil ich Angst davor habe, was passiert, wenn ich es tue.

Ich zwinge mich zu einem schwachen Lächeln. »Ja, alles gut. Es war nur ... ein stressiger Tag.« Meine Stimme klingt hohl. Ob sie mir das noch glaubt?

Vielleicht bin ich inzwischen wirklich ein ebenso guter Schauspieler wie meine Eltern.

Kendra nickt langsam. »Okay, dann schlaf schön, Ash.«

»Du auch«, antworte ich, und schleiche aus dem Zimmer.

Im Flur lehne ich mich gegen die Wand. Ein Zittern durchfährt mich. Die Furcht sitzt mir tief im Nacken – nicht nur vor Mom und ihren Ausbrüchen, sondern auch davor, dass jemand die Fassade durchschaut, die ich so mühsam aufrechterhalte. Ein Teil von mir will endlich alles herauslassen, die Lügen beenden. Aber was, wenn ich es ausspreche und alles nur noch schlimmer wird?

Schwer seufzend stoße ich mich von der Wand ab und gehe den Gang entlang. Vor Jadens Zimmer halte ich kurz inne, atme den dezenten holzigen Geruch ein, der aus seinem Raum dringt – erdig, angenehm, fast wie die Bäume im Park bei Regen.

Ich klopfe, bevor ich eintrete.

Jaden sitzt auf seinem Bett, ein Knie angezogen, das andere über die Bettkante baumelnd. Seine Finger halten den Stift, den ich ihm zu Weihnachten geschenkt habe, und führen ihn in fließenden Bewegungen über die Seite seines Buches. Das Licht seiner Nachttischlampe wirft einen goldenen Schein auf seine Wangen. Es ist ein Anblick, der eine seltsame Wärme in mir auslöst.

Leise schließe ich die Tür hinter mir und schnappe mir meinem Rucksack, der in der Ecke steht. Aus der großen Vordertasche hole ich meine Schlafkleidung heraus, die ich in der Eile nur hineingestopft hatte. Da Jaden weiterhin in sein Skizzenbuch vertieft ist, ziehe ich mich schnell um. Das weiche T-Shirt und die bequeme Hose schmiegen sich an meine Haut und ich fühle mich gleich etwas wohler. Ich schlage die Decke auf der freien Seite des Bettes zurück und setze mich auf die Matratze.

»Darf ich sehen, was du zeichnest?«, frage ich und lehne mich leicht vor, in der Hoffnung, einen Blick auf die Seite in seinem Skizzenbuch zu erhaschen.

Jaden schaut auf und plötzlich liegt eine merkwürdige Spannung in der Luft. Sein Kiefer bewegt sich, als würde er nachdenken.

»Vielleicht ein anderes Mal«, sagt er und schiebt das Buch zur Seite. »Also«, fährt er fort, »passiert das öfter, dass ihr einfach unangekündigt hier aufkreuzt?«

Mein Herz setzt einen Schlag aus. Ich spiele nervös an einem losen Faden meines Shirts. Wie soll ich ihm das erklären? »Äh, ... nur ... manchmal«, murmele ich stockend.

Jaden neigt sich mir zu und stützt sich auf seinen Arm. »Wie oft ist manchmal?«

Ich presse meine Hände gegen meine Oberschenkel, um das Zittern zu unterdrücken, und sehe zum Fenster hinaus. Der Mondschein fällt durch die Gardinen, wirft sanfte Schatten auf die Wände und lässt die Nacht friedlicher wirken, als sie sich für mich anfühlt.

Meine Gedanken rasen. Früher war es so viel einfacher. Als Kind stand ich oft ohne Ankündigung bei den Bakers vor der Tür, um mit Kendra zu spielen. Aber das hier? Das ist anders. Heute suche ich Schutz vor dem Chaos zuhause. Aber wie soll ich das sagen, ohne mich völlig bloßzustellen?

»Nicht jede Woche, falls du das meinst«, antworte ich ausweichend. »Vielleicht ein bis zwei Mal im Jahr.« Oder öfter. Viel öfter.

Jadens Augen sind nur noch schmale Schlitze, als wollte er durch meinen Schädel direkt in meine Gedanken sehen. »Das klingt alles ziemlich vage.«

»Ich bin müde«, sage ich und gähne demonstrativ.

Jadens fragenden Blick ignorierend, lege ich mich hin, ziehe mir die Decke bis zum Hals und schließe die Lieder. Mein Körper ist ausgebrannt, mein Geist noch mehr. Ich kann es keinem sagen – die Angst, auch Myra zu verlieren, ist zu groß.

Das leise Kratzen des Stiftes setzt wieder ein und wirkt wie ein Beruhigungsmittel auf mich. Eine sanfte Melodie, die die Dunkelheit zumindest für eine Weile vertreibt.

Schwärze. Dunkelheit.
Ich muss auftauchen, muss atmen.
Das Wasser ist so kalt. Ich zittere.
Da ist ein schwacher Schein an der Oberfläche weit über mir. Ich strample. Kämpfe. Es zieht mich nach unten. Weiter und weiter.
Ich schlage mit den Armen, greife nach etwas. Aber da ist nichts.
Kein Halt, kein Licht. Ich schreie, aber kein Laut ist zu hören. Stille.
Wasser dringt in meine Lungen, brennt und schneidet wie tausend Klingen. Panik. Verzweiflung.
Der Druck auf meiner Brust ist unerträglich.
Ich strample weiter, aber alles ist vergeblich. Schaffe es nicht. Ertrinke.
Die Dunkelheit, sie holt mich, zieht an mir.
Ich fühle nichts mehr. Tod.

Und mit einem Ruck wache ich auf.

»Ash!«

Groß aufgerissene Augen blicken auf mich herab. Jaden.

Mein Herz schlägt heftig, mein Atem ist unregelmäßig, und mein Körper ist schweißgebadet. Die Panik aus meinem Traum hat mich noch fest im Griff, und selbst jetzt, da ich wach bin, bleibt der Schatten der Dunkelheit über mir hängen.

»Verdammte Scheiße!« Jaden brüllt mich an, seine Stimme überschlägt sich fast. »Du hast mir eine verdammte Angst eingejagt. Hörst du mich?«

Ich nicke.

Meine Augen brennen.

Alles brennt.

Ich schluchze.

Die Angst, das Ertrinken, das endlose Fallen in die Tiefe – es war alles so real.

»Halt mich, Jaden, halt mich fest.« Meine Stimme zittert. Bin ich es, der so verzweifelt klingt?

Ohne zu zögern, legt sich Jaden neben mich und zieht mich in seine Arme. Seine Umarmung ist warm, und ich klammere mich an ihn wie ein Ertrinkender an ein Stück Treibholz.

»Schon gut. Ich bin hier«, flüstert er. »Ich lass dich nicht los.«

Ich vergrabe mein Gesicht an seiner Schulter und lasse die Tränen frei fließen. Der Albtraum hängt wie ein Schatten über mir, aber Jaden ist real, seine Berührung ist echt.

»Es war nur ein Traum«, sagt er leise und streicht mir sanft über den Rücken, »nur ein verdammter Traum.«

Ich schluchze leise und drücke mich noch enger an ihn. »Es fühlte sich so real an.«

»Ich weiß, aber es war nicht echt. Du bist hier, bei mir.« Seine Stimme ist ein beruhigendes Summen in meinen Ohren. In seinen

Armen fühle ich mich sicher. Es ist das Einzige, was mich in diesem Moment davon abhält, in die Dunkelheit zurückzufallen.

»Es wird alles gut, Ash.« Jaden drückt mir einen kleinen Kuss auf meinen Kopf. »Ich lass dich nicht allein.«

Die Emotionen überwältigen mich. Neue Schluchzer entrinnen mir, bevor ich sie zurückhalten kann.

»Ich bin hier«, wiederholt er immer wieder seine Worte. »Du bist nicht allein.«

Seine Nähe beruhigt mich und seine Wärme vertreibt die Kälte, die mich von innen heraus zerfrisst.

Lange liegen wir so da, ich eng an ihn geschmiegt, bis das Zittern verschwindet, mein Herzschlag sich beruhigt und meine Atmung wieder normal wird. Ich schließe die Augen und atme Jadens Duft ein - ein sanfter Hauch von frischer Wäsche und etwas Unbeschreiblichem, das nur Jaden hat. Es ist dieser Duft, der mir vertraut vorkommt und mich gleichzeitig mit einer tiefen Ruhe erfüllt. Ein leises Gefühl von Sicherheit breitet sich in mir aus, etwas, das ich schon lange nicht mehr gespürt habe. Ich klammere mich an ihn, als wäre er das Einzige, was mich noch mit der Realität verbindet, bis die Erschöpfung mich übermannt. Ich gleite in einen tiefen Schlaf, dieses Mal ohne Albträume.

Als ich das nächste Mal erwache, strahlt die Sonne bereits hell durchs Fenster und taucht das Zimmer in warmes Licht. Die Bettseite neben mir ist leer. Ein leiser Anflug von Enttäuschung durchzuckt mich. Jaden ist schon weg, und mit ihm auch die Wärme seiner Nähe, die mich in der Nacht noch gehalten hat.

Den Schlaf aus den Augen reibend setze ich mich auf und atme tief durch.

Die Tür zum Zimmer öffnet sich und Jaden betritt den Raum mit einem Tablett in den Händen.

»Morgen«, sagt er mit einem sanften Lächeln und stellt das Tablett vorsichtig auf dem Nachttisch ab, auf dem sich neben zwei Tassen auch ein Teller mit Croissants befindet.

»Morgen«, ich blinzele ihn an, noch immer halb benommen vom Schlaf und vor Überraschung, »du hast Frühstück gemacht?«

»Ja, dachte, du hast vielleicht Hunger.« Er setzt sich auf die Bettkante und reicht mir eine Tasse Kaffee. »Wie hast du geschlafen?«

»Besser«, antworte ich und nehme ihm das heiße Getränk ab.

Die Wärme breitet sich von meinen Händen bis in mein Gesicht aus. Oder ist es die Scham von letzter Nacht? Ich trinke einen Schluck und das bittere Aroma belebt meine Sinne.

»Danke«, murmele ich leise.

Es ist mehr als ein Dank für das Frühstück – es ist ein Dank für alles, was Jaden in den letzten Stunden für mich getan hat. Es ist mir unangenehm, dass er erneut Zeuge einer meiner Albträume wurde. Bis jetzt wusste niemand davon, außer Myra – und das sollte auch so bleiben. Doch nun weiß Jaden Bescheid. Zum zweiten Mal hat er es miterlebt.

»Willst du darüber reden?«, fragt Jaden und reicht mir ein Croissant. Er beobachtet mich aufmerksam.

Ich schüttle den Kopf. »Nein, es ist nichts. Mir geht es gut.«

»Jedes Mal, wenn du sagst, es geht dir gut, sehe ich die Verzweiflung, die du verbirgst.« Sein Blick wird traurig. »Ich fühle mich so machtlos, dir nicht helfen zu können«, sagt er leise und senkt den Blick.

Wie könnte er mir schon helfen? Er hat letzte Nacht genug getan. Ich muss ihn nicht auch noch mit meinen Problemen zuhause belasten.

Wir essen schweigend, aber es ist kein unangenehmes Schweigen. Es ist ein Moment der Ruhe, des Friedens nach dem Sturm.

Jaden hat diese Fähigkeit, einfach da zu sein, ohne dass man sich erklären muss. Und dafür bin ich ihm unendlich dankbar.

»Was hast du heute vor?«, frage ich schließlich, um das Schweigen zu brechen.

»Nicht viel«, antwortet er und zuckt mit den Schultern. »Dachte, wir könnten vielleicht an unserem Projekt weiterarbeiten. Die Videos müssen geschnitten und die Texte ausgearbeitet werden.«

Ich nicke und bin froh über den Themenwechsel und dass Jaden nicht weiter wegen letzter Nacht nachfragt. »Klingt gut. Hast du vorher Lust auf eine Runde Kicken?«

Er grinst. »Und wie.«

Der Ball rollt über den Rasen im Garten der Bakers, glitzernd von den schmelzenden Tautropfen vom frostigen Morgen. Heute ist es tatsächlich etwas wärmer als die letzten Tage.

Jaden und ich lachen, rufen uns gegenseitig zu, während wir uns um den Ball streiten. Jaden ist schnell, aber jetzt bin ich am Zug.

»Na, kannst du nicht mithalten, kleiner Junge?«, rufe ich über meine Schulter mit einem frechen Grinsen auf meinen Lippen. Ihn zu provozieren macht einfach Spaß.

»Das werden wir ja sehen«, ruft er zurück und legt einen Zahn zu. Jaden ist flink, das weiß ich und gleich wird er mich einholen. Seine Entschlossenheit treibt mich an, noch schneller zu laufen, aber ich kann seine Schritte schon hören.

Plötzlich rammt er mich spielerisch mit seiner Schulter, und ich verliere das Gleichgewicht. Ich stolpere und falle in den nassen Rasen. Ich wusste es.

Das Gras kitzelt mein Gesicht, befeuchtet es, und ich kann nicht anders, als laut zu lachen.

Doch ich lasse mir nichts gefallen. Noch während ich liege, greife ich nach Jadens Knöchel und ziehe ihn zu mir runter.

»Jetzt hab ich dich«, sage ich triumphierend, als er neben mir im Gras landet.

Er will schon wieder aufspringen, da rolle ich herum und klettere auf ihn, meine Knie zu beiden Seiten seiner Hüften.

»Oh, nein, so leicht kommst du mir nicht davon.«

Er versucht, sich zu winden und mich abzuschütteln, aber ich bin stärker und halte ihn fest.

»Na, gibst du auf?«, frage ich und lehne mich zu ihm vor. Sein Atem geht schnell, und seine Augen funkeln schelmisch.

»Träum weiter.« Seine Hände greifen nach meinen Handgelenken, und wir kämpfen spielerisch.

Doch als unsere Bewegungen langsamer werden, verändert sich die Atmosphäre.

Ich starre ihn an, gefangen von dem Anblick seines Mundes, der förmlich danach schreit, geküsst zu werden. Jeder Atemzug, jede winzige Bewegung seiner Lippen fesselt mich mehr und mehr. Mein Herz schlägt so heftig in meiner Brust, dass ich mich frage, ob er es ebenfalls spüren kann.

Sein Gesicht ist nur einen Hauch von mir entfernt. Ich kann jedes Detail erkennen – das sanfte Glitzern in seinen grünen Augen, die kleinen Sommersprossen, die sich wie ein Sternenbild über seine Nase ziehen. Ich zähle sie unbewusst, völlig fasziniert von ihrer Anordnung. Eins, zwei, drei, ...

»Ash?«, haucht Jaden meinen Namen. Seine warme Hand auf meiner Schulter fühlt sich an, als würde ein elektrischer Strom durch meinen Körper jagen.

»Ja?«

»Du bist echt schwer«, sagt er und grinst breit.

Mist!

Sofort rolle ich von ihm herunter, stehe auf, und ein heißes Kribbeln schießt mir in den Kopf. Wie peinlich, ich habe ihn angestarrt wie ein verliebter Idiot. Was habe ich mir dabei gedacht? Dass er mich küsst?

»Das war echt unfair, weißt du«, sagt Jaden und lacht leise, während er sich aufsetzt und sich die Grashalme von seinem Jogginganzug streicht. Sein Haar ist zerzauster als zuvor, und ein besonders hartnäckiges Grasbüschel hängt noch an seiner Schulter.

»Unfair?«, wiederhole ich und versuche, meine brennenden Wangen zu ignorieren. »Das nennt man ausgleichende Gerechtigkeit, Pearson.«

»Nenn es, wie du willst, McCoy, aber du hast eindeutig einen Vorteil ausgenutzt.«

»Ach, komm schon, du hattest deinen Spaß.« Ich zwinkere ihm zu und strecke ihm die Hand entgegen, um ihm aufzuhelfen. Als er meine Hand nimmt, durchzieht mich ein vertrautes Kribbeln. »Noch eine Runde?«

»Klar, aber dieses Mal gewinne ich.«

Natürlich holt mich Jaden jedes Mal ein. Er ist, was das angeht, einfach klein und super flink. Das ist auch der Grund, warum wir einen Sieg nach dem anderen beim Fußball einfahren. Seitdem Jaden im Team ist, macht Fußball wieder Spaß.

Als wir völlig ausgepowert sind, verschwinden wir nacheinander im Badezimmer. Die heiße Dusche lässt die Kälte und den Schmutz des Gartens verschwinden, aber die Wärme, die von innen kommt, bleibt.

Ich bin froh, dass sich Kendra heute um Myra kümmert. Das gibt mir die Freiheit, für einen Moment abzuschalten und nicht ständig in Alarmbereitschaft zu sein.

Eine halbe Stunde später sitzen Jaden und ich in seinem Zimmer am Schreibtisch. Die Sonnenstrahlen werfen ein warmes Licht durch das Fenster auf die Bücher und Notizen vor uns. Wir haben noch einiges für die Projektarbeit zu tun, aber der Übergang vom ausgelassenen Spiel zur konzentrierten Arbeit fühlt sich seltsam natürlich an.

»Also, wo fangen wir an?«, frage ich und klappe meinen Laptop auf.

»Ich dachte, wir könnten mit der Struktur anfangen. Die Metaphern sind gut, aber sie brauchen einen roten Faden.«

»Klingt nach einem Plan.«

Jaden grinst und nimmt einen Stift in die Hand. »Vielleicht sollten wir zuerst überlegen, wie wir die Hauptideen verbinden können.«

»Das macht Sinn«, sage ich und mache mir ein paar Notizen.

Jaden stupst mich spielerisch an, anscheinend hat er noch nicht genug und möchte unsere Duelle hier drinnen fortführen. Ich grinse und piekse ihn zurück. Es ist schön, so unkompliziert mit ihm hier zu sitzen und zu lachen. Wir necken uns noch ein paar Mal und in unserer Albernheit stoße ich versehentlich gegen den Tisch.

»Autsch.«

Ein Buch fällt herunter und landet offen auf dem Boden. Ich beuge mich vor, um es aufzuheben, doch meine Augen bleiben an einer Seite hängen. Es ist eine Zeichnung von mir.

»Wow«, sage ich leise und starre auf das Bild.

Jaden greift nach dem Buch. »Das ... das ist nichts. Nur eine Skizze.«

Ich halte seine Hand fest und hindere ihn daran, das Buch zuzuschlagen.

»Nein, das ist wirklich gut. Du hast echt Talent.«

Er zögert, lässt mich dann weiter durchblättern. Seite für Seite. Es sind noch mehr Zeichnungen von mir darin – verschiedene Posen, Gesichtsausdrücke, Momentaufnahmen. Jede einzelne ist beeindruckend detailliert und lebendig.

»Jaden, das ist ...« Ich finde keine Worte, um auszudrücken, wie sehr mich seine Kunst berührt. Ich wusste, dass er gut ist, aber so gut? »Wow!«

Er schaut verlegen zur Seite. »Es ist nur etwas, das ich gerne mache, um den Kopf freizubekommen.«

»Du bist außergewöhnlich«, sage ich und schaue ihn an. »Warum hast du mir das nie gezeigt?«

Jaden zuckt mit den Schultern und weicht meinem Blick aus.

Ich betrachte die Zeichnungen genauer. Jaden hat mich gezeichnet, wie ich wirklich bin. Nicht nur der perfekte und beliebte Schüler, den alle sehen, sondern die verletzliche, nachdenkliche Seite von mir. Er hat mich in Momenten der Unsicherheit eingefangen. Er sieht in mir mehr, sieht mich so, wie ich bin.

Ich lege das Skizzenbuch behutsam auf den Tisch und sehe ihn an. »Weißt du«, beginne ich und zögere kurz, bevor ich weiterspreche, »ich habe noch nie jemanden getroffen, der mich so sieht, wie du es tust.«

In Jadens Augen liegt eine Sanftheit, die mich tief berührt. »Scheinbar sehe ich Dinge, die andere nicht sehen«, sagt er leise.

Ich schlucke schwer und nicke. »Vielleicht.«

Unsere Knie berühren sich und die Wärme, die von ihm ausgeht, breitet sich wie ein beruhigendes Feuer in mir aus. Plötzlich wird mir die Nähe zu Jaden voll bewusst. Da ist etwas zwischen uns, etwas Unausgesprochenes, das im Raum hängt.

Ich nehme einen tiefen Atemzug. Jadens süßlicher Duft füllt meine Lungen und lässt meinen Kopf schwirren. In meinem Bauch flattert es. Es ist, als würde eine warme Welle von Nervosität und

Aufregung durch meinen Körper rollen, meine Sinne schärfen und mein Herz schneller schlagen lassen. Die Nähe zu Jaden ist überwältigend und berauschend zugleich.

»Jaden«, flüstere ich und lehne mich näher zu ihm.

Und jetzt? Soll ich es wagen? Ich will wieder dieses Kribbeln spüren, als ich mit ihm im Schrank war. Diese unbeschreibliche Mischung aus Nervosität und Verlangen.

Unsere Nasen berühren sich fast und sein Atem kitzelt auf meiner Haut. Seine Pupillen weiten sich ein Stück, und ich sehe in ihnen die gleiche Unsicherheit, die gleichen Gefühle. Einen Augenblick lang zögere ich, atme tief durch und finde den Mut, der in mir schlummert. Dann schließe ich langsam die letzten Zentimeter und lege meine Lippen auf seine. Der Kuss ist sanft, vorsichtig, aber voller Bedeutung. Die Welt um mich herum hört auf zu existieren. Es gibt nur diesen Moment, nur ihn und mich.

Jaden erwidert den Kuss, seine Hand legt sich in meinen Nacken und zieht mich näher. Ein Schauer läuft mir über den Rücken, mein Herz schlägt wie ein Trommelwirbel in der Brust. Jeder Muskel meines Körpers ist angespannt, und das fieberhafte Pochen des Pulses dröhnt in meinen Ohren. Die Wärme seiner Berührung, die Sanftheit seiner Lippen – alles fühlt sich so richtig an, genau wie beim ersten Mal. Alle Zweifel verschwinden plötzlich und nur noch dieses Gefühl der Verbundenheit bleibt.

Als wir uns voneinander lösen, halte ich seinem Blick fest. Keiner von uns spricht. Ich lehne meine Stirn gegen seine, schließe die Augen und genieße den Moment.

»Danke«, flüstere ich schließlich. »Danke, dass du mich siehst.«

Kapitel 19
Jaden

*M*ein Herz rast immer noch wie verrückt, und meine Gedanken wirbeln durcheinander. Was ist nur in mich gefahren? Warum kann ich diesem Mann nicht widerstehen?

Vor ein paar Monaten hätte ich nicht einmal daran gedacht, dass ich ihn mögen könnte. Ash, der strahlende Sunnyboy, den jeder liebt – ich wollte nichts mit ihm zu tun haben. Doch egal, wie sehr ich es versucht habe, ihn auf Abstand zu halten, er blieb da. Er ließ sich nicht abschütteln, ließ mich nicht allein.

Was macht Ash nur mit mir? Seine Nähe bringt mein Inneres durcheinander, seine Berührungen, sein Lächeln, seine sanften Worte – all das zieht mich unwiderstehlich an. Ich kann mich nicht dagegen wehren, selbst wenn ich es wollte.

Vielleicht ist Ash anders. Anders als die anderen. Anders als Riley, der mich verließ, als es schwierig wurde. Anders als mein Vater, der ging, ohne ein Wort zu sagen. Menschen gehen. Sie lassen einen allein und brechen einem das Herz. Ich habe gelernt, dass Abschiede immer wehtun. Aber Ash? Ich sehe ihn an, in seine blauen Augen, die Wärme und Zuneigung ausstrahlen. Kann ich ihm wirklich vertrauen?

Die Mauern, die ich um mein Herz errichtet habe, beginnen zu bröckeln. Vielleicht ist es an der Zeit, sie niederzureißen und zu sehen, was dahinter liegt. Vielleicht ist Ash das Risiko wert.

»Jaden, bist du okay?« Ashs Stimme reißt mich aus meinen Gedanken.

»Ja, ich ... ich glaube schon«, sage ich zittrig.

Ruhig bleiben, jetzt bloß nicht ausflippen. Es war doch nur ein Kuss. Ein Kuss, nach dem ich mich noch mehr sehne – nach mehr Nähe, nach mehr von ihm.

Diesmal bin ich es, der sich vorbeugt. Unsere Lippen finden sich erneut, und das Knistern zwischen uns wird intensiver.

Ehe ich mich versehe, sitze ich halb auf ihm, meine Finger vergraben sich in seinen Haaren. Sie sind weich, noch schöner, als ich es mir je vorgestellt habe.

Der Kuss ist voller Leidenschaft, die uns beide erfasst. Ash entfacht in mir eine so starke Sehnsucht, dass ich die Kontrolle verliere, genau wie damals im Schrank. Am liebsten würde ich ihn stundenlang küssen, seine Nähe genießen, seine Wärme ...

»Ihhh, die küssen sich«, ertönt plötzlich eine schrille Stimme.

Ash und ich reißen uns voneinander los und blicken hastig zur Tür. Da steht Myra und verzieht angewidert das Gesicht.

»Myra«, rufe ich und springe auf, aber das Gleichgewicht verlässt mich. Ich stolpere rückwärts über meinen Stuhl und lande unsanft auf dem Boden. »Au!«

Ash ist sofort bei mir. »Geht's dir gut?«

»Ja, ja«, murmele ich und reibe meinen schmerzenden Hintern.

Myra blickt neugierig zwischen uns hin und her. »Warum küsst du meinen Bruder, Jaden?«

Bevor ich antworten kann, erscheint Kendra in der Tür.

»Was ist denn hier los?«, fragt sie, während ihr Blick aufmerksam über uns wandert.

»Ash und Jaden haben sich geküsst«, verkündet Myra und schiebt noch ein »Eklig« hinterher.

»Na, das wurde aber auch Zeit«, sagt Kendra und grinst uns an.

»Mach bloß kein Drama draus. Was willst du?« Ich bin leicht genervt. Genau das fehlte noch – dass man uns beim Knutschen erwischt. Mutter würde ausflippen, wenn sie es wüsste, und Nolan würde verbieten, dass Ash bei mir übernachtet. Vor ein paar Monaten hätte ich das sehr begrüßt, aber jetzt ... ich mag es, neben ihm einzuschlafen. Seinen Atem zu hören, wenn er schläft, sein Gesicht zu betrachten, wenn er ruhig träumt. Nur das heftige Wälzen ist für mich noch ein Rätsel. Mal einen Albtraum zu haben ist normal. Das hatte ich auch schon, aber bei Ash macht es mir richtig Angst. Wie er schreit und doch kaum ein Wort herauskommt, sich windet, als wäre er gefangen, ohne sich befreien zu können. Er verheimlicht etwas, das wurde mir gestern mehr als bewusst. Aber was?

Kendra winkt ab und wendet sich Ash zu. »Mein Dad lässt fragen, ob du ihm helfen kannst.«

Ash nickt. »Klar, was braucht er?«

»Hilfe beim Grillen«, sagt Kendra lachend. »Du weißt ja, wie er ist. Da scheint im Februar einmal die Sonne, und schon tut er so, als wäre Sommer.«

»Soll ich ihm auch gleich die Flip-Flops raussuchen?« Ash entblößt seine strahlend weißen Zähne.

Myra lauscht dem Gespräch, hüpft von einem Bein aufs andere. »Und ich wollte mit Jaden zeichnen«, ruft sie ungeduldig.

»Zeichnen? Gibt's nicht gleich Essen?«, sage ich und ziehe eine Augenbraue hoch.

»Bitte, Jaden, nur zehn Minuten.« Sie zieht wie üblich eine Schnute, wenn sie etwas will, es aber nicht sofort bekommt.

Ich muss lächeln. »Worauf warten wir dann noch?«

Myra quietscht triumphierend und springt auf mich zu.

»Dann sehen wir uns gleich unten«, sagt Ash und drückt meine Schulter, bevor er Kendra nach draußen folgt.

Myras kleine Hand greift nach meinem Arm und sie zieht mich zum Schreibtisch, auf dem noch das Material unserer Projektarbeit liegt. Ich packe es beiseite und hole weißes Papier und Buntstifte aus einem Schubfach.

»Was wollen wir zeichnen?«, frage ich und setze mich neben sie.

»Wie wäre es mit einem Bild von dir und Ash?«, schlägt Myra vor, und sofort steigt mir die Hitze ins Gesicht.

»Ähm, vielleicht etwas anderes.« Es ist schon peinlich genug, dass Ash die ganzen Porträts von sich in meinem Skizzenbuch gesehen hat. Da wäre ein Bild mit uns zusammen definitiv zu viel. »Wie wäre es mit einem Drachen?«

Myra nickt und beginnt sofort zu zeichnen. Ihre Miene erhellt sich bei der Vorstellung eines Drachen, sie liebt die Welt der Fantasie. Die Art, wie sie ihren Stift über das Papier bewegt, zeigt ihre Leidenschaft und ihr Können. Vielleicht besucht sie später auch die Kunstschule.

»Jaden, magst du meinen Bruder?«, fragt Myra, ohne von ihrem Blatt aufzusehen.

»Ja«, antworte ich ehrlich, »ich mag ihn«. Niemals hätte ich gedacht, dass ich sowas mal wieder sagen würde und schon gar nicht über jemanden wie Ash. Aber ich mag ihn, sehr sogar.

»Ash mag dich auch.« Myra neigt den Kopf und lächelt zu mir hoch. »Er redet immer von dir.«

Ihre Worte lassen mein Herz schneller schlagen. Es ist schön zu hören, dass er über mich spricht und ich Teil seines Lebens bin.

Ich lächle zurück, fühle aber gleichzeitig eine Schwere in meinem Herzen. Die Erinnerungen an Ashs Albträume drängen sich wieder in meine Gedanken. Es macht mich fertig, ihn so zu sehen. Ich will ihm helfen, aber ich weiß nicht wie.

»Ash träumt manchmal schlecht, oder?«, frage ich vorsichtig und hoffe, dass ich nicht zu direkt bin.

Myra zögert, beißt auf ihrer Unterlippe und nickt dann. »Ja, ganz oft. Er sagt, dass es ihm gut geht, aber ich glaube ihm nicht immer.«

»Und wie ist es bei euch zuhause so?«

»Es ist okay. Manchmal hat Mama schlechte Tage. Dann ist Ash für mich da.«

»Schlechte Tage?«, frage ich weiter.

»Ja, aber das soll ich eigentlich nicht sagen.« Sie legt den Stift ab und schaut mich mit großen Augen an. »Ash sagt, das bleibt unser Geheimnis.« Sie schlägt sich die Hände vor den Mund, als hätte sie zu viel gesagt.

Ich sehe ihre Unsicherheit und die Angst. Mein Herz zieht sich zusammen. Was geht bei ihnen zuhause vor?

»Es ist okay, du musst mir nichts verraten.« Ich greife nach einem Stift und schreibe etwas aufs Papier. »Hier, nimm das. Falls du mal Hilfe brauchst oder reden möchtest, dann ruf mich einfach an, egal zu welcher Uhrzeit, okay?«

Myra nimmt das Blatt und starrt auf die Zahlen. »Okay, aber du darfst Ash nichts sagen. Er ist sonst böse auf mich.«

»Meine Lippen sind verschlossen.« Ich lächle, aber innerlich mache ich mir Sorgen.

Ash hat mir nie von seiner Mutter erzählt. Was verbirgt er vor mir? Der Gedanke, dass er nicht nur wegen seiner Albträume leidet, sondern auch wegen etwas anderem, lässt mich nicht los.

Beim Abendbrot sitze ich neben Myra. Meine Stimmung ist bedrückt, wie jedes Mal, wenn Mutter in der Nähe ist. Sie schweigt meistens und schaut nur gelegentlich zu mir. Für sie bin ich eine

Schande. Wahrscheinlich wünscht sie sich nun, ich wäre nie mit nach Dedville gezogen.

Ash sitzt mir gegenüber und er wirft mir immer wieder süße Blicke zu, wenn ich zu ihm schaue. Oder täusche ich mich? Zumindest funkeln seine Augen jedes Mal und er lächelt. Meine Mundwinkel ziehen sich nach oben und es fühlt sich an, als würde die Sonne aufgehen.

»Kannst du mir mal das Salz reichen?«, fragt Ash und schaut mich an.

Ich gebe ihm den Streuer und unsere Hände berühren sich kurz. Ein minimaler Kontakt, der ein Feuerwerk in meinem Körper entfacht, als würden glühende Funken durch meine Adern sprühen. Ein Kribbeln breitet sich in meinen Fingern aus und wandert bis zu meinen Füßen, während ich von einer Welle aus Wärme und Aufregung erfasst werde.

»Danke«, sagt er leise, und ich nicke, unfähig, ein Wort herauszubringen. Es ist verrückt, wie viel eine so kleine Berührung auslösen kann.

»Wie war dein Tag, Ash?«, fragt meine Mutter und schenkt ihm ein warmes Lächeln. Es ist offensichtlich, dass sie Ash bevorzugt. Mich hat sie schon ewig nicht mehr gefragt, wie mein Tag war.

»Er war gut. Jaden und ich haben ein paar Pässe geübt«, antwortet Ash höflich und wirft mir einen kurzen Blick zu.

›Pässe geübt‹, wenn er das so sagt, klingt das Ganze echt harmlos. Doch allein die Erinnerung daran, wie er über mir im Gras lag, lässt mein Herz schneller schlagen. Ich hätte ihn bereits da so gerne geküsst. Das Verlangen nach ihm war in diesem Moment überwältigend.

Meine Mutter runzelt die Stirn und ist sichtlich verwirrt. »Ich dachte, du hättest etwas mit Kendra unternommen. Hast du sie schon wegen des Abschlussballs gefragt?«

Ash schluckt und senkt den Kopf. »Ähm, nein, das habe ich noch nicht.«

»Es wäre aber an der Zeit, findest du nicht?« Mutter lässt nicht locker.

Mein Magen verkrampft sich, und der Appetit vergeht mir augenblicklich, als hätte eine kalte Hand mein Inneres gepackt und fest zusammengedrückt. Warum muss sie immer solche Themen ansprechen? Was will sie jetzt wieder beweisen?

Kendra legt die Gabel zur Seite und dreht sich zu meiner Mutter. »Molly, Ash muss nicht unbedingt mit mir zum Ball. Es gibt doch noch ...«

Doch meine Mutter unterbricht sie mit einem Kopfschütteln, als hätte sie die Entscheidung längst für uns alle getroffen.

»Rede doch keinen Unsinn, Liebes. Ihr zwei seid wie füreinander gemacht, das sieht doch jeder.« Ihre Worte brennen in mir, wie ein Gift, das sich langsam und quälend in meinen Adern ausbreitet.

Der Gedanke, die Salatschüssel vor mir zu packen und sie meiner Mutter ins Gesicht zu schleudern, ist so verlockend, dass ich meine Finger fest an die Tischkante presse, um mich zurückzuhalten. Ich atme tief durch und schlucke die aufkommende Wut runter. Warum muss sie immer wieder auf dieser Idee beharren, dass Kendra und Ash füreinander bestimmt sind, als wäre es in Stein gemeißelt? Als hätte ich keine Wahl, als hätte keiner von uns eine Wahl.

Nach dem Essen ziehen Ash und ich uns in mein Zimmer zurück. Sobald die Tür hinter uns geschlossen ist, fühle ich, wie die Anspannung von mir abfällt. Der Druck, den meine Mutter immer ausübt, verschwindet in dem Moment, in dem wir allein sind.

Ash setzt sich auf mein Bett und zieht mich neben sich. »Das war anstrengend, deine Mutter macht mich noch fertig.«

Er fährt sich mit der Hand durch die Haare.

»Glaub mir, das Gefühl kenne ich nur zu gut«, antworte ich und lege meinen Kopf an seine Schulter. Plötzlich ist es ganz leicht, mich ihm hinzugeben, als hätten wir diese Nähe schon unzählige Male geteilt.

»Wieso will sie, dass ich unbedingt mit Kendra zum Abschlussball gehe?«

»Keine Ahnung. Vielleicht denkt sie wirklich, dass ihr das perfekte Paar seid, oder sie will dich von mir fernhalten.«

»Und was denkst du? Soll ich Kendra fragen?«

Seine Frage trifft mich unerwartet, und ich reiße den Kopf von seiner Schulter hoch.

»Ich ... ich denke, dass es deine Entscheidung ist. Du solltest tun, was du willst, nicht, was meine Mutter will.«

Er nickt langsam und schaut mich eindringlich an. »Weißt du, was ich will?«, fragt er leise.

Mein Herz schlägt schneller und meine Hände fangen an zu schwitzen. »Was denn?«

Er beugt sich vor, bis seine Stirn meine berührt. »Ich will dich nochmal küssen.«

Ich schlucke schwer und schließe die Augen.

»Ich dich auch«, flüstere ich und bereite mich innerlich auf die Welle der Emotionen vor, die über mich hereinbrechen wird, sobald seine warmen, weichen Lippen meine berühren.

Für einen Augenblick herrscht Stille, nur das sanfte Geräusch unserer Atemzüge erfüllt den Raum.

Dann spüre ich seine Hand an meiner Wange. Ich traue mich kaum zu atmen.

»Aber zuerst müssen wir noch die Projektarbeit fertigmachen«, sagt er und stupst mir auf die Nase.

WAS?

Ich reiße meine Lieder auf. Mein Gesichtsausdruck muss wie der eines Fisches auf dem Trockenen aussehen, denn Ash kann sich sein Lachen nicht verkneifen.

»In 14 Tagen ist schon Abgabe. Erst die Arbeit, dann das Vergnügen«, erklärt er mit unschuldigem Funkeln in den Augen. Doch ich weiß genau, dass das nur Fassade ist.

Kann man vom Küssen Muskelkater bekommen? Wenn ja, dann wäre ich definitiv bereit für die nächste olympische Disziplin!

Ash und ich liegen auf meinem Bett, er halb auf mir, seine Lippen auf meinen. Seit unserem ersten Kuss vor ein paar Wochen hat sich alles verändert. Oder vielleicht auch nicht – denn wir sind immer noch wir, nur ... mehr. Intensiver. Ob beim Fußball, im Unterricht oder bei der Projektarbeit, die wir vor zwei Tagen abgeben mussten – jede freie Minute verbringen wir zusammen. Wir lachen, reden, necken uns, und irgendwie scheint die Welt nur dann Sinn zu ergeben, wenn er an meiner Seite ist. So wie jetzt.

Ob Nolan oder meine Mutter etwas davon mitbekommen? Ich weiß es nicht. Vielleicht sind sie unten, vielleicht hören sie uns, vielleicht auch nicht. Aber ehrlich gesagt, es ist mir total egal.

Ich löse mich von dem Kuss und lasse mich zurück in die Kissen sinken. Ashs blondes Haar ist zerzaust, einzelne Strähnen fallen ihm in die Stirn. Und doch sieht er aus, als wäre das genau der Look, für den man Stunden braucht. Er grinst mich an. Es ist dieses offene, ehrliche Lächeln, das mich jedes Mal umhaut.

»Was?«, frage ich leise.

»Ich mag es, wie du mich ansiehst«, sagt er, so unschuldig, dass ich spüre, wie mir die Hitze ins Gesicht steigt.

Bevor ich ihn erneut küssen kann, rollt er sich von mir herunter und kuschelt sich an meine Seite. Sein Arm liegt warm und schwer über meinem Bauch, seine Fingerspitzen zeichnen kleine, kreisende Muster auf meiner Haut. Ich könnte ewig so liegen.

»Sag mal, Jaden«, murmelt er nach einer Weile. »Warst du schon mal mit jemandem zusammen?«

Die Frage erwischt mich kalt. So plötzlich, dass mein Herz einen Moment aussetzt.

»Nicht wirklich.« Ich zucke leicht mit den Schultern. »Riley vielleicht … aber der war nur ein sehr guter Freund. Wir hatten was, aber es war nichts Ernstes.«

Ash hebt leicht den Kopf, sein Blick bleibt an mir hängen. »Was heißt: Ihr hattet was?«

Ich stocke. Wie formuliere ich das, ohne dass es sich größer anfühlt, als es war?

»Mit Riley hatte ich mein erstes Mal. Aber wir hatten keine Gefühle füreinander, also, nicht so … du weißt schon.«

›Nicht so wie bei dir‹ will ich am liebsten sagen. Aber ist es das, was ich für Ash empfinde – echte Gefühle, die tiefer gehen, als ich bisher gedacht habe? Vielleicht verstehe ich nicht vollkommen, was Liebe wirklich bedeutet oder wie sie sich anfühlt, aber das mit Riley war reine Freundschaft, nichts weiter.

Das mit Ash dagegen…

»Okay.« Ash nickt langsam.

Was geht nur in ihm vor? Sein Gesicht hat diesen Ausdruck, bei dem ich nie weiß, was er denkt.

»Ich … also … ich hatte noch nie … Sex.« Ashs Finger, die eben noch sanfte Kreise über meinen Arm zogen, verharren plötzlich.

Ich spüre, wie er ein wenig die Beine anzieht, und schneller atmet, nicht hektisch, aber deutlich unruhiger.

»Hey«, sage ich leise, lege meine Hand über seine und drücke sie sanft. »Das ist okay. Ich meine, das ist doch nichts, wofür du dich ...« Ich halte inne, nicht sicher, ob ›schämen‹ das richtige Wort ist. »... wofür du dich schlecht fühlen musst«, beende ich vorsichtig meinen Satz. »Ehrlich. Das bedeutet nur, dass du auf den richtigen Moment wartest. Und daran ist nichts falsch.«

Ash lacht leise, fast ein bisschen verlegen. »Ich dachte früher immer, dass es irgendwann mit Kendra passiert. Alle dachten, dass wir mal heiraten werden.«

Mein Brustkorb zieht sich zusammen, und das seltsame Gefühl, das sich darin breitmacht, ist schwer zuzuordnen. Eifersucht vielleicht? Nein, nicht ganz. Mehr so ... Schwermut. Für ihn. Weil ich nicht möchte, dass er traurig ist.

Ich streichle ihm über den Arm. »Wie ist es jetzt?«

Ash dreht sich zu mir, und in seinem Blick liegt so viel, dass ich fast vergesse zu atmen.

»Ich denke, dass es sich richtig anfühlen muss. Und das tut es gerade.« Seine Worte jagen kleine Stromschläge von meiner Brust bis in die Fingerspitzen.

Ich lächle schwach, beuge ich mich vor und lege meine Stirn an seine. »Wir haben Zeit«, flüstere ich, bevor ich ihn wieder küsse, langsam und zärtlich. Wir haben keine Eile, kein Drängen – da sind nur wir beide und das sanfte Pochen eines Gefühls, das ich nicht mehr leugnen kann. Ich bin verliebt.

Löckchens Schatten tanzt im fahlen Licht der Straßenlaternen, grotesk verzerrt und viel zu groß. Seine Haare, die er vermutlich mit Gel gezähmt hat, stehen nun in alle Richtungen ab. Ein Kunstwerk, welches der Wind gnadenlos zerstört hat.

Mit jedem Schritt wippen seine Strähnen wie Löwenzahnsamen, die nur darauf warten, vom nächsten Luftstoß weggetragen zu werden.

Ich beiße mir auf die Lippen, aber der Kommentar rutscht trotzdem raus: »Deine Schattenhaare sehen aus, als hättest du gerade in eine Steckdose gegriffen.«

»Danke für die Unterstützung, Jaden«, schnauft er empört und fährt sich mit einer Hand durch das Chaos auf seinem Kopf, was die Sache nur noch schlimmer macht. »Da steckt so viel Arbeit drin, und dann ruiniert dieser blöde Sturm alles!«

Sturm ist vielleicht ein bisschen übertrieben – es ist eher ein laues Lüftchen, das in unregelmäßigen Böen über uns hinweg streicht. Gerade kräftig genug, um Locken durcheinanderzuwerfen und losen Staub über die Straße zu treiben.

In der Ferne höre ich das dumpfe Scheppern einer Mülltonne, das Bellen eines Hundes und den dumpfen Bass der Musik von der Party, zu der wir unterwegs sind.

»Du hängst kaum noch mit mir ab«, murrt Löckchen unvermittelt. Den Seitenblick, den er mir zuwirft, sagt alles - Enttäuschung, gepaart mit dem Anflug eines Vorwurfs.

»Tut mir leid, Freddy. Es ist nur ... es gibt da gerade viel, was ich zu tun habe. Die Prüfungsvorbereitungen und das Abschlussprojekt«, rechtfertige ich mich. Es ist die halbe Wahrheit.

Wie soll ich ihm sagen, dass meine Gedanken ständig bei Ash sind? Dass jede freie Minute mehr mit dem Sunnyboy zu tun hat als mit Schulkram?

»Ja, ja, Projektarbeit und so. Aber du kannst mir nicht erzählen, dass du keine Zeit für deine alten Freunde hast«, antwortet er und stößt mir spielerisch seinen Ellenbogen in die Seite.

»Wir sind Freunde? Seit wann?«, frage ich ihn im ernsten Tonfall.

Sein Gesichtsausdruck erstarrt kurz, dann fängt er an zu grinsen. »Hättest mich fast gehabt, Mann.«

Natürlich sind wir Freunde. Irgendwie. Es ist schwierig, ihn loszuwerden – nicht, dass ich es wirklich wollen würde.

Wir betreten das Grundstück, auf dem die Party stattfindet. Ein schmaler Kiesweg führt uns in den hinteren Teil des Anwesens, vorbei an einem zweistöckigen Glaskasten, der mehr an ein modernes Kunstprojekt erinnert als an ein Wohnhaus. Überall schlängeln sich Lichterketten um die metallenen Geländer und die geometrischen Büsche. Der perfekte Schauplatz für eine High-School-Party wie diese.

Ein paar Meter weiter liegt ein Pool, dessen Oberfläche wie ein stilles Herzstück inmitten der Terrassenplatten glänzt. Die niedrige Steinmauer drumherum gibt ihm einen Hauch von Luxus, der durch das bunte Farbenspiel von schwimmenden Lichtern auf dem Wasser nur noch verstärkt wird. Obwohl es März ist und die Luft alles andere als warm, sehe ich bereits einen Typen, der an der Kante steht und sich heldenhaft für einen Sprung bereitmacht. Der erste Idiot hat nicht lange auf sich warten lassen.

Die Gäste lachen, tanzen, schreien. Der beißende Geruch von Rauch, sowohl legal als auch weniger legal, vermischt sich mit dem süß-stechenden Aroma von Wodka und Energy-Drinks zu einer unsichtbaren, aber fast greifbaren Wolke. Die Wahrscheinlichkeit, dass hier jemand 21 ist, liegt bei nahezu null Prozent. Trotzdem fließt der Alkohol wie aus einem nie versiegenden Brunnen. Es interessiert einfach keinen.

Ich folge Löckchen – besser gesagt, seinen wilden Haaren, die über den Köpfen der Menge wie ein Wegweiser hüpfen – durch den Garten.

»Wer wohnt hier noch mal?« Ich bleibe stehen und beobachte den Pool-Typen, der versucht, mit nassen Füßen wieder aus dem Becken zu klettern. Idiot.

»Liam Miller aus der Parallelstufe. Seine Partys sind legendär.« Löckchen macht eine dramatische Geste, als würden wir gerade das soziale Highlight des Jahres betreten. Doch für mich ist es nur ein Garten voller schwitzender Teenager mit zu viel Alkohol und zu wenig Hemmungen.

Ein Typ mit einem ›Sunkissed Vibes‹-Tanktop, das eindeutig nicht für die Temperaturen gemacht ist, stolpert über eine Lichterkette am Boden. Seine Freunde brechen in Gelächter aus, während er sich theatralisch verbeugt. Irgendjemand ruft: »Das war episch, Bro!« Ich verdrehe die Augen und seufze.

Die Musik dröhnt, vermischt sich mit dem chaotischen Stimmengewirr. Alles um mich herum ist ein einziges, pulsierendes Durcheinander aus Lichtern, Geräuschen und Bewegungen. Und ich? Ich stehe einfach nur da. Mittendrin in diesem Wahnsinn. Partys sind nicht mein Ding. Zu laut. Zu voll. Zu viele Menschen. Doch bevor die typische ›Ich gehöre hier nicht hin‹-Welle über mich rollt, sehe ich ihn. Ash.

Er steht an der gläsernen Hauswand, die Hände tief in den Taschen seiner schwarzen Jeans, und spricht mit jemandem, dessen Gesicht mir vage bekannt vorkommt.

Ash sieht aus wie immer: ein bisschen unnahbar, ein bisschen zu cool, und – natürlich – ist er der Grund, warum ich mich überhaupt auf diese Party eingelassen habe. Die Art, wie er sich leicht gegen die Wand lehnt, als wäre er völlig in seinem Element, zieht mich magisch an.

Er bemerkt mein Starren, sein Blick findet meinen. Ein vertrautes Kribbeln durchzieht meinen Bauch.

»Hey, ihr beiden.« Kendra taucht wie aus dem Nichts neben mir auf und unterbricht den Moment. Ihr Lächeln ist so strahlend wie die glitzernden Lichterketten um uns herum. »Schön, dass ihr es geschafft habt.«

»Klar, wir lassen doch keine Party aus«, antwortet Freddy grinsend. Seit wann ist er ein Partygänger?

»Ich hol mir noch einen Drink. Wollt ihr auch was?«

Während Freddy ein Punsch bei Kendra ordert, winke ich ab, denn meine Aufmerksamkeit gilt gerade nur der Person, die direkt vor mir steht.

»Hey«, sage ich leise und kann das Lächeln nicht unterdrücken.

»Hey«, erwidert Ash, und obwohl er nichts weiter sagt, fühlt es sich an, als würde die Welt kurz anhalten. Mein Herz schlägt schneller, und die Aufregung steigt, wie jedes Mal, wenn ich ihn sehe.

»Ich ... ich gehe Kendra bei den Getränken helfen.« Ashs Stimme klingt leicht nervös. Er wendet sich von mir ab und geht in Richtung der Getränketheke.

Löckchen tritt näher an mich heran. »Was war das?«

»Was meinst du?«

»Was läuft da zwischen Ash und dir?«

»Nichts?«, sage ich eher fragend und mein Freund durchschaut mich sofort.

»Ich hatte recht, du stehst auf ihn«, sagt er, für mein Empfinden viel zu laut und wippt mit den Augenbrauen.

»Freddy, halt die Klappe!« Nervös schaue ich mich um. Doch niemand interessiert sich für unser Gespräch.

»Ich hab's geahnt.«

»Bist du sauer?«, frage ich vorsichtig, da ich ihm nicht eher von Ash und mir erzählt habe.

Er schüttelt den Kopf. »Nein, ich bin nicht sauer. Ich hoffe nur, du weißt, was du tust.«

»Das hoffe ich auch«, antworte ich ehrlich. »Aber es fühlt sich richtig an.«

Löckchen klopft mir freundschaftlich auf die Schulter. »Na dann, viel Glück. Und wenn du mal reden willst, ich bin hier.«

Kapitel 20
Ashton

*I*ch schiebe mich durch die Menge und folge Kendra zur Getränketheke. Ein Typ, der von Kopf bis Fuß klatschnass ist, wankt mir entgegen und stolpert fast in mich hinein. Wahrscheinlich ist er einer derjenigen, die glauben, ein bisschen zu viel Alkohol mache sie unverwundbar – oder zumindest unwiderstehlich. Was die Leute dazu bewegt, sich in so einen Zustand zu versetzen, werde ich nie verstehen.

Mein Blick gleitet an dem betrunkenen Kerl vorbei und bleibt an Jaden hängen. In seinen zerrissenen Jeans und dem engen Pullover, der seine schmale Taille umschmeichelt, sieht er einfach umwerfend aus. Obwohl wir nicht ständig Händchen halten oder unsere Nähe offen zeigen, zieht mich etwas Unausgesprochenes, eine tiefe Verbindung, immer wieder zu ihm hin. Er ist etwas Besonderes.

»Kommst du?« Kendra reißt mich aus meinen Gedanken.

»Ja«, sage ich und lächle sie an.

Gemeinsam erreichen wir die Getränketheke, die aus zwei aufgestellten Holzböcken und einer dicken Holzplatte besteht – improvisiert, aber stabil genug für den Anlass. Vor uns stapeln sich Red Cups, ein paar offene Flaschen Softdrinks, und ein großer Eimer voller Eis, in dem Plastikbehälter mit Punsch versinken.

Kendra wirft mir einen prüfenden Blick zu, während sie einen Becher nimmt und ihn mit Punsch aus einem der Behälter füllt.

»Du wirkst so glücklich«, sagt sie und schiebt mir eine Flasche Wasser rüber. »Hat das vielleicht etwas mit meinem Stiefbruder zu tun?«

»Ähm, na ja, er ... er bedeutet mir viel.« Ich kann das Kribbeln in meinem Bauch nicht leugnen, jedes Mal, wenn ich an ihn denke.

Kendra grinst breit. »Ihr zwei seid ziemlich süß zusammen und Jaden ist, seitdem er mit dir abhängt, nicht mehr so ein Arsch.«

Ich lache leise und nehme einen Schluck von meinem Wasser. »Es fühlt sich auch gut an.«

»Was habt ihr beide jetzt vor? Ich meine, wollt ihr es öffentlich machen oder bleibt das erst mal euer Geheimnis?«

Ich zucke mit den Schultern. »Das ist eine gute Frage. Wir müssen das noch besprechen. Es ist alles noch so neu und ich will nichts überstürzen.« Ich werfe einen kurzen Blick zu Jaden, der mit Freddy spricht und ein wenig angespannt wirkt. »Und was ist mit dir? Gehst du mit Freddy?«

Sie lacht laut und schüttelt den Kopf. »Nein, Freddy bleibt immer Freddy. Er ist ein guter Freund, aber mehr ist da nicht. Allerdings macht die Projektarbeit mit ihm echt Spaß.«

»Freut mich, zu hören«, sage ich ehrlich. »Weißt du noch, wie wir dachten, wir könnten nie ohne den anderen etwas unternehmen?«

Kendra und ich kennen uns, seit wir kleine Kinder waren. Schon damals waren wir unzertrennlich, waren wie zwei Hälften eines Ganzen, die zusammenpassten. Egal ob beim Spielen im Garten, beim Fahrradfahren durch die Nachbarschaft oder bei den gemeinsamen Hausaufgaben machen – wir waren immer füreinander da. Es gab keinen Moment, in dem wir uns vorstellen konnten, dass wir einmal getrennte Wege gehen würden.

Kendra nickt und schaut mich mit einem liebevollen Blick an. »Oh ja, wie konnten wir uns nur so irren?«

Als wir älter wurden, entwickelte sich unsere Freundschaft in etwas anderes. Es schien fast selbstverständlich, dass wir ein Paar wurden, weil wir uns so nah waren.

Doch es dauerte nicht lange, bis wir merkten, dass es nicht funktionierte.

»Es ist schön, zu sehen, wie wir beide neue Dinge ausprobieren und uns weiterentwickeln.« Sie stupst mich spielerisch an. »Aber keine Sorge, du bleibst trotzdem mein bester Freund.«

»Und du meine beste Freundin. Auf uns«, sage ich leise, als wir mit unseren Getränken anstoßen.

Es ist ein beruhigendes Gefühl zu wissen, dass unsere Freundschaft trotz allem, was wir durchgemacht haben, unerschütterlich bleibt. Doch da ist noch etwas, das mich nicht loslässt - etwas, das ich klären muss.

»Kendra, erwartest du, dass ich dich wegen des Abschlussballs frage?«

»Was?«, Sie sieht mich direkt an, ihre Augen weiten sich überrascht. »Nein, das erwarte ich nicht. Ich dachte, das wäre klar gewesen.« Dann zögert sie. »Möchtest du Jaden fragen?«

»Ich weiß es noch nicht. Es ist wahrscheinlich noch zu früh. Aber ich wollte hören, was du darüber denkst.«

Bevor sie antworten kann, sehe ich Josh auf uns zukommen. Seit dem Streit vor der Trainingshalle ignoriert er mich größtenteils. Mit mir darüber sprechen wollte er bis heute nicht.

Josh bleibt vor uns stehen. Seine Augen sind rot und sein Blick ist glasig. »Du ziehst das echt durch mit den Losern, was?« Seine Stimme ist sehr laut, und er deutet auf mich.

»Josh, du hast zu viel getrunken. Komm mal wieder runter.«

»Ich, runterkommen? Was ist mit den alten Zeiten? Wo ist der Ash, den ich kenne?«

»Menschen verändern sich, Josh. Und das ist auch gut so«, sage ich ruhig.

Er tritt näher und schreit noch lauter. »Hört ihr das? Der großartige Ashton McCoy sagt, dass es gut ist, sich zu verändern. Klingt nach einer lahmen Ausrede, weil er seine alten Freunde im Stich lässt!«

»Das ist doch kein Grund, hier Stress zu machen«, sagt Kendra, doch Josh ignoriert sie und fixiert mich mit seinem Blick.

»Ich sag dir was, Ash, du bist nicht mehr so toll, wie du denkst. Du bist Vergangenheit.«

»Hast du ein Problem?« Jaden stellt sich vor Josh.

Ich habe gar nicht mitbekommen, wann Jaden und Freddy zu uns gestoßen sind.

»Mischt sich dein Hündchen jetzt auch noch ein?«, brüllt Josh.

Jaden ballt seine Hände zu Fäusten. Obwohl er fast einen Kopf kleiner ist als Josh, legt er sich immer wieder mit ihm an. Sein Mut und seine Entschlossenheit beeindrucken mich. Doch gerade scheint die Situation zu eskalieren. Wenn ich nichts unternehme, wird hier gleich jemand eine Faust ins Gesicht bekommen.

»Bro, das ist es nicht wert«, sage ich.

»Der ist doch an allem schuld, merkst du das nicht?« Josh schreit. »Ich habe es satt.« Er schubst Jaden, der zwei Schritte nach hinten stolpert und von Kendra gehalten wird.

»Hört auf! Wir sind doch Freunde. Das hier löst gar nichts«, sagt Kendra und hält Jaden am Arm fest, damit er nicht auf Josh losgeht.

»Was immer dein Problem ist, Josh, wir können darüber reden. Aber nicht so«, zischt Jaden durch seine Zähne und schnauft. Ich sehe ihm die Wut an und wie er kämpft, nicht völlig auszurasten.

Ich lege eine Hand auf Joshs Arm. »Komm schon, Bro. Das ist doch nicht der richtige Weg.«

Josh schlägt meine Hand weg, atmet schwer aus und dreht sich schließlich um. Er stapft davon.

»Der hat sie doch nicht mehr alle.« Jaden steht mit vor der Brust verschränkten Armen da und schaut Josh hinterher.

Ich seufze und lasse meine Schultern sinken. Wie würde Josh wohl reagieren, wenn er von mir und Jaden wüsste?

Der Abend war damit für uns gelaufen.

Während Kendra und Freddy zu Sofie gefahren sind, gehen Jaden und ich nebeneinander auf der Straße. Wenn Sofie herausfinden würde, was zwischen uns läuft, würde es auch nur Stress geben. Und Josh – er würde es spätestens morgen erfahren.

»Alles okay?«, fragt Jaden leise.

»Ja, alles gut.«

»Wollen wir zu dir?«

Mein Magen verkrampft sich und ich weiche seinem Blick aus. Die Frage bringt mich jedes Mal aus dem Konzept. Schon die bloße Vorstellung, ihn mit mir nach Hause zu nehmen, erfüllt mich mit Unbehagen.

»Ähm, vielleicht sollten wir bei dir übernachten«, schlage ich vor. Da Myra bis morgen bei einer Freundin ist, muss ich mir darüber keine Sorgen machen.

Jaden nickt, doch ich sehe, dass er nachdenklich ist. Er fragt immer mal wieder nach meiner Mom und meinem Dad oder wann wir mal zu mir gehen werden. Ich weiß, dass er es gut meint, aber die Wahrheit über mein Zuhause und meine Eltern ist etwas, das ich noch nicht teilen kann. Noch nicht teilen möchte.

»Okay, dann zu mir«, sagt er schließlich.

Kaum fällt die Zimmertür ins Schloss, bricht die Zurückhaltung wie ein Damm. Jaden steht vor mir, mit einem schnellen Ruck zieht er mir das Shirt über den Kopf. Achtlos lässt er es zu Boden gleiten und keine Sekunde später liegen seine weichen Lippen auf meiner Haut. Sie hinterlassen eine warme Spur von meiner Schulter, hin zu meinem Schlüsselbein, bis sie sich an meiner Brust verlieren. Sanft und doch mit einem Hunger, der mich atemlos macht.

Trotz des leichten Hangs von Alkohol und Rauch, der von der Party noch an uns haftet, ist es Jadens holziger Duft, der alles andere überlagert. Dieses unverwechselbare Aroma von Zedernholz und etwas Frischem, das mich immer wieder in den Wahnsinn treibt. Es ist überall – an seinen Haaren, seiner Kleidung, seiner Haut – und ich kann gar nicht genug davon bekommen.

»Hm«, gebe ich leise von mir, unkontrolliert, ehrlich.

Jede seiner Berührungen ist wie ein Funke, der meine Gedanken in Flammen setzt.

Bis jetzt haben wir nie die Grenze überschritten, die unter die Gürtellinie führt. Es wäre das erste Mal. Alles, was zwischen uns passiert, ist für mich ein erstes Mal. Ich weiß, dass Jaden mir die Zeit lässt, die ich brauche, bis ich bereit bin. Seine Geduld und sein Verständnis geben mir die Sicherheit, diesen Weg in meinem eigenen Tempo zu gehen.

Jaden streicht sanft mit den Fingerspitzen über meinen Hals, dann tiefer, bis seine Hände an meiner Hüfte verweilen. Langsam zieht er mich mit sich aufs Bett, und ich folge ihm bereitwillig. Mit dem Rücken lande ich auf der Matratze.

»Du machst mich wahnsinnig«, flüstert Jaden, während er sich halb auf mich legt und mir mit dem Daumen über die Wange streichelt. Seine moosgrünen Augen leuchten auf eine Weise, die mich tief im Inneren berührt.

»Das beruhigt mich«, antworte ich schmunzelnd und ziehe ihn näher zu mir. »Weil du dasselbe mit mir machst.«

Wir küssen uns. Seine Zunge spielt mit meiner, ein Wechselspiel aus Nähe und Zurückhaltung, das mich zugleich nervös und vor Verlangen benommen macht. Ich halte mich an seinen Schultern fest, als würde ich sonst den Boden unter den Füßen verlieren. Wie gut, dass ich bereits liege.

Seitdem ich so viel Zeit mit Jaden verbringe, sind meine Albträume weniger geworden. Die Angst, die mich nachts oft quält, scheint in seiner Nähe zu verschwinden. Seine Anwesenheit gibt mir eine Sicherheit, die ich zuvor nie gekannt habe.

Meine Hände gleiten seinen Rücken hinunter, bis sie auf seinem Po landen. Dieser süße, perfekt geformte Po, der mich jedes Mal um den Verstand bringt. Die Wärme seines Körpers durchdringt den Stoff seiner Kleidung und brennt sich in meine Haut wie ein lebendiges Feuer.

Ich vergrabe mein Gesicht an seinem Hals und ziehe ihn näher zu mir, sodass sich unsere Hüften fest aneinanderpressen. Jaden ist mindestens genauso erregt wie ich. Er zieht scharf die Luft ein, ein kurzes, atemloses Geräusch, als müsste er sich an die überwältigende Intensität unserer Berührung gewöhnen.

Sein Duft, der mich schon die ganze Zeit betört, ist jetzt so nah, dass ich beinahe schwören könnte, ich rieche ihn mit jedem Herzschlag stärker. Fast automatisch reibe ich mich an ihm, an seiner harten Beule.

Jadens Finger krallen sich fester in meine Arme, als ob er sich beherrschen müsste, nicht die Kontrolle zu verlieren.

Es reicht nicht mehr, ihn nur zu berühren – ich will mehr.

»Jaden, ...« Ich greife nach seinem Hosenbund und fummele am Verschluss. Verflixt, warum hat er Knöpfe an seiner Hose?

Wer braucht so viele Knöpfe? Mit zitternden Fingern kämpfe ich mich durch die ersten beiden, doch meine Geduld schwindet schnell. Das ist schwieriger als sich an einer dicht gedrängten Mittelfeldkette vorbeizudribbeln.

Jaden bemerkt mein Ringen und zieht sich ein wenig zurück. Sein Blick sucht meinen. »Bist du sicher, dass du das willst?«

Die Frage bereitet mir eine Gänsehaut, meine Antwort steht fest: »Ja, bin ich.«

Ein sanftes Lächeln umspielt seine Lippen, als er ruhig und mit Bedacht den Rest seiner Hose aufknöpft. Ich beobachte fasziniert, wie seine Finger geschickt jeden Knopf öffnen, bis er schließlich die Jeans langsam herunterschiebt und sie beiseitelegt.

Als er vor mir kniet, fast nackt, bleibt sein Blick fest auf mir. Die Ruhe und das schelmische Grinsen, das er dabei behält, machen mich noch ungeduldiger. Die Nervosität in mir wächst, doch ebenso das aufgeregte Kribbeln, das meine Gedanken überschwemmt.

»Sag mir, wenn es dir zu schnell geht«, flüstert er, seine Finger zittern kaum merklich an meinem Bauch. Ist er auch nervös?

»Mach weiter.«

Jaden richtet seine Aufmerksamkeit auf meine Hose, und ich hebe leicht die Hüfte, um ihm zu helfen. Der Stoff gleitet an meinen Beinen entlang. Das kaum hörbare Keuchen, das er von sich gibt, als er mich ansieht, ist so aufgeladen, dass es mich fast zerreißt.

»Du bist so schön, Ash«, haucht er an meinen Lippen, bevor er mich sanft küsst.

Sein schlanker Körper gleitet durch meine Hände. Unsicherheit mischt sich mit dem unbändigen Wunsch, ihm näher zu sein. Ich habe so etwas noch nie erlebt, und die Angst, einen Fehler zu machen, ist da.

Meine Finger wandern über seine Brust, entlang seines Bauches. Ich taste mich tiefer und meine Hand zittert leicht, als ich nach seiner Erektion greife.

Ein Stöhnen entfährt Jaden, das in meinen Mund dringt und seine Küsse noch drängender werden lässt, fast fordernd. Ich verliere mich im Moment, gebe mich ihm völlig hin.

»Verdammt, warte.« Schwer atmend löst er sich von mir, ohne den Kontakt zwischen uns völlig zu unterbrechen.

Ich ziehe meine Hand zurück, meine Wangen werden heiß. Was habe ich falsch gemacht? »Sorry, ich wollte nicht ...«

Jaden schüttelt den Kopf. »Alles gut«, sagt er und grinst leicht, »nur nicht so schnell, sonst ist es gleich vorbei.« Er legt seine Hand auf meine, führt meine Finger wieder zu sich und gibt den Takt vor, langsam und bedacht.

Ich beobachte ihn, die Art, wie seine Lippen leicht geöffnet sind, wie er bei jeder meiner Bewegungen unwillkürlich nach Luft schnappt. Es gibt mir ein Gefühl der Sicherheit, als hätte er die Kontrolle über uns beide, aber ohne mich dabei zu erdrücken.

Als Jaden seine Hand in meine Shorts schiebt, befördert er mich direkt in den Himmel.

Ich wölbe mich ihm entgegen. Die Hitze zwischen uns pulsiert in jedem meiner Nervenenden und treibt mich an, ihn noch näher an mich zu ziehen.

»Jaden ...«, hauche ich zwischen den heißen Liebkosungen.

»Ich bin hier«, antwortet er leise.

Sein Mund gleitet über meinen Hals, und seine Zähne ziehen sanft an meiner Haut.

»Hör nicht auf.« Die Worte kommen wie von selbst, ohne nachzudenken. Alles fühlt sich so richtig an, so selbstverständlich, als gäbe es nichts anderes als diesen Augenblick.

Sein Atem wird schneller, während ich den Griff um ihn verstärke und meine Hand geschickter bewege. Jede seiner Reaktionen durchfährt mich wie ein elektrischer Schlag – jede Zuckung, jeder Laut treibt mein Herz zu einem wilden, unkontrollierbaren Rhythmus. Wir lassen uns völlig ineinander fallen, ohne Hast, ohne Zweifel.

Meine Gedanken sind ein Chaos aus Emotionen, und jeder Nerv scheint vor Verlangen zu brennen. Es ist zu viel. Ich stehe am Rand des Kontrollverlusts. Ein lautes Stöhnen entfährt mir, als mein ganzer Körper bebt und ich mich in der Welle der Ekstase verliere. Gleichzeitig zuckt Jaden in meiner Hand, und die Geräusche von ihm vermischen sich mit meinen.

»Jaden …«, keuche ich seinen Namen. Aber keine Worte können beschreiben, was ich gerade fühle.

Unsere Atemzüge werden allmählich ruhiger, während die Wellen unserer Höhepunkte langsam abflachen. Jaden zieht seine Hand aus meinen Shorts und legt sie sanft auf meine Brust. Ich halte ihn eng bei mir, sein Herz schlägt rhythmisch gegen meine Haut. In seinen Augen spiegelt sich dieselbe Mischung aus Erschöpfung und tiefer Zufriedenheit wider, die mich ebenfalls erfüllt.

»Das war …«, beginnt er, aber ich unterbreche ihn mit einem Kuss. Worte scheinen nicht genug zu sein, um das zu beschreiben, was wir gerade miteinander geteilt haben.

»Perfekt«, flüstere ich gegen seine Lippen, »einfach perfekt.«

Ich glaube, ich bin verliebt. Das ist doch dieses Gefühl, das einen völlig einnimmt? Wenn man an nichts anderes mehr denken kann? Wenn jemand fehlt, sobald er nicht in der Nähe ist? Und wenn jede Berührung sich anfühlt, als würde ein elektrischer Schlag durch den ganzen Körper fahren?

Die kühle Abendluft prickelt auf meiner Haut und die Lichter der Stadt spiegeln sich in den Pfützen auf dem Gehweg.

Der Kinofilm ist schon seit dreißig Minuten vorbei, doch Jaden ist noch immer aufgedreht wie ein Kind an Weihnachten. Seine Augen leuchten, während er wild gestikuliert und die spannendsten Szenen nacherzählt. Sätze sprudeln aus ihm heraus wie aus einem Geysir, ohne Punkt und Komma.

»Und hast du gesehen, wie Carol, Monica und Kamala ihre Kräfte synchronisieren mussten, um Dar-Benn zu besiegen?« Seine Worte sprühen dermaßen vor Begeisterung, dass ich fast das Gefühl habe, wieder im Kinosessel zu sitzen. »Und die After-Credit-Szene! Einfach unglaublich!« Es ist schön, zu sehen, wie glücklich er ist.

Plötzlich reißt uns eine fremde Stimme aus dem Moment. »Hey.« Ein Typ, nicht älter als 20, tritt näher. Groß, athletisch, mit markantem Gesicht und einem breiten Lächeln. Sein dunkelbraunes Haar ist perfekt gestylt, seine Kleidung modisch und gepflegt. Er strahlt eine Selbstsicherheit aus, die mich nervös macht.

Was will der von uns?

»Äh, hi«, sagt Jaden und schaut sichtlich verdutzt.

»Sorry, aber seid ihr zwei ein Paar?« Der Typ fragt ohne Umschweife, sein Blick wandert neugierig zwischen uns hin und her. Das ist mal direkt.

»Nein.« Das Wort verlässt meinen Mund, bevor ich überhaupt nachdenken kann. Ich meine, wir haben nie darüber gesprochen, ob wir zusammen sind oder nicht, also sind wir es nicht. Oder?

Ein nervöses Lachen entfährt mir, während Jaden still bleibt. Das Leuchten in seinen Augen erlischt, und ein bedrückter Schatten legt sich über sein Lächeln. Mist, habe ich einen Fehler gemacht?

Der Schönling deutet auf die kleine Stecknadel mit der Gay-Pride-Flagge an Jadens Jacke. »Ich hab das gesehen und dachte, ich frag einfach mal. Respekt übrigens, nicht jeder hat den Mut, das zu tragen.«

Oh. Natürlich. Jaden hat sich dieses Accessoire heute vor dem Kinobesuch gekauft, um seine Mutter zu provozieren – aber jetzt scheint es ganz andere Aufmerksamkeit auf sich zu ziehen.

Mit einer geschmeidigen Bewegung zieht der Kerl einen Zettel aus seiner Tasche und reicht ihn Jaden. »Falls du mal Bock auf ein Treffen hast, ruf mich gerne an oder schreib mir.«

Passiert das gerade wirklich? Gibt er Jaden vor meinen Augen seine Telefonnummer? Kann mich mal einer kneifen?

Jaden nimmt den Zettel entgegen, sein Blick huscht kurz zu mir und dann zurück zu dem Typen. »Danke«, murmelt er.

Der Fremde lächelt und verschwindet so schnell, wie er gekommen ist, doch das stechende Gefühl in meiner Brust bleibt, breitet sich weiter aus. Ich bin so ein Idiot.

»Jaden, es tut mir leid ...«, fange ich an, aber meine Stimme versagt. Ich hätte wohl erst nachdenken sollen.

Jaden sieht mich an, Enttäuschung spiegelt sich in seinen Augen. »Schon gut«, sagt er leise, »lass uns weitergehen.«

Nichts ist gut, ich habe es vermasselt und das muss er mir nicht sagen, das weiß ich auch so.

Schweigend laufen wir weiter die Straße entlang, aber die Gedanken toben in meinem Kopf. Wieso habe ich nicht ›ja‹ gesagt?

»Ich hätte anders reagieren sollen«, sage ich schließlich. »Es tut mir leid.«

Jaden seufzt, bleibt stehen und dreht sich zu mir um. »Warum hast du dann ›Nein‹ gesagt?«

Ich senke den Blick, überwältigt von Scham und Reue. »Ich ...« Ja, warum eigentlich? Hatte ich Angst? War es mir peinlich? »Ich ... weiß es nicht.«

»Verstehe«, sagt Jaden und geht weiter.

»Es war falsch von mir, und ich weiß, dass ich dir wehgetan habe!«, rufe ich ihm hinterher. Mein Herz zieht sich schmerzhaft zusammen und meine Hände zittern. Ich will ihm sagen, wie viel er mir bedeutet, dass er mir wichtiger ist, als ich es zugeben konnte, aber die Worte bleiben in meiner Kehle stecken.

Jaden bleibt nicht stehen, dreht sich nicht um, sondern läuft einfach weiter. Ich weiß, dass wir heute Nacht getrennte Wege gehen.

Eine Woche später ist die Welt wieder in Ordnung. Zumindest bei Jaden. Wir sitzen in einem gemütlichen Café und trinken ein warmes Getränk, bevor es zurück an die Prüfungsvorbereitungen geht.

Sonnenstrahlen tanzen durch die Fenster und malen goldene Muster auf die Tische. Leises Gemurmel, das Klirren von Tassen und das Brummen der Espressomaschine umgeben uns. Ein ganz normaler Moment, aber in meinem Kopf herrscht einmal mehr das pure Chaos.

»Hast du schon mal darüber nachgedacht, was du nach der Schule machen willst?«, fragt Jaden und nimmt einen Schluck aus seiner Tasse.

Ich zucke mit den Schultern. »Keine Ahnung. Vielleicht studieren oder arbeiten. Ich bin mir nicht sicher.«

Die Wahrheit ist, dass ich mir über gar nichts im Klaren bin. Nicht über meine Zukunft, nicht über meine Gefühle, und schon gar nicht darüber, ob ich jemals den Mut aufbringen werde, Jaden alles zu erzählen.

»Ich werde Kunst in Bayshore studieren, weit weg von meiner Mutter.«

Warum kann ich nicht einfach offen über das reden, was in mir vorgeht?

»Obwohl sie in letzter Zeit echt komisch ist. Gestern fragte sie mich nach meinem Tag ... ob er schön war.«

Warum kann ich ihm nicht erzählen, was bei mir zu Hause wirklich los ist?

»Ich meine, das ist doch merkwürdig. Seit Monaten kommt kein blödes Wort mehr von ihr und zu dem Anstecker sagte sie auch nichts. Das ist fast unheimlich.«

Warum bin ich so verflucht unsicher?

»Hörst du mir überhaupt zu?« Jadens Finger streichen sanft über meine Haut. »Was ist los, Ash? Du wirkst abwesend.«

Ich ziehe meine Hand unter seiner weg und wende den Blick ab. »Es ist nichts. Nur ... viel im Kopf.« Meine Stimme klingt kälter, als ich es möchte.

Jaden lehnt sich in seinem Stuhl zurück und schaut mich an. »Du weißt, dass du mit mir reden kannst, oder?«

»Ja«, murmle ich leise. »Ich weiß.« Aber ich kann es nicht.

In meinem Inneren tobt ein Sturm. Macht es Sinn, eine feste Beziehung einzugehen, wenn so viel Unausgesprochenes zwischen uns steht? Wie soll ich Jaden noch in die Augen sehen, wenn das Verschweigen uns trennt? Die Zweifel nagen an mir, und das nicht erst seit heute. Obwohl ich weiß, dass ich etwas für Jaden empfinde, halte ich ihn auf Abstand. Es ist sicherer so, für uns beide. Wie könnte ich ihn in meine chaotische Welt hineinziehen, wenn ich nicht einmal selbst damit klarkomme?

Die restliche Zeit vergeht in angespanntem Schweigen. Das war nicht das, was ich wollte, aber ich weiß nicht, wie ich es ändern soll. Ich mag ihn, doch meine eigenen Unsicherheiten und Ängste halten mich gefangen.

Jaden starrt aus dem Fenster.

»Ich wünschte, du würdest mir mehr vertrauen, Ash.« Seine Stimme ist kaum mehr als ein Flüstern.

Ich kann ihm nicht antworten, weiß nicht, was ich ihm sagen soll. Also nehme ich nur einen weiteren Schluck von meinem Kaffee und versuche, die aufsteigende Panik hinunterzuschlucken. Wie lange kann ich dieses Spiel noch durchhalten, bevor alles auseinanderfällt?

Kapitel 21

Jaden

Schweigend sitzt Ash mir gegenüber, und ich warte vergeblich auf eine Antwort. Seine Finger spielen mit dem Löffel und rühren immer wieder in der Tasse, als wolle er einen Gedanken aus dem tiefen Boden heraufbeschwören. Ich frage mich, ob er noch in unserer Welt verweilt oder längst in einer anderen Realität gefangen ist.

Erst als sein Handy auf dem Tisch vibriert, erwacht er aus seiner Starre. Mit einem hastigen Griff nimmt er es und springt auf, als hätte ihn der Blitz getroffen.

»Ich muss los«, murmelt er, steckt das Telefon hastig in seine Hosentasche und meidet meinen Blick.

»Wir haben gleich Mathe«, erinnere ich ihn, aber Ash dreht sich einfach um und geht, ohne ein weiteres Wort.

»Alles klar, bis dann«, sage ich in seinen Rücken, obwohl ich bezweifle, dass er es noch gehört hat.

Was ist nur los? Wann sind wir an diesen Punkt gekommen, an dem er mir so sehr ausweicht?

Nachdem ich die Rechnung bezahlt habe, trete ich hinaus auf die Straße, wo die kühle Luft mir ins Gesicht bläst. Ich ziehe den Reißverschluss meiner Jacke höher, obwohl ich genau weiß, dass es nichts nützt – die Kälte kommt nicht von außen. Sie sitzt tief in mir, breitet sich von meiner Brust aus, als hätte jemand dort ein Vakuum geschaffen. Ein Gefühl der Leere, das sich nicht einfach mit ein paar Atemzügen vertreiben lässt. Warum muss alles so kompliziert sein?

Den Weg zurück zur Schule gehe ich allein und jeder Schritt fühlt sich schwerer an als der letzte. Vor zwei Wochen waren Ash und ich uns noch so nah, doch jetzt scheint eine unsichtbare Mauer zwischen uns zu stehen. Was habe ich falsch gemacht? Warum distanziert er sich so von mir??

Im Mathematikunterricht kann ich mich kaum konzentrieren. Meine Gedanken kreisen unaufhörlich um Ash. Er ist nicht da, ist nicht zum Unterricht erschienen. Als ich Kendra nach ihm frage, schüttelt sie nur den Kopf. Sie weiß auch nicht, was los ist.

Zu Hause angekommen, werfe ich mich auf mein Bett und starre an die Decke. Die Stunden vergehen, aber das Gefühl der Leere bleibt. Ich greife nach meinem Handy, tippe eine Nachricht an Ash, aber lösche sie gleich wieder. Was soll ich überhaupt sagen? Was würde ihn dazu bringen, mir endlich zu erzählen, was los ist? Frustriert wähle ich seine Nummer, doch es springt sofort die Mailbox an.

Mit einem Seufzen lege ich das Handy weg und vergrabe mein Gesicht in den Händen.

»Ash, was ist nur los mit dir?«

Ich wälze mich auf dem Bett hin und her, finde aber keine Ruhe. Schließlich greife ich wieder nach meinem Handy und tippe eine Nachricht, diesmal an Löckchen. Vielleicht hat er einen Rat für mich oder kann mich wenigstens ablenken.

> **Ich**
> Hey Freddy, hast du kurz Zeit zum Reden?
> [3:13 PM]

Es dauert nur wenige Minuten, bis sein Name auf meinem Bildschirm aufleuchtet.

Freddy
Klar, was gibts?
[3:17 PM]

Ich
Ich weiß nicht, was mit Ash los ist. Er war heute nicht bei Mathe. Ich habe das Gefühl, dass er etwas verheimlicht.
[3:18 PM]

Freddy
Das klingt echt hart, Mann. Hast du ihn mal darauf angesprochen?
[3:20 PM]

Ich
Ja, aber er blockt immer ab. Er sagt, es ist nichts, aber ich sehe, dass es ihm nicht gut geht.
[3:21 PM]

Freddy
Vielleicht braucht er einfach Zeit, um mit irgendwas klarzukommen. Aber ich verstehe, wie schwer das für dich ist.
[3:23 PM]

Ich
Wie kann ich ihm noch helfen? Es fühlt sich an, als würde ich ihn verlieren, und das macht mich verrückt.
[3:25 PM]

Freddy
Ich kenne Ash schon echt lange. Er mag dich, glaub mir. Vielleicht muss er einfach seine eigenen Dämonen bekämpfen. Immerhin ist das neu für ihn, also dieses Männer-Ding … du weißt, was ich meine. Gib ihm etwas Zeit.
[3:30 PM]

Freddys Worte bringen ein wenig Trost, aber die Unsicherheit bleibt. Ich seufze tief und antworte ihm.

Ich
Das versuche ich.
[3:32 PM]

Freddy
Manchmal ist das Beste, was du tun kannst, einfach da zu sein und zu warten, bis er bereit ist zu reden.
[3:35 PM]

Ich
Du hast recht. Danke, Freddy, das hat mir echt geholfen.
[3:36 PM]

Freddy
Immer gerne, Mann.
[3:37 PM]

Ich lege das Handy beiseite und starre erneut an die Decke. Freddy meinte, ich muss geduldig sein und Ash den Raum geben, den er braucht. Die Gedanken wirbeln durch meinen Kopf, ich klammere mich an die Hoffnung, dass sich alles irgendwie fügen wird. Vielleicht sieht die Welt morgen schon ganz anders aus.

Am nächsten Tag treffe ich Ash vor dem Unterricht auf dem Schulhof. Seit seinem Abgang im Café hat er sich nicht mehr gemeldet. Kein Anruf, keine Nachricht. Das Schweigen war quälend, und jetzt, wo ich ihm gegenüberstehe, fühlt sich die Distanz zwischen uns größer an, als sie wirklich ist.

Dunkle Ringe zeichnen sich unter seinen Augen ab und mein Herz zieht sich zusammen bei dem Anblick.

»Was ist los, Ash?« Meine Stimme zittert leicht, als ich die Frage stelle, doch er vermeidet meinen Blick und wendet sich ab.

»Es ist nichts, Jaden. Lass gut sein.«

Ich kann es nicht einfach lassen. Löckchen meinte zwar, ich solle ihm Zeit geben, aber ich habe das Gefühl, dass uns genau diese Zeit davonläuft. Heute ist der letzte Schultag, bevor in ein paar Wochen die Abschlussprüfungen beginnen. Wenn ich jetzt nicht mit ihm rede, wann dann?

»Ash, bitte«, flehe ich, »ich sehe, wie du kämpfst. Jeden Tag. Ich sehe die Narben, die nicht auf deiner Haut, sondern in deinem Herzen sind. Bitte, rede mit mir.« Die Verzweiflung in meiner Stimme kann ich nicht zurückhalten. Wieso redet er nicht mit mir?

Ash seufzt, dann sieht er mich endlich an, aber seine Augen sind leer und kalt. »Jaden, ich … ich kann das nicht mehr«, sagt er trocken.

»Was meinst du damit?«, frage ich, obwohl ich die Antwort bereits erahne.

Mein Herz rast und Angst durchflutet meinen Körper.

»Ich kann das mit uns nicht mehr. Es ist zu viel, zu kompliziert. Es tut mir leid, aber es ist besser so.«

»Besser?« Tränen sammeln sich in meinen Augen. »Wie kann es besser sein, wenn wir uns trennen? Wir können das zusammen durchstehen, egal, was es ist.«

Er schüttelt den Kopf. »Nein, Jaden. Du verstehst es nicht. Es ist zu schwer, für dich und für mich. Ich kann dir nicht das geben, was du verdienst.«

»Das ist nicht wahr«, sage ich verzweifelt, meine Hände zittern und klammern sich in den Stoff meines Pullis. »Du bist alles, was ich will. Bitte, gib uns nicht auf.«

»Es tut mir leid.« Mit diesen Worten dreht er sich um und geht. Er schaut nicht zurück, geht einfach weiter, und ich? Ich stehe wie versteinert da, unfähig, mich zu bewegen oder ein Wort zu sagen.

Die Welt um mich herum verschwimmt, und alles, was bleibt, ist der Schmerz - der Schmerz eines tiefen, klaffenden Lochs in meiner Brust, das mich verschlingt und innerlich auszehrt. Es fühlt sich an, als würde mein Herz in tausend Stücke zerspringen. Jeder Atemzug tut weh, jeder Gedanke an eine Zukunft ohne ihn ist unerträglich.

Ich lasse mich auf eine Bank sinken und ziehe meine Beine an mich heran. Die Realität trifft mich mit voller Wucht, und ich weiß nicht, wie ich weitermachen soll. Alles, was ich wollte, alles, was ich brauchte, war er. Jetzt ist er fort, und ich bin allein. Schon wieder allein. Verlassen.

Die Stunden vergehen wie im Nebel. Die Schule, die Stimmen der Lehrer, die Gespräche der Mitschüler – alles zieht an mir vorbei, ohne dass ich es wirklich wahrnehme. Mein Körper ist hier, aber mein Geist ist irgendwo anders, gefangen in der Endlosschleife von Erinnerungen und Herzschmerz.

Zuhause liege ich auf dem Bett und weiß nicht, was ich machen soll. Die Tränen, sie hören nicht auf. Sie laufen unaufhaltsam aus meinen Augen.

Kendra ist da und streichelt mir sanft über den Kopf. Sie hat sich an mich geschmiegt, doch der Trost bleibt aus. Mein Herz ist zerbrochen, erneut. Alle Menschen, die mir etwas bedeuten, verlassen mich. Ich war dumm, so dumm zu denken, dass es bei Ash anders sein könnte. Das Leben hasst mich. Ich werde niemals glücklich sein. Warum passiert das immer wieder? Alles fühlt sich sinnlos an. Die Welt ist ein kalter Ort. Aschgrau und trostlos breitet sich die Einsamkeit aus und erdrückt mich. Nichts kann den Schmerz lindern, nichts kann die Leere füllen, die Ash hinterlassen hat. Hier, auf dieser Matratze, in dieser Bettwäsche, lag ich mit ihm. Wir teilten die Nähe und die Wärme des anderen. Doch nun? Es ist kalt und alles ist auseinandergefallen.

Ich schiebe Kendra von mir, stehe auf und greife nach meinem Skizzenbuch, das auf dem Schreibtisch liegt, nur um es eine Sekunde später in die Ecke zu pfeffern. Diese Bilder von Ash. Sein Geruch in den Kissen. Er ist überall. Und es macht mich wahnsinnig. Kendra schlingt erneut ihre Arme um mich, doch ich kann das nicht, will es nicht.

»Geh, weg!«

»Jaden ...«

»Lass mich allein!« Ich stoße sie von mir. Alle sollen mich in Ruhe lassen. Alle!

Meine Tage vergehen in einer unerträglichen Schleife. Jede Sekunde ohne Ash zieht sich wie eine Qual, ein ständiges Stechen in meinem Herzen. Es gibt keinen Trost, keine Erleichterung. Der Schmerz ist allgegenwärtig, wie eine zweite Haut, die ich nicht abstreifen kann. Die Einsamkeit und Verzweiflung umhüllen mich wie eine erdrückende Decke und lassen keinen Raum zum Atmen.

Gestern habe ich düstere Bilder gezeichnet, die meine Gefühle widerspiegeln, während Musik laut durch meine Kopfhörer dröhnte. Heute sitze ich hier auf dem kalten Boden meines Zimmers. Das Licht ist aus, und nur das schwache Leuchten meines Handys erhellt die Dunkelheit. Bilder von Ash und mir blitzen auf dem Bildschirm auf - Erinnerungen an schöne Momente im Park, die sich jetzt wie ein ferner Traum anfühlen. Jedes Foto sticht wie ein Messer in mein Herz und lässt den Schmerz intensiver werden.

Eine Woche ist nun schon vergangen und die Stille ist noch immer erdrückend. Ich kann das Ticken der Uhr hören, jede Sekunde, die vergeht, fühlt sich wie eine Ewigkeit an. Die Nächte sind am schlimmsten. Manchmal starre ich einfach aus dem Fenster, sehe die Lichter der Stadt in der Ferne, so lebendig und voller Leben. Ob Ash gerade an mich denkt? Oder bin ich ihm längst egal geworden?

Schlafen fällt mir schwer. Wenn ich die Augen schließe, sehe ich Ash, höre seine Stimme, spüre seine Hände auf meiner Haut. Doch sobald ich sie wieder öffne, bin ich allein, zurück in der Realität. Eine Realität ohne ihn.

Ich liege wach, die Gedanken kreisen unaufhörlich, bis die ersten Strahlen der Morgensonne durch die Vorhänge dringen und ein neuer Tag anbricht, der genauso sinnlos ist wie der letzte. Die Uhr tickt unerbittlich weiter, und ich weiß, dass ich mich aufraffen muss, um zu lernen, damit ich die Abschlussprüfungen schaffe.

Mit schwerem Herzen sinke ich auf den Stuhl vor meinem Schreibtisch. Meine Bewegungen sind mechanisch.

Der Gedanke an Ash lässt mich nicht los. Sein Lachen hallt in meinen Ohren wider, seine sanften Worte, die mich einst mit Hoffnung erfüllten, brennen sich wie glühende Kohlen in meinen Geist. Seine Wärme, die ich so sehr vermisse, ist ein Feuer, das nun erloschen ist. Ich bin nichts weiter als eine verblassende Erinnerung in einer Welt, in der ich für ihn keine Rolle mehr spiele.

Mein Blick wandert auf das Papier vor mir. Doch die Tinte auf den Seiten verschwimmt vor meinen Augen, und meine Umgebung löst sich in einem nebligen Schleier auf

Eine Bewegung in meinem peripheren Blickfeld reißt mich aus meiner Trance. Langsam wende ich meinen Kopf.

Da steht sie.

Meine Mutter.

Ihr Gesicht ist weich, fast scheu, als wäre sie sich nicht sicher, ob sie hier sein darf. Ihr Anblick lässt einen Knoten der Wut in meiner Brust aufsteigen. Sie ist doch der Grund, wieso mein Leben nur noch ein Scherbenhaufen ist. Sie hat mich nie akzeptiert.

»Was willst du?«, brülle ich. »Hast du nicht alles bekommen, was du wolltest? Musst du jetzt noch Salz in die Wunde streuen?« Meine Hände zittern so sehr, dass ich sie zu Fäusten ballen muss, die Fingernägel graben sich in die Handflächen. Schmerz. Ein willkommener Fokus.

Mutter atmet tief durch, und ihre Lippen zittern, bevor sie spricht. »Ich wollte ... reden.«

»Reden?«, wiederhole ich höhnisch. Ein bitteres Lachen entweicht mir. »Jetzt auf einmal? Nach all den Jahren, in denen du mir nicht zugehört hast?«

»Ich habe Fehler gemacht, Jaden.«

Es ist nicht mehr zu ertragen. Ich springe vom Stuhl auf. Adrenalin pumpt durch meinen Körper, meine Adern fühlen sich wie glühende Drähte unter der Haut an.

»Hör auf! Dieses geheuchelte Getue. Ich will es nicht hören. Ihr seid alle gleich! Alle!« Meine Nägel graben sich tiefer in die Haut meiner Hände, der Schmerz wird intensiver. Ein Funken Genugtuung, denn wenigstens das kann ich kontrollieren. »Riley, Papa, Ash und du! Alle! Geht weg! Geht einfach alle weg!«

»Ich werde bleiben«, sagt Mutter entgegen all meiner Erwartungen und kommt einen Schritt auf mich zu.

»Warum?«, brülle ich. Sie bleibt nie, flüchtet regelrecht vor solchen Gesprächen. »Was willst du noch von mir? Du hasst mich!«

»Ich hasse dich nicht«, sagt sie leise.

In ihrem Blick liegt etwas, das mich ins Wanken bringt, als wollte ein Teil von mir an ihrem Hauch von Hoffnung festhalten - ein letzter Faden, an den ich mich klammere.

»Du hast mich mein ganzes Leben lang abgelehnt. Hast mich niedergemacht, verachtet. Und jetzt kommst du und erwartest was? Eine Umarmung? Ein Happy End?«

Sie zuckt zusammen, als hätte ich sie geschlagen. Ihre Augen werden glasig, aber sie bleibt stehen.

»Es tut mir leid«, sagt sie schließlich und die ersten Tränen kullern über ihre Wangen.

Ihre Schultern beben, als könnte sie das Gewicht dieser Worte kaum tragen. Sie greift nach der Tischkante, um sich zu stützen, als würde sie sonst zusammenzubrechen. Sie atmet flach, ihre Brust hebt und senkt sich schnell. »Der Grund ... wieso dein Vater uns verlassen hat, ist ...« Ein Schluchzen schüttelt ihren Körper. Hastig wischt sie sich die Tränen aus ihrem Gesicht. Es ist, als wolle sie die Wahrheit einfach wegwischen, sie verbergen, als könne der Schmerz verschwinden, wenn er nicht sichtbar ist.

»Du hast ihn rausgeschmissen und ihn mir weggenommen. Du bist an allem schuld!«, schreie ich, während sich meine Kehle zuschnürt und ich kämpfe die Kontrolle über meine Emotionen zu bewahren.

Ich schlage mit den Händen auf den Tisch, ein dumpfes Krachen erfüllt den Raum und hallt von den Wänden wider. Ein brennender Schmerz schießt durch meine Faust und spiegelt den Schmerz in meinem Herzen wider.

»Das ist nicht wahr, Jaden. Ich habe für diese Familie gekämpft. Ich hätte alles dafür getan.« Ihre Stimme zittert. Sie schaut mich an, ihre Augen sind rot und geschwollen, und in ihnen liegt ein Schmerz, der so tief sitzt, dass er mich beinahe erschreckt.

Ich habe meine Mutter noch nie so gesehen.

»Es war ganz allein die Entscheidung deines Vaters.«

»Lüg mich nicht an!«

»Ich lüge nicht. Er war es, der ein Doppelleben führte. Seine Geschäftsreisen, seine langen Arbeitszeiten und seine Wochenendmeetings, alles gelogen. Statt zu arbeiten, hat er sich mit seinem neuen Mann vergnügt. Wir haben ihm nichts mehr bedeutet.«

Warte.

Was?

»Papa war mit einem Mann zusammen? Das ist nicht wahr!« Ungläubig schüttle ich den Kopf, unfähig das Gehörte zu begreifen.

»Es ist wahr. An dem Abend, an dem er ging, hat er mir gesagt, dass er die Scheidung will und zu seinem Mann ziehen möchte.«

Die Klinge dieser Wahrheit dringt tief in mein Herz, lässt mich nach Luft schnappen. Papa steht auf Männer. Der Gedanke rast durch meinen Kopf, unfassbar und doch so real.

»Aber ... warum bist du dann so zu mir? Warum behandelst du mich wie den letzten Dreck?« Meine Stimme ist nur noch ein schwaches Wimmern.

Ich fühle mich hilflos und verloren. Meine Finger verkrampfen sich ins Haar, als könnte der Schmerz im Kopf, dem im Herzen überdecken.

»Du siehst deinem Vater so ähnlich. Ich war ... verletzt.«

Langsam löst sie ihre Hände vom Tisch und greift nach meinen Unterarmen. Ihre Berührung ist unerwartet sanft, wie ein Hauch, der über die Wunden meiner Seele streicht. Ich zucke zusammen, doch lasse es geschehen, lasse sie zu mir durchdringen.

»Jaden, ich habe ihm nie verboten, sich bei dir zu melden. Doch hat er es jemals getan? Hat er sich zu Weihnachten gemeldet oder an deinem Geburtstag? Nein. Es tat weh, zu sehen, wie sehr du gehofft hast und immer wieder enttäuscht wurdest.«

Ich hatte mich jahrelang an dem Gedanken festgeklammert, dass Papa mich lieben würde. Dass er nur weit weg war, weil er musste, nicht weil er wollte. Ich hatte mir eingeredet, dass er zurückkommen würde, sobald er könnte, und alles wieder gut wäre. Diese Illusion war mein Halt, mein letzter Funke Hoffnung. Doch nun ... all die Jahre war ich ihm offenbar egal.

»Aber warum hast du das nie erzählt?«

Meine Arme sinken kraftlos, mein Körper beugt sich vor, als würde die Schwere der vergangenen Jahre mich nun vollends zu Boden drücken.

»Ich ... ich weiß es nicht«, flüstert sie. »Ich war überfordert. Und dann deine Liebe zu Jungs ... ich hatte Angst. Ich wollte nicht, dass du so wirst wie dein Vater.«

»Ich bin nicht wie er«, sage ich leise, fast tonlos.

»Ich weiß. Jetzt ... weiß ich es.« Mutter nickt und fährt sich mit der Hand übers Gesicht. »Mir ist in den letzten Wochen einiges klar geworden. Nolan hat mir ordentlich den Kopf gewaschen. Ich hatte viel Zeit, darüber nachzudenken und uns ist nicht entgangen, wie nahe Ash und du euch steht.«

Ash. Allein bei der Erwähnung seines Namens, zieht sich mein Magen zusammen.

Mutter atmet tief ein, hält für einen Moment inne, als suche sie nach den richtigen Worten, und fährt dann fort: »Ich wollte längst mit dir sprechen, doch immer verließ mich der Mut. Ich habe so viel falsch gemacht und es tut mir aufrichtig leid, dass ich so lange blind war.«

Für einen Augenblick stehen wir wortlos da und schauen einander an.

»Was erwartest du jetzt von mir?«

»Ich erwarte nichts. Gar nichts. Aber ich will, dass wir ... dass wir besser miteinander umgehen können. Dass wir ... einen Neustart wagen.«

Ein Teil von mir will sie wegstoßen, sie für immer aus meinem Leben verbannen. Aber ein anderer Teil, ein kleiner und leiser Teil, sehnt sich nach der Mutter, die ich mir immer gewünscht habe. Nach einer Verbindung, die nie da war.

»Du hast mich so kaputt gemacht«, sage ich schließlich, meine Stimme brüchig. »Ich weiß nicht, ob ich dir jemals vergeben kann.«

Es ist, als würde die Last all der unausgesprochenen Gefühle zwischen uns schweben.

Mutter bricht den Blickkontakt, senkt den Kopf leicht und legt eine Hand auf meine Schulter. Die Wärme ihrer Berührung durchdringt meinen Pullover und löst ein erneutes Zittern in mir aus. Langsam führt sie mich zum Bett. Die Matratze gibt unter unserem Gewicht nach.

»Können wir es einfach versuchen und uns neu kennenlernen?« In ihrem Gesicht finde ich nicht mehr diese Vorwürfe, sondern etwas Neues. Vielleicht ist es Ehrlichkeit. Vielleicht ist es nur der Wunsch, etwas wieder aufzubauen, was längst in Scherben liegt.

»Ich weiß nicht, ob ich das kann«, sage ich schließlich. »Aber ...
ich werde es versuchen.«

Ein schwaches Lächeln huscht über ihr Gesicht. »Das reicht
mir.« Ihre Finger fahren über meinen Arm, und spielen mit dem
Stoff meines Pullovers.

Ich presse die Hände ineinander, meine Finger sind kalt und
klamm. »Ich dachte, Ash mag mich. Ich dachte, wir hätten etwas
Besonderes zusammen. Ich dachte, er wäre anders.« Die Worte
sprudeln aus mir heraus, der ganze Schmerz bahnt sich eine Weg
nach draußen. »Es tut so weh.« Was hätte ich anders machen
können? Hätte ich mehr Verständnis zeigen sollen? Mehr Geduld
haben müssen?

»Ich weiß«, sagt meine Mutter und zieht mich noch enger an
sich. Ihre Arme umschlingen mich fest, während ihre Hände beruhigend über meinen Rücken streichen.

»Es werden Menschen in dein Leben treten, die du magst und
die doch wieder gehen. So ist das Leben, Liebling. Aber du bist
niemals allein.« Und da, in dieser Umarmung, bricht ein weiterer
Damm in mir. Die Tränen fließen unaufhaltsam, durchnässen ihre
Schulter, während ich mich an sie klammere. Ihre Hand wandert
zu meinem Nacken, ihre Finger gleiten sanft durch mein Haar,
während ich zittere und weine.

»Was soll ich jetzt nur machen?«

»Ich habe Ash als einen sehr vernünftigen Kerl kennengelernt.
Vielleicht braucht er nur Zeit und Raum. Manche Menschen sind
es wert, um sie zu kämpfen. Dir wird bestimmt etwas einfallen,
wie du ihm das zeigen kannst.« Sie hält inne, löst sich ein wenig
von mir und sieht mich an. »Sei einfach für ihn da, wenn er dich
braucht und vergib ihm.«

»Hast du Papa jemals vergeben?«, frage ich leise und suche
ihren Blick, als ob ich in ihren Augen die Antworten finden könnte.

Ein trauriges Lächeln huscht über ihr Gesicht, und sie schüttelt langsam den Kopf.

Das zwischen meiner Mutter und mir ist kein endgültiger Frieden, keine Heilung all der Wunden. Aber es ist ein Anfang – ein Schritt auf einem Weg, der nicht leicht sein wird, aber vielleicht der Einzige ist, den wir gehen können.

Kapitel 22

Ashton

Das Licht der untergehenden Sonne wirft lange Schatten auf die Wände meines Zimmers. Ich höre Myra leise spielen, und ein Gefühl der Schuld überkommt mich. In den letzten Wochen habe ich sie vernachlässigt, weil ich so viel Zeit mit Jaden verbracht habe. Und nun ist Mom auf sie aufmerksam geworden. Vor einer Woche schrieb mir Myra eine Nachricht und als ich nach Hause kam, hörte ich schon ihr Weinen von der Haustür aus.

Moms Wein war alle. Das hat sie wütend gemacht, richtig wütend und wäre ich nicht rechtzeitig da gewesen ... ich will mir nicht ausmalen, was dann passiert wäre.

Weinend hielt ich meine kleine Schwester in den Armen.

»Es tut mir so leid«, flüsterte ich immer wieder, während sie leise schluchzte.

Für den Moment ist Mom ruhig. Ich habe ihr genug Alkohol gekauft, um sie zu besänftigen. Liams Bekannter ist wirklich schnell und zuverlässig, was das angeht.

Doch der Preis dafür war hoch.

Ab und zu sehe ich die Fragen in Myras Augen und ich fühle mich schrecklich, weil ich keine Antworten habe. Ich habe ihr versprochen, dass ich sie beschützen werde, und doch habe ich das Gefühl, ständig zu versagen.

Mich von Jaden zu trennen war die schwerste Entscheidung in meinem Leben, aber es war besser so. Wie könnte ich mit jemandem zusammen sein, wenn meine Familie so verkorkst ist?

Mir fehlen seine leuchtenden Augen. Es war die Art, wie er mich ansah, als wäre ich der einzige Mensch in seinem Universum. Aber ich bin nicht gut genug für ihn. Er verdient jemanden, der ihm ohne Schatten der Vergangenheit begegnen kann. Jemanden, der ihn bedingungslos liebt, ohne ständig von den eigenen Dämonen verfolgt zu werden.

Ich weiß, dass er es nicht versteht. Wie sollte er auch? Seine Familie ist nicht perfekt, aber sie lieben und unterstützen sich. Meine Familie hingegen ... ist ein Trümmerhaufen.

»Ash?« Myras Stimme reißt mich aus meinen Gedanken. Sie steht im Türrahmen, ihren Teddy fest an die Brust gedrückt.

»Komm her«, sage ich sanft und breite die Arme aus. Sie läuft zu mir, schlingt ihre zierlichen Ärmchen um meinen Hals, während Sir Bruno an meinem Rücken baumelt.

»Ich hab dich lieb«, flüstert sie.

»Ich hab dich auch lieb, Maus«, antworte ich und halte sie fest. Myra ist mein Ein und Alles. Für sie muss ich stark bleiben.

Sie bleibt den ganzen Tag bei mir, was mir etwas Trost spendet. Nachdem sie auf meinem Schoß eingeschlafen ist, trage ich sie vorsichtig in ihr Bett. Kurz warte ich und lausche ihren ruhigen und gleichmäßigen Atemzügen, dann gehe ich in mein Zimmer zurück, wo mich die Realität schnell wieder einholt.

Mit Herzklopfen setze ich mich aufs Bett und starre auf das Stück Papier in meiner Hand. Es ist ein Brief, ein einfacher weißer Umschlag mit meinem Namen darauf – in vertrauter Handschrift. Heute Morgen lag er im Briefkasten, und seitdem habe ich gezögert, ihn zu öffnen. Der Anblick von Jadens Schrift bringt eine Welle von Erinnerungen zurück, die schmerzhaft und schön zugleich sind. Soll ich ihn lesen? Was, wenn es noch mehr Schmerz bringt?

Tagelang hatte ich gehofft, Jaden würde mir eine Nachricht schreiben. Eine einzige. Aber es kam nichts. Dafür umso mehr von Kendra. Es ist nicht fair, wie ich sie behandle, das weiß ich. Sie ist meine beste Freundin und wir sind durch dick und dünn gegangen. Immer war sie für mich da, und nun habe ich sie ausgeschlossen, weil ich mit meinen eigenen Problemen überfordert bin. Ich habe sie enttäuscht. Alle habe ich enttäuscht.

Langsam öffne ich den Umschlag und ziehe den Brief heraus. Meine Augen wandern über die ersten Zeilen. Die vertraute Wärme seiner Worte umfängt mich sofort.

Lieber Ash,

ich weiß nicht, warum du dich entschieden hast, uns aufzugeben, aber ich möchte, dass du weißt, dass ich immer noch sehr starke Gefühle für dich habe. Ich bin nicht böse auf dich, nur verstehe ich nicht, warum du mich auf Abstand hältst und warum du nicht mit mir reden kannst. Es bricht mir das Herz, dich so zu verlieren, ohne eine Erklärung, ohne zu wissen, was wirklich los ist.

Bitte, gib uns eine Chance, das zu klären. Wir können das zusammen durchstehen. Gemeinsam können wir alles schaffen. Du bist nicht allein, und du musst das nicht allein durchmachen. Ich bin hier, und ich werde immer für dich da sein.

In Liebe, dein Jaden

Ich lese den Brief wieder und wieder, und mit jedem Satz zieht sich der Schmerz enger um meine Brust. Ein Kloß bildet sich in meinem Hals und Tränen brennen in meinen die Augen. Jaden mag mich immer noch. Er will nicht aufgeben. Aber wie kann ich ihm all das Chaos in meinem Leben erklären?

Seit der Trennung habe ich versucht, stark zu sein – für Myra und mich. Doch die Wahrheit ist, dass ich zerbreche. Die Verantwortung, die Angst und die ständige Unsicherheit fressen mich auf. Jaden wäre besser dran ohne diesen Ballast.

Vorsichtig, als wäre der Brief zerbrechliches Glas, falte ich ihn zusammen und lege ihn beiseite.

Ich kann nicht mehr so weitermachen, ich muss etwas ändern. Mit zitternden Händen greife ich nach meinem Handy und wähle die Nummer meines Dads. Es klingelt einmal, zweimal, dann hebt er ab.

»McCoy, hallo?«

»Dad, wir müssen reden.« Ich sitze plötzlich aufrechter, meine Finger umklammern das Handy fester. »Myra und ich brauchen dich. Mom hat ein ernstes Problem, und es wird immer schlimmer.«

»Ashton, ich bin im Moment sehr beschäftigt. Da ist dieses wichtige Geschäft, dass ich abschließen muss.«

Das ist typisch für ihn, sobald es um Mom geht, blockt er ab, wie eine kaputte Schallplatte, die ständig dasselbe wiederholt.

»Kein Geschäft kann wichtiger sein als deine Familie!«, brülle ich ins Telefon. »Dad, du verstehst es nicht oder willst es nicht verstehen. Mom lässt ihre Wut an Myra aus und ich kann nicht mehr ... ich will das nicht mehr.«

Schluchzer brechen aus mir hervor, ungefiltert, ungehalten - es ist mir egal, ich will nur, dass Dad endlich versteht.

»Beruhige dich«, sagt er und ich höre, wie er tief durchatmet.

»Deine Mutter hat es schwer, das weißt du. Aber ich kann jetzt wirklich nicht weg. Ich muss los, wir reden später, okay?«

»Dad, warte ...« Doch bevor ich meinen Satz beenden kann, ist er schon weg. Aufgelegt.

Ich starre auf das Display, als könnte ich damit etwas ändern. Ich winkle meine Beine an und lege meinen Kopf auf die Knie. Warum kann er nicht verstehen, wie ernst es ist?

Verzweiflung steigt in mir auf wie eine dunkle Flutwelle, die unaufhaltsam auf mich zurollt und alle Hoffnung in ihrem kalten Griff ertränkt. Mein Herz rast und es fühlt sich an, als würde eine unsichtbare Hand meinen Brustkorb zusammendrücken, mir die Luft abschnüren und mich daran hindern, klar zu denken. Die Ohnmacht ist überwältigend, ein lähmendes Gefühl, das meine Glieder schwer und meinen Geist träge macht. Alles in mir schreit nach Hilfe, doch die Worte bleiben mir im Hals stecken, ungesagt und unerhört. Ich bin nichts weiter als ein Schiffbrüchiger, verloren in einem endlosen Meer aus Angst und Hilflosigkeit.

Mit trockenem Mund und klopfendem Herzen stehe ich auf und gehe in die Küche, um etwas zu trinken. Als ich den Raum betrete, bleibt mein Blick sofort an meiner Mom hängen. Sie steht am Küchentresen und hält eine Weinflasche in der Hand. Mein Durst ist nicht das Einzige, was mich quält.

»Was glotzt du denn so, hm?«, sagt sie in einem Ton, der mir das Blut in den Adern gefrieren lässt.

»Ich ... hole nur etwas zu trinken, bin gleich wieder weg. Vielleicht solltest du auch ins Bett gehen.« Meine Stimme ist leicht kratzig, es fällt mir schwer, so zu tun, als wäre nichts.

Mit einem lauten Knall fliegt die Flasche, die sie eben noch in der Hand hatte, gegen die Wand. Das Glas zerspringt in tausend Stücke, roter Wein läuft in Schlieren die Tapete hinab.

»Wer bist du, mir zu sagen, was ich tun soll? Du bist nur ein dummes, kleines Kind!«

Es gibt Tage, da treffen mich ihre Worte wie Messerstiche, aber heute nicht. Heute habe ich keine Kraft mehr, um mich von ihr verletzen zu lassen.

»Ein Kind, das versucht, unsere Familie zusammenzuhalten, während du dich selbst zerstörst. Myra hat Angst vor dir, und ich weiß nicht mehr, was ich tun soll. Bitte, Mom ...«

»Myra, Myra, immer geht es nur um Myra!«, schreit sie und taumelt auf mich zu.

Sie stinkt nach Alkohol. Ihre Augen sind gerötet und ihr Blick ist erfüllt von einer Wut, die ich nicht verstehen kann. Ihre verzerrte Fratze kommt mir bedrohlich nahe und ich weiche nach hinten aus, verlasse fluchtartig die Küche, ohne einen Schluck getrunken zu haben.

Zurück in meinem Zimmer setze ich mich aufs Bett und vergrabe mein Gesicht in den Händen.

Ich kann nicht mehr, die ständige Angst um Myra zermürbt mich. Wie soll ich das alles noch länger aushalten?

Die Tränen fließen unaufhaltsam, und meine Kraft verlässt mich. Erschöpft sinke ich auf das Bett, lasse die Finsternis des Raumes über mich hereinbrechen.

Die Dunkelheit verschlingt alles, kriecht in jede Ecke, erstickt jeden Laut.

Schritte? Nein, ein Flüstern, oder ist es nur das Blut, das in meinen Ohren rauscht?

Ein Schrei durchschneidet die Stille, gellend und verzerrt. Ist es meiner?

Hände greifen nach mir, kalte, unsichtbare Klauen, die meine Brust zuschnüren.

Ich reiße die Augen auf, ein Schock durchfährt meinen Körper. Die Bettdecke liegt zerknüllt zu meinen Füßen, und mein Herz hämmert in meiner Brust, als wollte es ausbrechen. Das Shirt klebt an meiner Haut, durchnässt vom Schweiß. Alles ist feucht, heiß, bedrückend. Schon wieder ein Albtraum.

Ich schnappe nach Luft, aber sie reicht nicht, ist zu dünn, zu wenig. Es fühlt sich an, als würde ich ersticken, obwohl ich mitten im Zimmer sitze. Die Wände rücken näher, der Raum dreht sich, mein Puls rast. Meine Hände krallen sich in die Matratze, doch das beruhigt mich nicht. Ich muss hier raus. Jetzt.

Wie in Trance tapse ich über den Boden, ignoriere die Uhrzeit, die Dunkelheit, die Stille des Hauses. Meine Lungen brennen, mein Puls dröhnt in meinen Ohren.

Die Haustür ist mein Ziel. Ich reiße sie auf, die Kälte schlägt mir entgegen, und für einen Moment bleibe ich stehen, halte inne, lasse sie über meine erhitzte Haut streichen. Mein Atem ist immer noch flach, zu schnell.

Barfuß trete ich auf den Gehweg, meine Füße spüren die raue Textur des Betons. Es ist mitten in der Nacht, die Straßen sind leer. Ich gehe einfach los, ohne Ziel, Schritt für Schritt.

Kapitel 23
Jaden

*I*ch sitze auf der alten Holzbank im Garten und lasse meinen Blick über die schattigen Konturen der Bäume schweifen, die im fahlen Licht des Mondes geheimnisvoll leuchten. Erst vor ein paar Stunden hat es aufgehört zu regnen. Die Luft ist abgekühlt und trägt den frischen Duft von nassem Gras und Erde mit sich. Die kühle Brise füllt meine Lungen und bringt eine willkommene Frische in meinen von Gedanken überladenen Kopf. Es ist mitten in der Nacht, und obwohl ich längst im Bett sein sollte, bleibt der Schlaf hartnäckig fern. Also sitze ich hier. Allein.

Diese Bank weckt Erinnerungen an Neujahr. Bevor ich mit Ash hier saß, hatte der Kuss im Schrank mich verwirrt und aufgewühlt. Ich war betrunken von dem Schnaps, den Freddy und Sofie angeschleppt hatten. Am Ende war es Ash, der für mich da war.

Ich schließe die Augen, und die Bilder tauchen wieder auf, verschwommen, aber lebendig. Das sanfte Streicheln seiner Finger über meinen Rücken und seine beruhigenden Worte haben sich in mein Gedächtnis eingebrannt. Seine Nähe war schon damals wie ein sicherer Hafen in einem stürmischen Meer.

Ein Windstoß bringt mich zurück in die Gegenwart, ich öffne die Augen.

Das Schreiben des Briefes an Ash hat mir geholfen, ein wenig Klarheit zu finden. Ich fühle mich leichter, ein bisschen freier, obwohl der Schmerz immer noch tief sitzt. Natürlich wird es nicht einfach werden, aber ich bin bereit zu warten. Und wenn es Jahre dauert, ich werde da sein. Ash ist es wert.

Mein Handy vibriert in meiner Tasche und lenkt meine Aufmerksamkeit auf sich. Es ist eine Nachricht von ...

»Myra?« Es ist mitten in der Nacht, die Kleine sollte längst schlafen.

> **Myra**
> Jaden, du musst sofort kommen!
> [1:33 AM]

Mein Herz setzt einen Schlag aus. Ist etwas mit Ash?

Ohne zu zögern, schnappe ich mir das Fahrrad, das Kendra gehört, und düse los. Der Wind peitscht mir ins Gesicht, doch ich trete, so schnell ich kann.

Während ich zum Haus der McCoys fahre, rufe ich Myra an. Die Verbindung steht, ich höre sofort ihr Schluchzen.

»Myra, was ist los?«

Ich zittere, nicht vor Kälte, sondern vor Angst.

»Mom versucht, in mein Zimmer zu kommen. Ich weiß nicht, wo Ash ist!« Ihre Stimme klingt panisch, sie weint heftig.

»Ich bin gleich da, Myra. Halte durch, okay?« Meine Worte sind hektisch, mein Herz rast. Ich trete noch schneller in die Pedale.

Der Weg ist gefühlt endlos, doch endlich sehe ich das Haus der McCoys. Ich springe vom Fahrrad und lasse es einfach fallen, renne zur Tür und klopfe an.

»Myra, ich bin hier«, rufe ich und hoffe, dass sie mich hört.

Doch die Tür öffnet sich nicht. Keine Zeit zu verlieren. Ich renne ums Haus und sehe ein offenes Fenster. Mit einem schnellen Sprung klettere ich hinein.

Im Haus höre ich die Laute – Schluchzen, Schreie. Ich laufe durch den Flur, stolpere fast über Glasbehälter. Dann sehe ich sie zum ersten Mal: Ashs Mutter. Sie steht wackelig mit einer Flasche in der Hand im Flur und ist mindestens genauso betrunken, wie ich an Silvester.

»Wer bist du?«, brüllt sie, als sie mich sieht. »Was machst du hier? Und wo ist dieser Nichtsnutz von Ashton?«

Da sie vor dieser Tür lauert, wie ein Raubtier auf der Jagd, gehe ich davon aus, dass sich dahinter Myras Zimmer befindet.

»Ich bin hier, um nach Myra zu sehen. Bitte beruhigen Sie sich«, sage ich so gelassen wie möglich, doch das waren wohl die falschen Worte.

»Schon wieder geht es nur um diese Göre.« Sie kommt auf mich zu, ihr Gesicht ist verzerrt vor Wut. Die Flasche sehe ich zu spät auf mich zurasen, sie trifft mich am Kopf. Schmerz durchzuckt mich, ich taumle, alles verschwimmt vor meinen Augen.

»Myra«, rufe ich, während ich mich an der Wand festhalte, um nicht umzukippen. »Wir müssen hier raus!«

»Jaden.« Myra kommt aus ihrem Zimmer auf mich zugerannt. Ich packe ihre Hand und ziehe sie mit mir. Den Schwindel in meinem Kopf ignoriere ich. Dafür ist später noch Zeit.

Wir hasten durch das Haus, ihre Mutter hinter uns her. Panik treibt mich an. Jeder Atemzug ist ein Kampf.

Endlich an der Tür, reiße ich sie auf - Himmel sei Dank, nicht abgeschlossen - und stürme mit Myra nach draußen. Es hat wieder angefangen zu regnen, die Tropfen schlagen mir stechend ins Gesicht, aber wir rennen weiter, weg von der Gefahr, weg von Myras Mutter.

Erst als wir ein paar Straßen entfernt sind, halte ich an und blicke zu dem Mädchen hinunter.

»Myra, bist du okay?«

Sie nickt, Tränen laufen über ihre Wangen.

Ich atme tief durch, mein Herz schlägt wild in meiner Brust und mein Kopf pocht wie ein Trommelwirbel, der nicht enden will.

»Wir müssen die anderen wecken.«

»Mutter! Nolan! Kendra!«, rufe ich, so laut ich kann, während ich Myra in unser Wohnzimmer führe.

Das Wasser, das von meinen dunklen Strähnen tropft, läuft mir den Nacken hinunter und hinterlässt eine Spur auf dem Boden.

Schritte sind zu hören, und kurz darauf erscheinen meine Mutter und Nolan im Türrahmen.

»Jaden, was ist passiert?«, fragt meine Mutter besorgt, als sie das Licht einschaltet und uns sieht. Ihr Blick fällt auf Myra, die immer noch zittert und Tränen in den Augen hat.

Nun kommt auch Kendra ins Zimmer.

»Es ist Myra. Ihre Mutter hat getrunken, und wild gegen ihre Zimmertür gehämmert. Ash ist nicht zu Hause, und ich wusste nicht, was ich sonst tun sollte«, erkläre ich hastig, in meinem Kopf dreht sich alles.

»Oh, mein Gott«, murmelt meine Mutter und kniet sich vor Myra hin. »Komm her, Schatz.« Sie zieht Myra in eine feste Umarmung, und ihr laufen Tränen über die Wangen, als sie das kleine Mädchen tröstet. »Es wird alles gut.«

Kendra steht daneben, geschockt und sprachlos. Ihr Gesicht ist blass, und ihre Augen sind weit aufgerissen. »Das ist schrecklich«, flüstert sie.

»Nolan, hol Handtücher«, sagt meine Mutter über die Schulter. »Ihr beide seid völlig durchnässt. Wir müssen euch trocken bekommen, bevor ihr krank werdet.«

Nolan nickt und verschwindet in Richtung Badezimmer. Kurz darauf kehrt er mit einem Stapel weißer Handtücher zurück. Er reicht meiner Mutter eins, die es sofort um Myra legt und sie fürsorglich zudeckt.

»Hier, Jaden«, sagt Nolan ruhig und drückt mir ebenfalls ein Stofftuch in die Hand.

Ich nehme es dankbar und lege es mir um die Schultern, um die Kälte etwas abzuschütteln.

Nolan wirkt wie immer ruhig und kontrolliert. Er greift nach seinem Handy und tippt auf dem Display. »Ich rufe Richard an«, erklärt er knapp.

Myra schluchzt heftig und klammert sich an meine Mutter. »Mama ... sie trinkt immer so viel ... und ... dann ist sie böse zu Ash. Ich habe solche Angst, wenn sie so ist und jetzt ... jetzt ist Ash weg. Ich will nicht ins Heim. Jaden, bitte, ich will nicht allein sein.«

Mein Herz zieht sich schmerzhaft zusammen, als ich ihre Worte höre. Es ist eine Sache, zu wissen, dass Ashs zuhause schwierig ist, aber etwas ganz anderes, es so direkt von Myra zu hören.

»Es wird alles gut«, wiederholt meine Mutter sanft und streicht Myra über den Rücken. »Du bist jetzt in Sicherheit, okay? Wir kümmern uns um alles.«

Nolan spricht inzwischen mit jemanden am Telefon. »Ja, Myra ist bei uns.« Ich höre eine gedämpfte Stimme am anderen Ende der Leitung. »Bis dann.«

Der Boden unter meinen Füßen schwankt.

Meine Mutter löst sich von Myra und sieht mich an. »Jaden, geht es dir gut?«

Ich nicke. »Wir müssen Ash finden«, sage ich.

Meine Sicht verschwimmt und alles wird schwarz.

Piep – Piep – Piep

Ein monotones Piepen durchdringt meine Gedanken wie eine sich wiederholende Melodie, die sich unaufhaltsam in mein Bewusstsein drängt.

Piep – Piep – Piep

Verdammt ist das nervig, kann das nicht mal jemand ausschalten? Langsam öffne ich die Augen und blinzle gegen das grelle Licht.

Piep – Piep – Piep

Es dauert einen Moment, bis ich begreife, wo ich bin. Die weiße Decke, der stechende Geruch nach Desinfektionsmittel und das Geräusch dieses Gerätes klären langsam meinen benebelten Verstand. Ein Krankenhauszimmer.

»Jaden?«, höre ich eine vertraute Stimme und drehe meinen Kopf zur Seite. Kendra und Löckchen stehen an meinem Bett und glotzen mich an, als ob sie einen Geist gesehen hätten. Die beiden sind so nah, dass ich zusammenzucke, was ein Fehler ist, denn der Schmerz in meinem Kopf meldet sich sofort. Verdammt! Wäre mir nicht so übel, dann hätte ich den beiden jetzt aber was erzählt.

»Du bist endlich wach«, sagt Löckchen und lächelt. »Hast uns ganz schön erschreckt, Mann.«

»Und du siehst echt scheiße aus«, krächze ich und meine damit nicht seine Locken, die wieder ungekämmt nach allen Seiten stehen. Ich rede von seinem blauen Auge und der Schwellung an seiner Wange. Was hat er nun wieder angestellt?

»Ach das«, winkt er ab, als wäre es die normalste Sache der Welt. »Josh und ich haben uns ausgesprochen.«

»Er hat dich geschlagen«, sage ich entsetzt und mache erneut eine unbedachte Bewegung, die meinen Kopf fast zum Platzen bringt.

Löckchen grinst. »Müsstest ihn mal sehen! Das hier«, er zeigt auf sein Gesicht, »ist nichts dagegen.«

»Du hast ihn auch geschlagen?« Nun bin ich fassungslos und verharre in meiner Position. Seit wann gehört Freddy zu den Schlägertypen? Abgesehen davon hat er sich nicht einmal verbal gegen Josh gewehrt.

»Ich sagte ja, wir haben uns ausgesprochen.« Er zuckt mit den Schultern. »Du siehst übrigens auch nicht besser aus.«

»Hab Bekanntschaft mit meiner Schwiegermutter gemacht«, scherze ich, obwohl der Schmerz in meinem Kopf alles andere als witzig ist.

»Wir hatten wirklich Sorgen um dich, als du im Wohnzimmer zusammengebrochen bist«, sagt Kendra leise und nimmt meine Hand. »Die Ärzte haben gesagt, dass du Glück hast und mit einer leichten Gehirnerschütterung davongekommen bist. Du sollst noch mindestens einen Tag zur Beobachtung hierbleiben und darfst dann wieder nach Hause.«

Der Schlag der Flasche muss heftig gewesen sein, um mich so auszuknocken. Ich will mir gar nicht vorstellen, was passiert wäre, wenn das Myra abbekommen hätte. Der Gedanke daran lässt mich schaudern.

»Ist Myra in Sicherheit?«, frage ich leicht panisch.

»Ist sie«, bestätigt Kendra. »Molly kümmert sich um die Kleine, während Dad und Richard dabei sind, alles zu regeln. Was geschehen ist, war ein großer Schock für alle.«

»Aber wenn sie das jetzt klären, dann ist das gut.« Eine Welle der Erleichterung durchströmt mich und ich atme tief durch.

Jemand murmelt etwas Unverständliches und mein Puls beschleunigt sich automatisch.

Langsam setze ich mich auf und sehe mich um, woher das Geräusch kam. War das gerade ein Traum?

Es war kein Traum. Ash. Er sitzt auf einem Stuhl in der Ecke des Raumes, zusammengesunken und schlafend.

»Ash«, flüstere ich, und Kendra nickt.

»Er war die ganze Zeit hier«, erklärt sie sanft. »Er hat sich keinen Zentimeter von deinem Bett entfernt. Wir haben ihn kaum dazu bekommen, sich hinzusetzen.«

Ich lehne mich zurück in die Kissen. Der Gedanke, dass Myra in Sicherheit ist und Ash hier bei mir, beruhigt mich mehr, als ich es in Worte fassen kann.

»Danke«, sage ich leise und sehe Kendra und Löckchen an.

»Jaden?« Ashs raue Stimme verpasst mir eine angenehme Gänsehaut. Er ist tatsächlich hier. Sein Gesicht taucht zwei Sekunden später in meinem Blickfeld auf. Seine Augen sind gerötet und geschwollen.

Kendra räuspert sich. »Wir sollten gehen, Freddy.«

Löckchen nickt zustimmend und wirft mir einen letzten Blick zu. »Pass auf dich auf, Jaden. Wir sehen uns.«

»Ich sage unseren Eltern Bescheid, dass es dir besser geht«, fügt Kendra hinzu und lächelt schwach, bevor sie den Raum verlässt.

Als die Tür hinter ihnen ins Schloss fällt, sehe ich zu Ash. Unbeholfen wie ein Häufchen Elend steht er da. Seine Finger spielen an dem Stoff seines Shirts.

»Ich wollte nicht, dass es so weit kommt und jemand verletzt wird«, sagt er leise und sieht zu Boden.

»Es ist nicht deine Schuld. Du kannst nichts dafür, was passiert ist.« Ich strecke meine Hand nach ihm aus. »Komm her.«

Er gehorcht, tritt näher und ich ziehe ihn zu mir, damit er sich auf das Bett setzen muss.

»Was Myra und du durchgemacht habt, ist schrecklich. Ich wünschte nur, du hättest mit mir darüber gesprochen.«

»Ich konnte nicht, Jaden. Sie hätten Myra und mich getrennt und uns in Heime gesteckt.« Ashs Stimme bricht, und er beginnt zu weinen, seine Schultern beben unter den Schluchzern. Meine Finger umschließen seine und er klammert sich an mich.

»Meine Mom hat das ganze Haus verwüstet. Ich war doch nur kurz draußen. Es sah aus wie ein Schlachtfeld. Die Polizei traf nur ein paar Minuten später ein. Mein Handy lag noch in meinem Zimmer und ich hatte mit dem Schlimmsten gerechnet, als ich Myra nicht finden konnte«, sagt er und hebt den Kopf. Da ist dieser Schmerz in seinen Augen, der so tief geht, dass es mir das Herz zerreißt, und Tränen glitzern im schwachen Licht des Raums.

»Danke, dass du da warst, Jaden. Erst als Kendra anrief und sagte, dass Myra bei dir ist, konnte ich endlich wieder atmen. Doch dann stand bei euch der Krankenwagen vor der Tür und da ... und ... und du ...« Er hält sich die freie Hand vor das Gesicht.

»Hey«, sage ich sanft und ziehe ihn näher zu mir. Ash legt seinen Kopf auf meine Schulter, und ich streiche über sein Haar.

»Ich bin so froh, dass du wach bist, ich hatte solche Angst dich zu verlieren«, schluchzt er an meinem Hals.

»Mich wirst du nicht so schnell los.«

Ash kuschelt sich enger an mich, während ich meinen Arm um ihn lege und ihm einen sanften Kuss auf die Stirn drücke. Seine Wärme und der vertraute Duft seiner Haare lassen die Welt stillstehen.

Ashs Zimmer ist modern, aufgeräumt und so groß, dass es fast einschüchternd wirkt. Die Wände sind in einem kühlen Grauton gestrichen, die Möbel schlicht und funktional. Doch all das ist im Moment völlig egal.

Keuchend rolle ich mich von Ash herunter und falle neben ihn auf die Matratze. Meine Hand sucht haltlos nach irgendetwas, was mich daran erinnert, dass ich noch existiere. Meine Lunge brennt ein bisschen, meine Gedanken schwirren und mein Herz ... na ja, das ist irgendwo in der Umlaufbahn.

Es dauert ein paar Sekunden, bevor ich überhaupt klar denken kann, und selbst dann ist der einzige Gedanke: *Wow*. Wir hatten Sex und es war der beste meines Lebens. Gut, es ist ja auch nicht so, als hätte ich schon oft ... lassen wir das.

Neben mir lacht Ash so tief und warm, dass es durch meinen ganzen Körper vibriert. »Lebst du noch?«

Sollte das nicht meine Frage an ihn sein? Immerhin war es sein erstes Mal.

»Ich glaube schon«, antworte ich.

Die Bettlaken riechen nach uns – und ein bisschen nach dem Karamell-Duschgel, das er so sehr mag. Der Duft beruhigt mich.

Gestern Abend sind wir spontan zu Ash gegangen und seitdem ganz allein im Haus. Myra ist bei meiner Mutter, die sich liebevoll um sie kümmert und bei ihr anscheinend alles besser machen will, was sie bei mir versäumt hat. Richard ist bei Ashs Mom im Krankenhaus und regelt irgendwelche Dinge mit dem Jugendamt. Allgemein geht es in den letzten Tagen drunter und drüber.

Doch Ash und ich sind uns so nah wie noch nie. Ich genieße jede Minute an seiner Seite. Den Morgen mit Sex zu verbringen, war einfach perfekt – ein Moment, in dem die Welt da draußen verschwindet und nur wir beide existieren. Wenn es nach mir ginge, könnte jeder Tag so beginnen.

Ashs Gesicht ist halb in das Kissen gedrückt und seine Lippen sind zu einem frechen Grinsen verzogen, dass mich von Anfang an verzaubert hat.

Ob es ihm auch so sehr gefallen hat?

»Du fragst jetzt aber nicht, wie du warst, oder?« Ash bricht die Stille, die eben noch süß und träge auf uns lag.

»Quatsch«, sage ich. Selbst in meinen eigenen Ohren klingt es ein bisschen zu hoch.

»Aber du wolltest es fragen.«

»Nein!«

»Ich sehe es dir doch an!« Ash hebt den Kopf und er fixiert mich mit diesem durchdringenden Blick. Das belustigte Funkeln seiner blauen Augen treibt mich in den Wahnsinn.

Okay, vielleicht habe ich ganz kurz darüber nachgedacht, aber doch nur, weil ich möchte, dass es ihm gut geht.

»Halt die Klappe, du Idiot.«

Ich schiebe ihm einen Finger gegen die Brust, aber er fängt meine Hand ein und drückt sie an seinen Mund. Der Kuss ist kurz, aber so weich, dass ich alles um mich herum vergesse. Sein Daumen streicht langsam über meine Knöchel. Es ist wie ein winziger, stiller Zauber, der mich hält.

Seit ich vor ein paar Tagen aus dem Krankenhaus entlassen wurde, kümmert sich Ash mit einer Zärtlichkeit um mich, die ich kaum begreifen kann. Als wäre ich etwas Zerbrechliches, das er um jeden Preis zusammenhalten will.

»Ich bin nicht kaputt«, flüstere ich.

»Ich weiß.« Seine Stimme klingt dabei so ernst, dass ich nicht sicher bin, ob er versucht, mich zu überzeugen oder sich selbst.

»Hey.« Ich lege meine Hand an seine Wange. Seine Bartstoppeln kratzen ein wenig unter meinen Fingern. Dieser unrasierte Look lässt ihn wilder aussehen und ich mag das. »Mir geht's gut. Dank dir.«

Noch nie in meinem Leben war ich so glücklich, wie gerade und das, weil er an meiner Seite ist. Und wem geht es nach perfektem Morgensex schon schlecht?

Ash sieht mich an, als hätte ich gerade gesagt, ich wäre ein fliegendes Einhorn oder irgendwas genauso Lächerliches.

»Du brauchst mich nicht, Jaden.« Er beugt sich vor, drückt mir einen Kuss auf die Stirn. Gott, und wie ich diesen Kerl brauche!

Ich will etwas erwidern – vielleicht was Kitschiges wie ›Du bist mein Zuhause‹ oder ›Ich liebe dich‹, aber bevor ich den Mund aufmachen kann, hebt Ash plötzlich den Kopf und starrt in Richtung des Weckers.

»Oh Mist. Wir müssen los, gleich ist der Termin mit Mr. Roberts.«

»Lass ihn warten.« Ich stöhne und lasse mich theatralisch ins Kissen sinken.

Gestern rief Mr. Bulldogge an und sagte, er möchte mit uns über unsere Projektarbeit sprechen.

»Er reißt uns die Köpfe ab, wenn wir wieder zu spät kommen.«

»Ich wette, der sitzt längst in seinem Büro und übt seinen Stirnrunzel-Blick.«

Ash lacht leise und zieht mich mit einem sanften Ruck auf die Füße. »Und ich wette, er sieht weniger gefährlich aus, wenn du dir was anziehst. Komm schon, Champion.«

Getrieben von nur einem Gedanken, bücke ich mich träge nach meinem Hoodie: Je schneller wir das hinter uns gebracht haben, desto eher können wir wieder hierher zurück. Ins Bett und Ash in meine Arme.

Der Geruch alter Bücher erfüllt die Luft, als Ash und ich das Büro von Mr. Roberts betreten. Wie gewohnt sitzt er hinter dem massiven Holzschreibtisch, seine strenge Präsenz erfüllt den Raum. Als er aufblickt, funkeln seine Augen durch die Brillengläser. Sofort habe ich wieder das Bild einer Bulldogge vor Augen.

»Mr. Pearson, Mr. McCoy, schön, dass Sie da sind. Setzen Sie sich«, sagt er mit einer leichten Entschlossenheit in der Stimme, die nichts Gutes erahnen lässt.

Wir nehmen auf den weichen Ledersesseln vor seinem Schreibtisch Platz. Ash reibt sich die Hände, und auch in mir steigt die Anspannung. Die Stille im Raum ist erdrückend, während Mr. Roberts durch unsere Aufzeichnungen durchblättert. Die Sekunden ziehen sich endlos. Warum sagt er denn nichts?

Meine Gedanken wandern zurück zu den langen Nächten, in denen wir das Konzept entwickelt und die verschiedenen Medien sorgfältig ausgewählt haben. Unzählige Stunden, die wir mit Fotografieren, Videoaufnahmen und Texten verbracht haben. Ja, vielleicht hätten wir früher anfangen sollen, aber am Ende haben wir alles rechtzeitig geschafft. Der USB-Stick mit unserer interaktiven Präsentation und dem schriftlichen Bericht landete pünktlich auf Mr. Roberts´ Schreibtisch. Die viele Arbeit muss sich einfach gelohnt haben.

»Das hier ist wirklich beeindruckend«, sagt Mr. Roberts schließlich und legt die Papiere vor sich auf den Tisch. »Ihre Arbeit ist inhaltlich tiefgründig und gut recherchiert. Die Art und Weise, wie Sie Mr. Pearson und Sie Mr. McCoy sich gegenseitig porträtiert haben, zeigt, dass Sie nicht nur ihre äußere Erscheinung, sondern auch die inneren Facetten ihrer Persönlichkeiten erfasst haben. Die multimedialen Elemente sind kreativ und technisch nahezu fehlerfrei.«

Ein Knoten der Erleichterung löst sich in meinem Magen, und ich werfe Ash einen Blick zu. Er lächelt, und in diesem Moment weiß ich, dass sich die vielen Stunden wirklich ausgezahlt haben.

Bulldogge blättert weiter durch die Seiten und hält kurz inne. »Ihre Entscheidung, Pflanzen und Blumen als Metaphern für das Wachstum und die inneren Veränderungen füreinander zu verwenden, zeugt von hoher Kreativität und Originalität. Diese Metaphern sind nicht nur schön anzusehen, sondern sie bereichern das Verständnis Ihrer Persönlichkeiten auf eine subtile, aber wirkungsvolle Weise.«

»Danke, Mr. Roberts«, sage ich erleichtert. »Wir haben wirklich viel Arbeit hineingesteckt.«

»Das sieht man auch«, antwortet er, und zu meiner Überraschung blitzt ein leichtes Lächeln über sein Gesicht. Mr. Roberts lehnt sich in seinem Stuhl zurück und schiebt uns die Arbeit zu, auf der ein dickes A+ prangt.

Mein Herz macht einen Sprung vor Freude, und ich platze fast vor Stolz. Damit hätte ich nie gerechnet. Anfangs hasste ich diese Projektarbeit und hatte nicht vor, so viel Energie hineinzustecken, aber nun hat sich jede Minute gelohnt. Noch wichtiger ist, dass die Zeit, die ich mit Ash verbracht habe, uns nicht nur produktiver gemacht, sondern uns auch näher zusammengebracht hat.

Als wir das Büro von Mr. Roberts verlassen, fühle ich mich erstaunlich leicht, fast beschwingt. Die Sonne scheint durch die hohen Fenster des Schulflurs und taucht unseren Weg in warmes

Licht auf unsere Schritte. Die Strahlen tanzen auf den glänzenden Fliesen und vertreiben die düsteren Schatten, die uns in den letzten Wochen umgeben haben.

Doch plötzlich bleibt Ash stehen. Ich drehe mich zu ihm um. Sein Lächeln ist verschwunden, und seine Augen sind voller Sorge. Was ist los? Warum freut er sich nicht?

»Jetzt muss ich nur noch die Prüfungen bestehen. Dann habe ich den Abschluss in der Tasche«, sagt er mit einer Unsicherheit, die nicht zu überhören ist. Da ist sie wieder, diese Nervosität, die ihn schon so lange begleitet. Die Abschlussprüfungen waren immer ein schwieriges Thema für ihn, und der Druck, der auf ihm lastet, ist greifbarer denn je.

»Du schaffst das«, sage ich und trete näher an ihn heran, bis unsere Schultern sich leicht berühren. Der vertraute Karamellduft steigt mir in die Nase, und ich sehe ihm tief in die Augen, in denen sich all seine Zweifel und Ängste spiegeln. »Du hast so viel durchgestanden und bist so weit gekommen. Diese Prüfungen sind nur eine weitere Hürde, die du meistern wirst.«

Er senkt den Blick und murmelt leise, fast so, als spräche er nur zu sich selbst: »Ich weiß nicht, was ich ohne dich machen würde.«

»Du würdest es trotzdem schaffen«, antworte ich mit fester Stimme, greife nach seinem Arm, und ich drücke ihn leicht. »Und zum Glück musst du das nicht allein durchstehen.«

Die Sonne brennt auf meinem Gesicht, als Jaden und ich Hand in Hand ein paar Wochen später das Schulgebäude verlassen. Die Prüfungen sind endlich überstanden, und es fühlt sich an, wie ein schwerer Rucksack voller Sorgen und Ängste, den ich nun abgelegt habe.

Jaden läuft dicht neben mir und es tut gut, ihn an meiner Seite zu haben. Seine Nähe ist jedes Mal wie das Rauschen des Meeres, das mich beruhigt und mir Halt gibt. Ohne ihn hätte ich das alles nie geschafft, auch wenn er etwas anderes behauptet.

»Und, wie fandest du die Matheprüfung?«, fragt er und sieht mich neugierig an.

»Ich denke, es lief gut«, antworte ich und lächle schwach. »Dank dir, weil du mir geholfen hast.«

Die vielen gemeinsamen Stunden beim Lernen haben mir Sicherheit gegeben. Es wird vielleicht keine Bestnote, aber ich bin mir sicher, dass ich Mathematik bestanden habe. Ich weiß es.

Jaden bleibt plötzlich stehen und zieht mich sanft zu sich. Seine grünen Augen leuchten im Sonnenlicht wie polierte Edelsteine, und der warme Glanz darin lässt meine Knie weicher werden.

»Ich bin so stolz auf dich«, sagt er mit dieser unerschütterlichen Überzeugung, die ich an ihm so liebe. Er legt seine Hände in meinen Nacken und drückt sich ein Stück näher an mich. »Wollen wir etwas zusammen machen? Vielleicht feiern, dass wir die Prüfungen hinter uns haben? Ich glaube, die Jungs treffen sich nachher am See.«

Ich zögere, ein leichtes Stechen durchzieht meine Brust, und dann schüttle ich den Kopf. »Ich würde gern, aber ich will zu Mom. Sie ist in der Entzugsklinik, und wir dürfen sie heute endlich besuchen.«

Die Erinnerungen an den Vorfall kommen in mir hoch wie scharfe Dornenranken, die sich um mein Herz winden. Es war eine der schlimmsten Nächte meines Lebens. Die Zerstörung im Haus, die Panik, als ich Myra nicht finden konnte und die Angst, dass ihr etwas zugestoßen sein könnte. Bei all dem hilft mir nun mein Psychologe, der mich unterstützt, die Ereignisse zu verarbeiten und meine Gedanken zu sortieren. Aber nicht nur er, Jaden trägt ebenfalls dazu bei. Er hatte von einer Anzeige gegen Mom abgesehen, und dafür bin ich ihm dankbar. Er hat verstanden, dass meine Mom Hilfe braucht und keine Strafe.

Mom wurde in der gleichen Nacht in die Notaufnahme gebracht, um ihren Zustand zu stabilisieren. Anfangs hatte sie sich gewehrt und die Ärzte beschimpft. Doch jetzt scheint sie endlich zur Vernunft zu kommen. Ein kleiner Fortschritt, aber es ist ein Fortschritt. In der Klinik bekommt sie die Hilfe, die sie so dringend braucht, und ich hoffe, dass es der Anfang einer Heilung ist – für uns alle.

Jaden nickt verständnisvoll. »Wie geht es ihr?«

Ich lege meine Arme um seinen Körper und halte ihn fest. Seine Worte bedeuten mir viel mehr, als ihm wahrscheinlich bewusst ist. Zu wissen, dass er an meiner Seite bleibt und mich unterstützt, so wie er es die ganze Zeit schon getan hat, gibt mir Kraft.

»Besser, denke ich. Jetzt muss ich nur noch den nächsten Schritt wagen und sie besuchen.«

»Möchtest du, dass ich dich begleite?«

»Nein. Vielleicht beim nächsten Mal.« Der Besuch ist etwas, das ich erst einmal für mich verarbeiten muss, bevor ich jemanden mitnehme. »Mach dir keine Sorgen, Dad und Myra sind bestimmt schon dort.«

Ich sehe den Zweifel in Jadens Augen aufblitzen, aber er nickt langsam, respektiert meinen Wunsch.

»Okay. Ich werde an dich denken. Und wenn du danach reden möchtest, bin ich nur einen Anruf entfernt.« Wie zur Bestätigung streichelt er mir noch einmal über meine Wange.

Ich nicke und lächele ihn an, bevor ich mich auf den Weg zu Mom mache.

Ich betrete die Entzugsklinik mit einem flauen Gefühl im Magen. Die sterile Atmosphäre und der Geruch nach Desinfektionsmittel in der Luft verstärken meine Nervosität. Die letzten zwei Wochen waren ein ständiges Auf und Ab der Emotionen, und jetzt, wo ich meine Mom endlich besuchen darf, fühle ich mich unsicher und ängstlich. Was wird mich erwarten? Hat sich etwas verändert? Ist sie wirklich auf dem Weg der Besserung?

An der Anmeldung lächelt mich eine Frau hinter dem Schalter an.

»Hallo, ich bin Ashton McCoy und ich möchte meine Mom besuchen.«

»Natürlich, Ashton. Einen Moment bitte.« Sie tippt etwas in den Computer und nickt dann. »Deine Mutter ist auf Station B, Zimmer 204. Ich werde Dr. Stevens informieren, dass du da bist. Bitte nimm kurz Platz.«

Ich nicke und setze mich auf einen der gepolsterten Stühle im Wartezimmer. Meine Hände sind feucht und ich wische sie an meiner Jeans ab, während ich auf den Arzt warte. Wenige Minuten später erscheint ein mittelgroßer Mann mit freundlichen Augen und einem Lächeln.

»Hallo, Ash. Ich bin Dr. Stevens. Es freut mich, dass du deine Mutter besuchen kommst.«

»Wie geht es ihr?«, platzt es sofort aus mir heraus. Meine Besorgnis ist unüberhörbar.

»Sie hat die akute Entzugsphase überstanden, was ein guter erster Schritt ist. Aber die körperlichen und psychischen Auswirkungen des Langzeitkonsums sind immer noch erheblich.«

»Und was genau bedeutet das?«

»Es ist wichtig, dass ihr gemeinsam als Familie agiert und sie dabei stärkt. Deine Mutter braucht weiterhin intensive Betreuung und Therapie. Wir konzentrieren uns auf die Entgiftung und die tieferliegenden psychologischen Probleme, die zu ihrer Abhängigkeit beigetragen haben«, erklärt der Doktor geduldig. »Es wird Rückschläge geben, aber wir sind hier, um ihr zu helfen.«

Die Worte dringen allmählich in mein Bewusstsein.

»Wie geht es dir damit?«, fragt Dr. Stevens.

»Ich … ich will nur, dass sie wieder gesund wird«, antworte ich ehrlich. Tränen sammeln sich in meinen Augen. »Es war so schwer, sie so zu sehen.«

»Das kann ich gut nachvollziehen. Es ist entscheidend, dass du auch auf dich achtest. Du bist nicht allein in dieser Situation. Wir haben spezielle Angebote, die dich und deine Familie weiterhin unterstützen werden, während ihr diesen Weg gemeinsam geht.«

»Danke«, murmele ich und wische mir die Augen. »Kann ich sie jetzt sehen?«

»Natürlich.«

Als ich auf dem Weg zu Zimmer 204 durch die Klinik gehe, nehme ich die Menschen um mich herum wahr. Eine ältere Frau sitzt in einem Rollstuhl und blättert langsam durch ein Magazin. Ihr Blick ist abwesend, als ob sie in eine ferne, friedliche Erinnerung versunken wäre. Ein Mann mittleren Alters spricht mit einem Arzt, seine Stimme ist gedämpft. Eine Krankenschwester mit einem herzlichen Lächeln bringt einem älteren Herrn eine Tasse Tee. Das leise Summen von Gesprächen und das gelegentliche Lachen schaffen eine Atmosphäre der Wärme und Geborgenheit, in der ich Hoffnung empfinde. Hoffnung auf Heilung. Hoffnung darauf, dass Mom wieder wird wie früher.

Von weitem sehe ich schon die Zahl 204 an einer Tür. Das ist Moms Unterkunft für die nächsten Monate.

Mein Herz schlägt schneller, und das beklemmende Gefühl kehrt zurück. Die Sorge, zu scheitern. Angst, nicht genug zu sein. Es fühlt sich an, als würde ich über eine schmale Brücke balancieren, unter mir ein tiefer Abgrund. Jeder Schritt birgt die Gefahr, dass ich stolpere und ins Leere falle.

Vor dem Zimmer bleibe ich stehen und sage mir immer wieder: »Ich schaffe das. Ich ... schaffe das!«

Meine Hand ruht auf der Türklinke. Ich schließe kurz die Augen, ziehe die Luft langsam durch meine Nase ein, fülle meine Lungen, halte den Atem einen Moment, bevor ich ihn wieder entweichen lasse. Dann öffne ich die Tür.

Das Zimmer ist schlicht, aber hell und freundlich eingerichtet. Die Wände sind in einem grünen Pastellton gestrichen, und die Sonnenstrahlen, die durch das Fenster fallen, tanzen auf dem Boden. Meine Mom sitzt auf dem Bett und sieht aus dem Fenster. Ihr Blick ist nach draußen gerichtet, wo die Blätter eines Baumes sich sanft im Wind wiegen, als wären sie in einem stillen Tanz gefangen. Neben ihr sitzt mein Dad. Er hält ihre Hand fest, seine

Finger sind mit ihren verschlungen. Sein Gesicht sieht müde aus, tiefe Schatten zeichnen sich unter seinen Augen ab. Doch in seinen Zügen liegt auch etwas anderes – eine Ruhe, eine Entschlossenheit, die ich lange nicht mehr bei ihm gesehen habe.

In der Ecke des Zimmers sitzt Myra auf einem Stuhl, mit ihrem Stofftier auf dem Schoß. Sie streicht liebevoll über das Fell des kleinen Bären, ihre Finger bewegen sich behutsam. Als sie mich bemerkt, leuchten ihre Augen. Sie springt auf, Sir Bruno an sich gedrückt, und rennt auf mich zu.

»Ash«, ruft sie und wirft sich in meine Richtung. Ich fange sie auf, hebe sie hoch und drücke sie an mich. Ihre Arme schlingen sich um meinen Hals, und für einen Moment vergesse ich den Schmerz in meiner Brust.

»Hey, Maus«, sage ich und küsse sie auf die Stirn. »Wie geht es dir?«

»Gut«, antwortet sie. »Mama ist heute viel netter.«

Ich setze sie wieder ab, meine Hände ruhen kurz auf ihr, bevor ich mich ihr entziehe und langsam auf das Bett zugehe. Vor meinen Eltern bleibe ich stehen und schaue Dad an. Seine Mundwinkel verziehen sich zu einem kleinen Lächeln, als ich ihn vorsichtig an der Schulter antippe. Die Geste ist flüchtig, aber erfasst etwas Vertrautes, etwas, das in den letzten Jahren so selten war.

Dann richte ich meinen Blick auf Mom. Ihr Gesicht ist blass, die Spuren ihrer Tränen sind noch auf ihren Wangen zu erkennen. Ihre Augen, rot und geschwollen, sehen mich an, klarer, als ich es erwartet hatte.

»Hallo, Mom«, sage ich leise.

»Ashton ... es tut mir so leid. Es tut mir alles so leid.« Ihre Stimme bricht, als ob jedes Wort sie eine schier unüberwindbare Anstrengung kosten würde.

Ich lasse mich neben ihr auf das Bett sinken und greife nach ihrer freien Hand. Sie fühlt sich kalt an. Meine Finger schließen sich um ihre.

»Mom, jetzt wird alles wieder gut werden«, sage ich und schaue zu Dad, der zustimmend nickt. »Ich bin froh, dass du hier bist. Wir sind alle da und wir unterstützen dich.«

Myra kommt zu uns und klettert auf meinen Schoß. Ihre Hände umfassen meine und die meiner Mom. »Mama, Ash und ich sind so froh, dass du wieder gesund wirst.«

Mom lächelt schwach, und Tränen glitzern in ihren Augen wie kleine Diamanten. »Danke, Myra. Danke, Ashton. Ich werde kämpfen, das bin ich euch schuldig.«

Ein Knoten in meiner Brust löst sich, lässt die Luft wieder freier durch meine Lungen strömen. Wie lange habe ich dieses Lächeln bei ihr vermisst.

Zwei Stunden sitzen wir zusammen, reden leise und genießen die Verbundenheit. Die Sorgen und Ängste, die wie dunkle Wolken über uns hingen, verziehen sich langsam. Es ist, als ob ein Sonnenstrahl durchbricht und uns zeigt, dass es Hoffnung gibt.

»Wir sollten jetzt gehen und eurer Mom etwas Ruhe gönnen«, sagt Dad. Er steht auf und Myra folgt ihm. Ich bleibe jedoch noch einen Moment bei Mom.

»Ich komme bald wieder. Halte durch.«

»Das werde ich«, sagt sie und drückt meine Hand. »Ich liebe euch alle so sehr.«

»Wir lieben dich auch, Mom«, sage ich und schenke ihr ein letztes Lächeln, bevor ich loslasse und mich abwende.

Auf dem Weg nach draußen halte ich Myra an der Hand. Dad läuft ein paar Schritte vor uns, bis er plötzlich innehält und sich zu uns umdreht.

»Ashton, Myra ...« Dad macht eine Pause, sucht unsere Blicke. »Ich habe euch allein gelassen. Ich hätte für euch da sein müssen, doch habe ich mich in die Arbeit gestürzt und die Augen verschlossen.« Er fährt sich mit der Hand durchs Haar, eine Geste, die ihn so verletzlich wirken lässt.

Meine Kehle schnürt sich zu, und bevor ich es verhindern kann, bahnen sich Tränen den Weg über meine Wangen.

»Es gibt keine Entschuldigung dafür, dass ich nicht sehen wollte, wie groß das Ausmaß zuhause ist und keine Worte der Welt können das je wieder gutmachen.« Er greift nach Myra und mir, legt jedem eine Hand auf die Schulter. »Es tut mir leid, es tut mir so wahnsinnig leid. Ich habe unsere Familie aufs Spiel gesetzt und fast alles verloren. Ich möchte, dass ihr wisst, dass ich euch und eure Mutter über alles liebe.« Dad schnieft.

»Ich hab dich auch lieb, Papa.« Myra fällt ihm in die Arme. »Sei nicht traurig.«

Ich stehe da, unfähig, ein Wort herauszubringen. Ein Kloß steckt in meinem Hals, und ich kämpfe gegen das Schluchzen an, das in meiner Brust aufsteigt.

Vor ein paar Wochen stand Dad plötzlich mit seinem gesamten Gepäck vor der Tür der Bakers. Koffer, Taschen, selbst seinen Laptop hatte er dabei. Er wirkte verloren und unsicher, wie ein Reisender ohne Ziel.

Seit diesem Tag hat sich einiges verändert. Dad ist geblieben, hat Verantwortung übernommen und sich den Problemen gestellt, die er zuvor ignoriert hatte. Auch wenn ich nicht weiß, wie er es schafft, seine Arbeit und uns unter einen Hut zu bringen, bin ich dankbar. Das Wichtigste ist, dass er endlich da ist. Für uns.

Zusammen mit Nolan erklärte mir Dad später, dass sie gemeinsam entschieden haben, Myra vorerst bei den Bakers unterzubringen. Die Behörden wollen sicherstellen, dass sie in einer stabilen und sicheren Umgebung bleibt, während die Situation zu Hause geprüft und geklärt wird. Es war eine notwendige Vorsichtsmaßnahme nach allem, was passiert war.

Für mich war die Entscheidung weniger relevant, da ich bald 18 werde und damit rechtlich unabhängig bin. Trotzdem beruhigte es mich, dass Myra bei den Bakers gut aufgehoben ist – einer Familie, der ich vertraue und die ich insgeheim für ihre Warmherzigkeit und Fürsorge bewundere.

Wir alle haben einen langen Weg vor uns. Nicht nur Mom, die jetzt in der Klinik ist, sondern auch Myra, Dad und ich. Unsere Familie ist ein Scherbenhaufen, aber wir haben bereits begonnen, die Stücke wieder zusammenzusetzen. Eine Familientherapie soll uns helfen, alte Wunden zu heilen und neue Wege zu finden, miteinander zu sprechen.

Es ist ein Anfang. Ein zarter Neuanfang, der uns zeigt, dass es immer einen Weg aus der Dunkelheit gibt, solange wir bereit sind, ihn gemeinsam zu gehen.

Nach dem Besuch bei meiner Mom sehne ich mich nach etwas Normalität, nach einer Ablenkung von all den belastenden Gedanken. Also mache ich mich auf den Weg zum See, wo meine Freunde gerade den Grill anschmeißen.

Je näher ich komme, desto lauter werden die fröhlichen Stimmen und das Lachen, die mich normalerweise aufheitern würden. Heute jedoch fühle ich eine seltsame Nervosität in mir.

Der Weg zum See ist von hohen Bäumen gesäumt, deren Blätter im sanften Abendwind rascheln. Die untergehende Sonne taucht alles in ein goldenes Licht, das sich im ruhigen Wasser des Sees widerspiegelt und wie flüssiges Gold aussieht. Als ich die Gruppe um den Grill versammelt sehe, beschleunigt sich mein Herzschlag. Hat sich die Nachricht über meine Mutter schon herumgesprochen? Neuigkeiten verbreiten sich schnell, wie ein Lauffeuer, das nicht zu stoppen ist.

»Hey Honey, hast du dich verlaufen?« Jaden steht plötzlich neben mir.

»Wissen sie es?«, frage ich leise, so dass nur er es hören kann.

»Nein, natürlich nicht«, antwortet er und legt eine Hand auf meinen Arm.

»Gut.« Ich nicke, doch das flaue Gefühl in meinem Magen bleibt. Es ist, als ob ein großer Stein dort liegt, den ich mit jedem Atemzug schwerer ertragen kann.

»Hey, keine Panik«, sagt Jaden. »Du bist noch immer der beliebteste und gutaussehendste Sunnyboy der Schule.«

»Du findest mich gutaussehend?« Ein Lächeln huscht über mein Gesicht, und die Erinnerung an eine unserer ersten Begegnungen bei den Bakers, als er unerwartet im Badezimmer stand, schwirren mir durch den Kopf.

»Halt die Klappe, Asche«, erwidert Jaden und wir lachen leise.

Ich atme tief durch und dann gehen wir zusammen zum Grillplatz. Die anderen empfangen mich herzlich, und meine Anspannung löst sich ein wenig.

Der Duft von gegrilltem Fleisch und das sanfte Raucharoma liegen in der Luft, und über dem See hängt ein Gefühl von friedlicher Unbeschwertheit. Einige der Jungs kicken einen Ball hin und her, während die Mädchen lachend Fotos machen.

Nur einer kann es nicht lassen, sich sofort wieder an Jaden zu hängen: Corbin. Wie eine Fliege, die unablässig gegen eine Windschutzscheibe prallt, klebt er an ihm. Es ist unübersehbar, dass er auf Jaden steht. Seine Blicke gleiten gierig wie die eines Raubvogels über meinen Freund. Die Art, wie er ihn ansieht, bringt mein Blut zum Kochen. Ohne lange nachzudenken, greife ich nach Jadens Hand.

»Ash, was machst du?«, flüstert Jaden und ich sehe förmlich die Fragezeichen über seinem Kopf schweben.

»Ich dachte, ... also, wenn du nicht willst, dass ... dass jemand von uns ...«, stottere ich und weiß nicht, ob es eine gute Idee war. Vielleicht ist Jaden noch nicht bereit, dass andere von uns erfahren. Mist, ich habe schon wieder nicht nachgedacht.

»Doch, alles gut.« Er drückt meine Hand, ein Lächeln breitet sich auf seinem Gesicht aus. »Jeder soll es wissen, du bist mein.«

Ich grinse und wahrscheinlich sehe ich aus wie der verliebteste Trottel auf der Welt, aber das ist mir egal. Jaden gehört zu mir und keiner wird ihn anbaggern. Schon gar nicht Corbin.

Corbins Augen weiten sich, als er uns sieht. »Du bist mit Ashton McCoy zusammen?«, fragt er ungläubig.

»Ja, bin ich«, antwortet Jaden.

»Shit ... ähm, ich mein ... da bin ich wohl zu spät.« Corbin redet weiter, als wäre ich gar nicht da. Und das, wo ich direkt vor ihm stehe. »Wollte dich eigentlich mal auf einen Kaffee einladen«, sagt Corbin und kratzt sich am Kopf.

Hallo? Versucht er allen Ernstes, mir den Freund auszuspannen? Die Dreistigkeit dieses Mannes lässt meinen Blutdruck steigen, und ich balle meine freie Hand zu einer Faust, gleich platzt mir der Kragen.

Jadens Griff wird fester, als könnte er meine aufkommende Unruhe erahnen. Dann tritt er einen Schritt näher an mich heran. »Ich bin glücklich mit Ash, und das wird sich auch nicht ändern.«

Corbins Gesicht wird blass und seine Schultern sacken leicht ein. Wortlos dreht er sich um und geht. Ein kleiner Sieg für mich.

Ich lege meinen Arm um Jadens Taille und ziehe ihn noch ein Stück an mich heran. Mein Freund sieht mich belustigt an.

»Bist du etwa eifersüchtig, Ash?«, fragt er mit einem schelmischen Grinsen. »Du sahst aus, als würdest du Corbin jeden Moment anspringen.«

Und wie ich ihn anspringen wollte. Ich hätte ihm fast die Augen ausgekratzt.

»Vielleicht ein bisschen«, gebe ich zu und lächle zurück. »Aber nur, weil er so dreist war.«

Jaden lacht leise, und der Klang seiner Stimme beruhigt mich. »Irgendwie süß«, sagt er und stellt sich vor mich, legt seine Hände um meinen Hals, »zu sehen, wie sehr du mich beschützen willst und dein Revier verteidigst.«

»Du bedeutest mir alles, Jaden«, sage ich und schaue ihm in die Augen.

»Wie war es bei deiner Mom?«, fragt er, ohne mich loszulassen.

Ich lehne meine Stirn an seine. »Es war schwer. Sie macht Fortschritte, aber es wird noch lange dauern, bis sie wirklich geheilt ist. Es tut weh, sie so zu sehen, aber ich weiß, dass sie in guten Händen ist.«

»Das klingt echt hart«, sagt Jaden und streicht mit seinen Fingern sanft über meinen Nacken. »Aber sie hat Glück, dich zu haben.«

»Danke«, murmele ich und genieße seine Berührung. »Es tut gut, dass du hier bist. Du gibst mir Kraft.«

Jaden stellt sich auf die Zehenspitzen und küsst mich auf die Nasenspitze. »Und du gibst mir Kraft.«

»Was ist eigentlich mit deinem Vater? Hast du ihn angerufen?«

Seit ein paar Wochen hängt diese Telefonnummer, die er von seiner Mutter bekommen hat, in Jadens Zimmer. Doch bisher konnte er sich nicht überwinden, die Nummer zu wählen.

Jaden seufzt und seine Miene wird nachdenklich. »Mein Vater hat sich all die Jahre nicht für mich interessiert. Vielleicht werde ich ihn irgendwann kontaktieren, aber gerade möchte ich nicht. Ich bin glücklich und habe eine neue Familie gefunden und Menschen, die mir viel bedeuten. Denen ich viel bedeute.«

Seine Worte berühren mich. »Du bist ein Teil meiner Familie.«

»Und das bedeutet mir mehr, als ich sagen kann.« Er drückt mich fester an sich und ich versinke in seinen grünen Augen.

Wir stehen eine Weile so da, bis ich mich daran erinnere, dass ich schon seit Monaten etwas tun wollte, aber nie den Mut gefunden habe.

»Jaden, ich muss dich etwas fragen.« Mein Herz rast. »Würdest du mit mir auf den Abschlussball gehen? Ich weiß, ich bin spät dran mit der Frage, aber ...«

Bevor ich meinen Satz beenden kann, lächelt Jaden breit und zieht mich für einen Kuss an sich heran.

»Natürlich, Ash«, sagt er an meinen Lippen. »Es ist mir egal, wie spät du fragst, ich wäre sowieso nur mit dir gegangen.«

Kapitel 25
Jaden

*W*ir öffnen die Tür zum Ballsaal der Schule, und der Anblick, der uns empfängt, ist atemberaubend – wie ein nächtlicher Sternenhimmel. Die Decke ist mit funkelnden Lichterketten geschmückt, die glitzern und schimmern, als hätte jemand die Milchstraße eingefangen und hierhergebracht.

In der Ecke legt ein DJ auf, und die Musik dröhnt durch die Lautsprecher, lässt den Boden unter meinen Füßen vibrieren. Auf der Tanzfläche wirbeln Paare in eleganten Kleidern und Anzügen herum, ihre Bewegungen fließend und voller Freude.

Ash und ich betreten den Abschlussball Hand in Hand, als Paar, und ich kann meinen Blick kaum von ihm abwenden. Sein tiefschwarzer Anzug passt perfekt zu seinem schlanken, durch-trainierten Körper. Das weiße Hemd strahlt im Kontrast zu dem dunklen Stoff, und die kräftig blaue Krawatte bringt seine leuchtenden Augen noch mehr zur Geltung.

Neben ihm fühle ich mich wie der glücklichste Mensch der Welt. Mein eigener Anzug, in einem tiefen Marineblau, das fast schwarz wirkt, harmoniert perfekt mit seinem Look. Dazu trage ich ein schlichtes, weißes Hemd und eine dunkelrote Fliege, die einen Hauch von Farbe hinzufügt.

»Du siehst unglaublich aus«, flüstere ich Ash zu, als wir lang-sam in den Raum gehen.

Das muss er sich nun schon zum zehnten Mal von mir anhören und es wird nicht das letzte Mal sein.

Seine Hand in meiner gibt mir das Gefühl, dass alles möglich ist und wir gemeinsam jede Hürde überwinden können.

»Und du siehst aus wie ein Filmstar«, antwortet er mit einem breiten Grinsen. »Ich kann es kaum erwarten, den ganzen Abend mit dir zu tanzen.« Seine Worte lassen mein Herz schneller schlagen.

Er zieht mich auf die Tanzfläche. Die Musik wechselt zu einem langsamen Lied, und ich lege meine Arme um seine Schultern, während er seine um meine Taille schlingt. Wir bewegen uns im Takt, und ich verliere mich in seinen ozeanblauen Augen, die im sanften Licht des Saales funkeln. Ich fühle seine Nähe, seine Wärme, und alles andere wird unwichtig. Die Zeit scheint stillzustehen, als wären wir die einzigen beiden Menschen im Raum. Das wünsche ich mir, denn ich will, dass der Abend niemals endet. Er lehnt seine Stirn leicht gegen meine.

»Ich kann nicht glauben, dass wir es geschafft haben«, murmelt Ash gegen mein Ohr. »Wir haben unseren Abschluss.«

»Den haben wir.«

Gestern erhielten wir die Abschlusszeugnisse. Der Moment, als mein Name aufgerufen wurde, war wie ein Traum. Die jubelnden Rufe der Mitschüler und die zufriedenen Blicke der Lehrer begleiteten uns, als wir die Bühne betraten und unsere Urkunden entgegennahmen.

Die Musik trägt uns, lässt uns eins werden mit der Bewegung, fast schwerelos. Ashs Herzschlag hämmert gegen meine Brust.

»Ich bin so stolz auf dich und mich«, sage ich leise, meine Stimme voller Ehrfurcht vor dem, was wir erreicht haben.

»Das bin ich auch. Und ich kann es kaum erwarten, zu sehen, was die kommende Zeit für uns bereithält.«

Die Zukunft rückt jedem Tag näher, unausweichlich und unaufhaltsam wie die Gezeiten. In knapp drei Monaten werde ich aufs College gehen. Die Vorstellung, so weit von Ash entfernt zu sein, lässt mein Herz schwer werden, als wäre es mit Blei gefüllt. Zwei Stunden mögen auf einer Landkarte wenig erscheinen, doch in meinem Herzen sind sie eine unüberwindbare Kluft, ein Abgrund, der mich zu verschlingen droht.

Ich sehe Ash an. Wie soll ich nur ohne ihn leben? Wie sollen wir diese Distanz überbrücken? Werden wir uns entfremden? Wird das Band, das uns so stark verbindet, reißen? Ich will nicht weg, ich will hierbleiben. Ich will bei Ash sein.

Das Thema zieht mich runter, deswegen schiebe ich es beiseite. Später wird noch genug Zeit sein, sich darüber Gedanken zu machen. Dies ist unsere Nacht, Ashs und meine, und wir werden jeden Augenblick davon genießen.

Kendra taucht neben uns auf. Sie strahlt förmlich in ihrem smaragdgrünen Kleid, das sich wie fließendes Wasser um ihren Körper schmiegt und ihre Augen noch heller leuchten lässt.

»Seht euch mal an, ihr zwei seid der Inbegriff von Perfektion«, sagt sie und zwinkert uns zu. »Wenn ich nicht wüsste, dass ihr ein Paar seid, würde ich euch beide sofort aufreißen.«

Ash lacht. »Immer die Charmeurin, Kendra.«

»Das muss man doch ausnutzen«, erwidert sie und schnippt mit den Fingern. »Also, was ist euer Plan für den Abend? Außer alle anderen mit eurer heißen Anwesenheit zu blenden.«

»Einfach Spaß haben«, sage ich und grinse. »Und du?«

»Ich plane, die Tanzfläche zu erobern und vielleicht ein oder zwei Herzen zu brechen.« Sie wirbelt mit einem vergnügten Lachen herum. »So, ich muss weiter. Bis später«, ruft sie uns über die Schulter zu.

Ich beobachte, wie Kendra sich elegant in die Menge stürzt, ihre Bewegungen leicht und beschwingt wie die eines Schmetterlings.

Die Musik wechselt zu einem schnelleren Takt, und die Tanzfläche füllt sich mit rhythmisch wippenden Körpern. Ash und ich kämpfen uns gerade raus aus der Menge Richtung Buffet, da bleibt mein Blick an zwei bekannten Gesichtern hängen.

»Sag mal, sind das Freddy und Josh da drüben?«

Ash folgt meinem Blick und nickt. »Jupp.«

Löckchen trägt ein elegantes, dunkelgrünes Hemd, das perfekt zu seinem bronzenen Teint passt, und seine schwarzen Hosen sitzen tadellos. Ohne seine Brille wirken seine Augen größer und strahlender. Oder sind es die zusammengebundenen Haare, die ihn anders aussehen lassen?

»Wusstest du, dass die beiden jetzt zusammen auf das gleiche College gehen?«, fragt Ash wie beiläufig und schaufelt sich süße Stückchen auf seinen Teller.

»Was, wirklich?« Kurz schaue ich zu Ash und dann wieder zu dem Duo.

Jetzt weiß ich, was anders ist. Löckchens Haltung ist aufrecht. Wie er sich bewegt, zeigt eine neue Art von Selbstbewusstsein und zieht damit die Blicke der Mädchen auf sich. Josh, der bisher mit arroganter Überheblichkeit auffiel, wirkt nun entspannt. Seine weichen Gesichtszüge und das freundliche Lächeln verleihen ihm eine ganz neue Ausstrahlung.

Löckchen dreht sich in unsere Richtung und winkt uns zu. Er strahlt, und ich gönne ihm seine neue Freundschaft und das Glück, das ihn offensichtlich erfüllt.

»Die zwei mussten sich wohl erst prügeln, damit sie die alten Kamellen beiseiteschieben und endlich wieder Freunde sein konnten«, schlussfolgere ich daraus.

Ash lacht. »Manchmal braucht es eben einen richtigen Schlagabtausch, um die Dinge zu klären.«

»Scheinbar.« Ich lächle und schaue zu, wie Löckchen und Josh miteinander reden und lachen, als wäre nie etwas gewesen.

Ash stellt seinen Teller ab und zieht mich plötzlich ein Stück abseits von dem ganzen Trubel. Sein Gesicht ist ernst, aber seine Augen haben diesen liebevollen Ausdruck, der mich immer wieder verzaubert.

»Apropos College, Jaden. Ich muss mit dir reden.«

Da war es wieder, das Thema, worüber ich jetzt nicht nachdenken wollte. Zudem habe ich Angst, darüber zu sprechen. Ich will nicht von Ash hören, dass wir bald getrennt sein werden.

»Muss das heute Abend sein, Ash? Können wir nicht einfach die Zeit genießen?«

»Das werden wir.« Er nimmt meine Hände in seine. »Denn ich habe eine Zusage vom Madison Oceanside College bekommen. Ich werde dort Sportwissenschaften studieren.«

»Ash, das ist großartig. Ich wusste, dass du es schaffst.« Mein Lächeln ist schwach, aber zu mehr bin ich gerade nicht in der Lage. Ich freue mich sehr für ihn. Wirklich. Seine Angst, aufgrund seiner durchschnittlichen Schulleistung keinen Collegeplatz zu bekommen war groß gewesen, aber unbegründet. Doch erinnert es mich auch wieder daran, dass wir bald getrennte Wege einschlagen werden.

»Es gibt noch etwas, Jaden.« Ash streicht mir sanft mit dem Daumen über meine Wange. »Madison ist nur 30 Minuten vom Bayshore College of Art and Design entfernt, deinem College.«

Ich starre ihn an. Die Worte sickern nur langsam in mein Bewusstsein.

»Das bedeutet, wir können zusammen sein«, sage ich leise.

»Ja«, bestätigt Ash. »Und ich habe darüber nachgedacht ... ob ... möchtest du mit mir eine Wohnung teilen? Irgendwo in der Mitte zwischen unseren Colleges. Was sagst du?«

Ich bin sprachlos. Die Vorstellung, mit Ash zusammenzuleben, unser Leben zu teilen, ist mehr, als ich mir je erträumt habe.

»Ja«, sage ich schließlich, und meine Stimme bricht vor Emotionen. »Ja, ich möchte mit dir zusammenziehen, aber ... was ist mit Myra und deinen Eltern?«

»Dad ist da und kümmert sich, Myra gefällt es bei den Bakers und Mom ist in guten Händen. Klar werde ich sie schrecklich vermissen, aber du würdest mir noch mehr fehlen. Ich werde meine Familie einfach so oft besuchen fahren, wie möglich. Mein Psychiater hat mir in Madison auch einen Kollegen empfohlen, der mich weiter betreuen wird, wegen der Albträume und so. Alles schon geklärt. Außerdem schlafe ich in deinen Armen eh am ruhigsten. Du bist meine beste Medizin, Jaden.«

Tränen der Freude sammeln sich in meinen Augen und die Welt um mich herum verschwimmt. Verdammt, ich kann doch jetzt nicht heulen. Aber ich bin zu überwältigt und so kullern die ersten Tropfen über meine Wangen. Eine Zukunft mit dem Mann meiner Träume ... etwas Besseres gibt es nicht.

»Ich liebe dich«, flüstert Ash. Seine Worte durchdringen mich bis in die tiefsten Winkel meines Herzens.

»Ich liebe dich auch«, antworte ich und weiß, dass wir alles schaffen können.

Hand in Hand stehen wir da und sind bereit, das nächste Kapitel unseres Lebens zu beginnen. Zusammen. Wir sind nicht allein. Wir haben einander – und das ist alles, was zählt.

Ende

Danksagung

An dieser Stelle möchte ich all den Menschen danken, die mich auf meinem Weg als Autorin begleiten.

Daniel, falls du das liest (und ich weiß, das wirst du): DANKE! Danke für deine aufmunternden Worte und deinen Glauben an mich und meine Geschichten. Durch dich habe ich den Mut gefunden, weiter queere Geschichten zu schreiben und meinen eigenen Weg zu gehen.

Mein lieber **Nox**, seit Tag Eins begleitest du mich auf dieser Reise. Danke für deine endlose Geduld, deine Unterstützung und für all die lustigen Momente, die wir zusammen erlebt haben. Ich sag nur: *»Der Schulflurfliesenleger legt den Schulflurfliesenflusen-sammler auf den Schulflurfliesen flach.«* Euer Zungenbrecher hat es zwar nicht in die Geschichte geschafft, aber zumindest ins Buch.

Schwesterherz, deine Ideen sind einzigartig, manchmal total ausgefallen und manchmal schräger, als ich es je selbst denken könnte – aber genau das liebe ich daran. Du bringst mich zum Nachdenken und inspirierst mich immer wieder, neue Wege in meinen Geschichten zu gehen. Und was wäre ich ohne deine scharfen Augen? Du liest jede meiner Geschichten, selbst wenn sie ganz und gar nicht dein Genre sind.

Ein besonderer Dank geht an meine großartigen **Testleser*innen** Nora (@nora_buchdrache), **Katie** (@katieliestqueerbeet), **Björn** (@love_is_love_books) und **Nox** (@purplehero.original). Ihr habt mir mit eurem Feedback, und eurer Begeisterung den Blick für das Wesentliche geöffnet. Ihr seid nicht nur meine ersten Leser*innen, sondern auch meine wichtigsten Kritiker*innen. Eure Rückmeldungen, eure Geduld und eure Unterstützung bedeuten mir sehr viel.

Danke auch an das **Lektorat Fidelitas.** Eure präzisen Anmerkungen und euer Feingefühl für Sprache haben meine Geschichte in jeder Hinsicht verbessert. Ihr habt nicht nur Schwächen aufgespürt, sondern auch Stärken hervorgehoben und mir geholfen, das Beste aus meiner Geschichte herauszuholen.

Außerdem danke ich all den **Leser*innen** und **Blogger*innen**, die meine Arbeit mit ihrer Kritik, ihrem Feedback und ihrer Leidenschaft unterstützen. Eure Rückmeldungen sind unbezahlbar und helfen mir, immer weiter zu wachsen.

Danke, dass ihr Teil dieser Reise seid.

Zur Autorin

Calideya Fox ist eine Autorin, die seit 2021 ihre Werke in einer App veröffentlicht. Mit einem Mix aus Humor, Spannung und Leidenschaft verwandelt sie ihre Erzählungen zu fesselnden Leseerlebnissen. Ihr Fokus liegt dabei vorrangig auf romantischen Geschichten innerhalb der Subgenres Gay- und Sports-Romance, wobei sie stets offen für neue literarische Herausforderungen ist, um ihre kreativen Grenzen zu erweitern.

Mit **Rebellenherz** wagt Fox nun den nächsten Schritt und feiert damit ihr Debüt als Buchautorin. Ihr Ziel ist es, ihre Leser*innen in Welten voller Emotionen und Abenteuer zu entführen, die lange in Erinnerung bleiben.

Weiteres

Informationen zu aktuellen Projekten und Büchern findest du auf meinem Instagram-Account: **@calideyafox** oder auf meiner Homepage: **www.calideya-fox.de**

www. chaosbooks.de

In unserem Buchshop findest du weitere spannende Abenteuer unterschiedlicher Genres und Autoren!

Meermannkuss
von
Hiroki Jäger

ISBN: 978-3-758-38837-8

Zwei Welten, zwei Schicksale, eine Liebe

Obwohl Edin ein Meermann ist, schwärmt er schon lange von den Geheimnissen und Wundern der Menschenwelt. Als seine kleine Schwester vor seinen Augen von Fischern entführt wird, macht er sich sofort auf den Weg zur Stadt der Menschen, um sie zu retten. Dort begegnet er dem Bäckerssohn Jacob. Edin verspricht Jacob Reichtum für einen Kuss, der ihn für kurze Zeit in einen Menschen verwandeln kann. Allerdings birgt dieser Kuss weitere Gefahren: In der Stadt sind gleichgeschlechtliche Beziehungen für das Volk verboten, aber Jacob fühlt sich immer mehr zu dem Meermann hingezogen und riskiert bei dem Vorhaben, Edin zu helfen, nicht nur sein Herz.

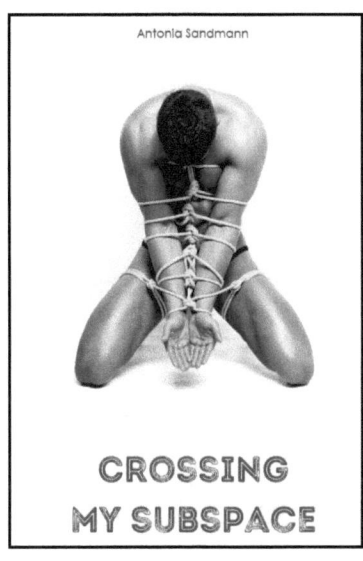

Crossing My Subspace
von
Antonia Sandmann

ISBN: 979-8-883-06779-1

Zwei Doms. Zwei Subs.

Heiße Sessions und explosive Höhepunkte.

Dann kommt Liebe ins Spiel und bringt den Alltag der vier Männer mächtig durcheinander.

Aber wer mit wem?

Bist Du bereit für eine spannende Reise durch BDSM-Sessions in denen die Luft brennt und die Gefühle vibrieren?

Bereit für Schmetterlinge im Bauch, Tränen und Gefühlschaos?

Dann tauch ab in den Subspace.

Jetzt!

HINWEISE ZUM INHALT

In diesem Buch werden Themen erwähnt und behandelt
wie:

Alkoholismus und Sucht
Angstzustände
Trennung der Eltern
Traumatische Albträume

Manchmal fühlen wir uns verstanden und gesehen. Wir
können die oben genannten Themen nachempfinden.
Wenn du aber feststellst, dass du dich damit unwohl fühlst,
empfehle ich dir, von dem Text Abstand zu nehmen.
Scheu dich nicht, Hilfe anzunehmen, wenn du sie brauchst.

Telefonseelsorge Deutschland: 116 123
online.telefonseelsorge.de